잠 못 이루는 밤을
위하여

잠 못 이루는 밤을 위하여

카를 힐티 지음 | 박충하 옮김

신이 하는 일에는 신의 섭리가 가득 담겨 있다. 우연처럼 보이는 일도 자연의 원리나 신의 섭리를 이탈해서 발생하는 것이 아니다. 모든 것이 이 섭리에서 나오는 것이다. 당신이 그토록 머뭇거려 온 수많은 세월을 생각해 보라. 신은 당신에게 얼마나 많은 구원의 기회를 주었던가. 그런데도 당신은 그 기회를 흘려버렸다. 이제 당신은 알아야만 한다. 당신 자신도 그 일부분인 우주의 본질을. 당신 자신도 그 발산의 하나인 우주 지배자의 본질을. 이제 한정된 시간이 왔으며 만일 당신이 그 한정된 시간을 이용하여 밝음 속으로 들어가지 않는다면 시간은 지나가 버리고 당신도 흘러가 버려 더 이상 기회가 오지 않으리라는 것을.

— 아우렐리우스《명상록》제2권 단장 4

만일 죽음이 행복한 사람들의 목숨을 빼앗지 않고 비참한 사람들의 소원에 귀 기울여 준다면 죽음은 행복한 것이 되리라. 그러나 이제 죽음의 귀는 절망적인 외침에는 귀머거리가 되었으며 죽음의 두 손은 눈물 흘리는 가엾은 눈을 감겨 주려 하지 않는구나. 변덕스러운 운명은 처음에 내게 짧은 동안 부(富)를 주었지만 그다음에는 순식간에 나를 거의 파멸시켜 버렸도다. 운명이 그 변덕스러운 얼굴을 바꾼 이후 목숨을 연장하는 나날은 내게 반가운 것이 없도다. 어리석도다, 지난날 나를 행복하다고 불렀던 친구들이여! 나의 몰락은 나의 발판이 얼마나 확고하지 못한 것이었는가를 말해 주고 있지 않은가.

— 보이티우스 《철학의 위안》 제1권

서문

카를 힐티(Carl Hilty)는 '스위스의 성자(聖者)'이며 '현대의 예언자'로 불리지만 엄밀히 말하자면 독일에서 수학(修學)한 독일의 철학자라고 할 수 있다. 그는 1833년 2월 28일 스위스 베르덴베르크에서 태어나 김나지움에서 종교 교육과 고전학을 배우고 독일의 괴팅겐 대학교에 입학하여 법률학 · 철학 · 역사학을 공부했다. 그러나 그의 전공은 법률학이었다. 그래서 그가 택한 직업도 법률학 교수 · 변호사 · 재판장 등이었다. 그는 평화를 사랑하고 항상 약자의 편에 섰으며 도덕적 정의를 주장했다.

그는 변호사 일을 하면서 부정한 사람들에게서 선량하고 정직한 사람들을 보호하기 위해 보수를 받지 않거나 매우 싼 보수로 일하는 것을 원칙으로 하고 부정한 사건은 맡지 않았다. 그래서 많은 사람에게 가장 유능하고 정의감 있는 변호사로 존경과 신뢰를 받았다.

1873년 그의 나이 40세 때 베른 대학교의 정교수로 초빙되어 국법학(國法學)과 법률학 강의를 하면서 자기 경험과 독서에서 얻은 풍부한 지식을 학생들의 마음속에 심어주었다. 그래서 그의 강의실은 항상 만원을 이루었다고 한다. 그는 법률학을 전공한 법률가지만 그의 문장이 독자들의 마음에 큰 감명을 일으키는 것은 그의 사상이 단순한 연구나 사색의 결과가 아니라 그의 전인격(全人格)의 용출이며 행위이며 생활 자체이기 때문이다.

카를 힐티의 대표작인《잠 못 이루는 밤을 위하여(Für schlaflose Nächte)》는 기독교 사상과 그의 인생 전반에 걸친 사색과 성찰의 문제들——삶 · 사랑 · 행복 · 신앙 · 사상 · 죽음 등——을 깊이 있게 다룬 작품으로 건강한 사람에게는 일상생활의 지침이 되고 병이나 불행으로 고통받는 사람에게는 무한한 위안과 희망을 주는 철학적 인생론인 동시에 문학성이 곁들여진 자기 수양서이다.

본문에 기술된 '잠 못 이루는 밤'을 위한 사상은 1월부터 12월까지 365일로 구분하고 하루 한 단락씩 짧은 글로 이루어졌고 성서와 자작시(自作詩)와 찬송가 등이 인용되고 있다. 그리고 본문의 내용이 1년의 하루하루에 할당한 것은 우연한 분류로서 반드시 그렇게 하여야 하는 것은 아니지만 자연의 구별을 짓기 위함과 한 번의 분량이 지나치게 많아짐을 피하고자 그와 같은 형식을 취한 것뿐이다.

그러므로 독자들은 이와 같은 견지에서 그의 깊은 통찰과 사색을 통해 불면으로 '잠 못 드는 밤'이나 특히 괴로울 때 그중 하나를 선택해서 하루 한 편씩 읽으며 '신이 주신 선물'로 생각하고 조용히 사색하는 것이 이 책의 목적에 가장 잘 맞으며 그런 사람들에게 가장 적합하기 때문이다. 이 책에는 힐티 자신의 사색과 인생의 경험에 입각하지 않은 사상은 하나도 없으며 '잠 못 이루는 밤'에 알맞은 그리고 '잠 못 이루는 밤'의 결실로 생긴 사상만이 모아 있다. 그러므로 이 작품에 인용된 성서의 구절들은 단순한 인용이 아니라 삶에 대한 힐티 자신의 주관적 통찰을 성서의 문구를 통해 객관화시킨 것이다.

이 책은 1984년 5월 20일 육문사 교양사상신서로 출간한 ≪잠 못 이루는 밤을 위하여≫를 1994년 중판을 거쳐 현대에 맞게 개정된 맞춤법과 문법, 어휘를 수정한 안티쿠스(Antiquus) 책장 시리즈로 재출간하였다. 그리고 본문 하단에 있는 주석[1]의 형식은 역자가 독자들의 이해를 돕기 위하여 붙인 주석이며 본문에 나오는 인명과 지명은 외래어 표기법을 따르며 관행상 굳어진 표현은 그대로 표기함을 밝혀둔다.

차 례

카를 힐티 생애와 사상

카를 힐티(Carl Hilty)는 1833년 2월 28일 스위스 동부 장크트갈렌 베르덴베르크에서 태어났다. 아버지 요한 울리히 힐티는 유명한 의사였으며 어머니 엘리자베스 칼리아스는 교양 있고 신앙심 깊은 여인이었다. 그는 6세 때 1839년 소학교에 입학했는데 이때부터 겸손하고 성실하고 근면한 가난한 사람들의 생활을 알게 되었으며 약한 자에 대한 동정심과 이해심이 길러졌다. 그 후 1844년 11세 때 주립 김나지움에 입학하여 종교 교육을 받았다. 그러나 그는 김나지움의 형식적인 종교 교육을 탐탁지 않게 여기고 고전학에 몰두했다.

18세 때인 1851년 김나지움을 졸업하고 독일의 괴팅겐 대학교에 입학하여 법률학 · 철학 · 역사학을 공부했다. 이 시기에 그는 여느 대학생처럼 술을 마시고 싸움하기도 하며 독일 각지를 도보로 여행했다. 그러다 이듬해 1852년 하이델베르크 대학교로 옮겨 법률 연구와 독서에 열중했다. 21세 때인 1854년 4월 하이델베르크 대학교를 졸업하고 그곳에서 박사학위를 받았다. 그 후 런던과 파리로 유학하여 자유롭게 강의를 듣고 도서관에 다니며 법률학 공부를 계속했다.

이듬해 1855년 킬로 돌아와 변호사를 개업했으며 그 이후 18년 동안 이 일에 전념했다. 그는 가장 유능하고 정의감 있는 변호사로 존경과 신뢰를 받았다. 그는 자기 직업이 지닌 사회적 의의를 중요시하며 거기에 합당한 도덕적 정신과 교양을 쌓으려 독서와 사색을 게을리하지 않았다. 또한 부정한 사람에게서 선량하고 정직한 사람들을 보호하기 위해 보수를 받지 않거나 매우 싼 보수로 일하는 것을 원칙으로 삼았으며 도덕적으로 부정한 사건은 맡지 않았다.

1857년 요한나 게르트너와 결혼했다. 그녀는 독일 명문가의 딸로 아버지는 본(Bonn) 대학교의 국법 학자(國法學者) 스태프 게르트너였으며 할아버지는 프로이센의 유명한 법률가이며 궁정 고문관이었다. 요한나 게르트너는 재덕(才德)을 겸비한 여성이었으며 항상 힐티를 도우며 서류를 정리해 주었다. 그녀는 40년간 힐티와 행복한 결혼 생활 후 힐티가 죽기 12년 전인 1897년에 죽었다. 힐티가 그녀를 얼마나 사랑했는지 '만일 내세가 있다면 나는 다시 결합하고 싶은 사람은 오직 요한나뿐이다'라는 그의 말로 짐작할 수 있다.

또한 그는 국가의 관습에 따라 육군에 입대하여 법무관으로서 일했으며 후에 육군 재판장이 되어 육군 사법(司法)의 지도자로 많은 재판관에게 존경받았다. 그는 바쁜 생활 속에서도 학문 연구를 계속하고 1868년 〈민주 정치의 이론가와 사상가〉라는 논문을 발표해 학계의 인정을 받았다. 1873년 베른 대학교의 정교수로 초빙되어 국법학(國法學)과 국제법을 강의했다. 그는 대학교의 교수직을 학문 연구뿐만 아니라 학생들의 인격을 육성시켜야 하는 직책으로 생각하고 학생들에게 법률학 강의를 하면서 자기 경험과 독서에서 얻은 풍부한 지식을 학생들의 마음속에 심어주었다. 그래서인지 그의 강의실은 항상 학생들로 만원을 이루었다.

1890년 고향인 베르덴베르크에서 대의원으로 선출되었으며 그 후 20년 동안 죽을 때까지 그 직책에 있었다. 그는 대의원으로 선출된 후 자유주의 · 민주주의 태도를 보였지만 때로는 당의 강령을 초월하여 발언하기도 했다. 특히 풍부한 역사적 지식과 뛰어난 정치적 식견으로 반대당에도 존경받았으며 그가 발언할 때면 모든 의원이 그의 말에 열심히 귀를 기울였다.

1899년 국제법의 대가로서 국제사법재판소의 초대 스위스 위원으로 임명되어 죽기 전 평화 회의에서 "이 회의의 규모는 매우 크지만 그 활동은 오히려 미미하다. 영국과 독일의 경제 경쟁과 나라들 사이의 세력다툼은 어떠한 평화 회의로도 제거되지 않는다. 평화는 무엇보다도 평화를 사랑하고 평화로울 수 있는 각 개인의 사이에서 성립한 후 국민 사이로 확산하지 않으면 달성되지 않는다"라고 말했다.

1909년 9월 휴가를 얻어 제네바 레만호에 있는 호텔로 휴양을 떠났다. 그곳에서 그는 조용히 독서와 글을 쓰고 호숫가를 산책하며 한가로운 날들을 보냈다. 10월 12일 여느 때처럼 아침 독서를 마치고 오후에 산책하고 돌아오자마자 소파에 누웠다. 그러고는 그대로 숨을 거뒀다. 의사의 진단은 심장마비였으며 그의 책상 위에는 성서와 최후 논문인 〈영원한 생명〉이 놓여 있었다. 그의 나이 76세였다.

카를 힐티는 학자일 뿐만 아니라 정치가, 육군 법무관, 역사가였다. 노년에 이르기까지 항상 정력적이고 근면했으며 그의 생활은 매우 엄격하고 정연했다. 그는 그리스와 로마 고전들을 즐겨 읽었으며 특히 에픽테토스와 마르쿠스 아우렐리우스를 애독했다. 그러나 그에게 가장 큰 감화를 주고 그가 가장 애독한 것은 성서였다. 그는 프랑스어와 영어도 능통했으며 단테 · 칼라일 · 테니슨 · 톨스토이 등의 다양한 독서를 했다. 그는 "나는 살아 있는 사람들보다도 오히려 죽은 사람들과 정신적으로 교제했으며 현대인들보다 수백 년 전에 살았던 사람들을 더 잘 이해했다"라고 말하고 있다.

또한 그는 매우 정력적인 저술가였다. 1868년 정치학 논문을 발표한 이후 죽기 직전까지 40여 년간 법률학 · 정치 · 역사 · 사회 문제 · 종교 · 윤리 등 여러 분야에 걸쳐 수많은 논문과 작품을 발표했다. 그의 작품에는 ≪행복론≫, ≪독서와 연설≫, ≪잠 못 이루는 밤을 위하여≫, ≪서간집≫, ≪신 서간집≫, ≪병든 영혼≫, ≪영원한 생명≫, ≪힘의 신비≫, ≪그리스도의 복음≫ 등이 있다.

힐티 사상의 특색을 말하면 힐티의 기독교 신앙에는 속죄 관념이 거의 없다. 그는 오로지 '그리스도의 희생에 의한 만인의 속죄'라는 교의에는 찬성하지 않고 "속죄란 각 개인이 스스로 하는 것이다"라고 말했다. 즉 교회에서의 집단적인 예배와 기도 형식에 따르는 것이 아니라 개인적으로 직접 신을 믿고 그리스도가 되어야 하며 끊임없이 신에게 한 발 한 발 다가가는 것이 신앙생활의 최종 목표라고 생각했다. 그리고 "불행은 행복을 위해 필요하며 인생 최대의 행복은 신 가까이에 있는 것이다"라고 말했다. 그의 사상은 단순한 연구나 사색의 성과가 아니라 전인격(全人格)의 용출이다. 그러므로 그의 주장은 행위이며 생활이었다. 그의 문장이 독자들의 마음에 큰 감명을 불러일으키는 것은 바로 그 때문인가 싶다.

저자 서문(序文)

잠 못 이루는 밤은 감당하기 어려운 고통이다. 건강한 사람이나 병든 사람 모두 잠 못 이루는 밤을 두려워한다.

왜냐하면 건강한 사람은 자신의 건강이 규칙적인 수면에 의해 유지됨을 알고 있지만 병자의 경우는 수면이 고통을 덜어주고 원기를 회복시켜 주지 않으면 길고 어두운 밤에 시간의 고뇌와 고통이 두 배로 느껴지기 때문이다.

그리고 흔히 있는 걱정이나 슬픔이 가중되면 체력도 떨어지고 기력이 쇠진해진 사람에게 '미래에 대한 공포'가 '무장한 병사'처럼 엄습해 오는 것이다.

그러므로 이에 저항하기는 힘든 일이며 피할 수조차 없다. 이것은 틀림없는 사실이다.

그런데도 그것이 일시적인 불면이든 또는 영속적인 불면이든 적당하고 효과적인 요법이 있으면 그것을 사용하거나 아니면 불면 그 자체를 가능한 한 이용하는 수밖에 별다른 도리가 없다.

더군다나 이 두 가지 방법은 어느 정도까지는 결합해 사용할 수가 있다. 그러나 이와는 반대로 아무런 구제 방법도 마련하지 않고 헛되이 탄식만 하는 것은 분명 어리석은 일이다. 그렇지 않아도 고통스러운 병고(病苦)를 완화하기는커녕 더욱 가중시킬 따름이다.

1

왜 불면이 생기는지 한마디로 말할 수는 없다. 불면은 대부분 병이나 걱정되는 일이나 불안한 생각에서 생긴다. 그러나 때로는 지나친 휴식과 안일한 생활 방법 또는 갖가지 무절제(無節制)와 긴 시간의 낮잠[1] 등으로 해서 오는 수도 있다. 도대체 잠이란 무엇인가 하는 것은 우리에게는 미지(未知)의 사실이다.

실제로 이 문제에 대해서는 별로 성과 없는 연구나 논쟁 범위를 당분간은 벗어날 것 같지도 않다. 다만 경험상 확실히 알고 있는 것은 건강을 유지하기 위해서는 적당한 수면이 필요하며 병(病) 특히 신경계통 질환의 경우에는 수면이 가장 좋은 치료 수단이다. 또 수면은 밤에 그것도 자정(子正) 전부터 시작하여 6시간에서 8시간 동안[2] 깨지 않고 계속 자는 것이 가장 유효하다. 그리고 인공적인 수면제는 가능하면 피해야 한다.

인간에게 불면은 고역이므로 가능한 한 제거해야만 한다. 다만 그

---

1) 내가 오랫동안 사귀어 온 각별한 친구로서 80을 넘긴 노부인은 이에 대해 "나는 이 나이가 되기까지 소녀 시절처럼 잠을 잔답니다." 하고 말했다. 그녀는 그 원인을 아버지에게서 철학의 원칙이 '모세의 율법과 같이 깨져서는 안 될 계율처럼 가슴에 새겨져서 그것이 살아 있는 용수철처럼 작용했다'라는 것, 그리고 그 밖에 졸리지 않으면 절대 억지로 자려고 하지 않는다는 습관 덕택이라고 쓰고 있다. 실제로 여성의 불면은 이따금 쓸데없이 지나치게 누워있거나 과로하는 데에서 생긴다. 여성은 대게 체력보다 일이 많거나 너무 적으면 그 어느 쪽도 좋지 못한 결과를 초래한다.

2) 물론 수면 시간은 나이나 건강 상태에 따라서 변한다. 그러나 사람은 해로운 것에도 습관화되는 것으로 지나친 수면은 오히려 몸을 약화하게 한다. 즉 신체의 여러 기관은 충분히 훈련되지 않음으로써 쇠약해지고 활동과 영양의 비정상적인 상태-지나친 잠은 그와 같은 상태이다-에 빠져들기 때문이다.

불면이 몹시 큰 내적(內的) 기쁨에서 생겼을 때나——이때는 잠 못 이루는 것이 오히려 인생 최대의 기쁨이다——또는 평소에 소홀히 하기 쉬운 자기반성의 조용하고 방해받지 않는 시간을 갖기 위해 불면을 초래(招來)하는 경우는 예외이다.

이 후자(後者)의 경우 불면은 특히 내적 생활의 큰 진보를 이룩하고 인생의 가장 값진 보배를 손에 넣기 위해 경시해서는 안 될 귀중한 기회이다. 이처럼 앞의 사례처럼 잠 못 이루는 밤에 자기 생애의 결정적인 통찰이나 결단을 발견한 사람들이 수없이 많았다.

이러한 관점에서 불면의 문제를 고찰하더라도 조금의 지장도 없으리라. 이스라엘의 현인(賢人) 랍비 카니나는 "밤에 깨어있을 때나 홀로 길을 걷고 있을 때 안일한 생각에 마음을 내맡기는 자는 자기 심령에 죄를 범하고 있다"라고 말했다. 즉 그런 사람은 정신상 큰 이익을 손에 쥐는 다시없는 기회를 놓칠 뿐 아니라 무익한 상념이 따르기 쉬운 위험에 자신을 내맡기는 것이 된다.

그러므로 잠 못 이루는 밤까지도 역시 '신이 주신 선물'이라고 생각하는 것이 항상 올바른 태도일 것이다. 잠 못 이루는 밤은 활용되어야 할 것이지 무턱대고 거역할 것은 아니다. 말하자면 불면에도 뭔가 목적이 있을 수 있으며 또 있어야 하지 않겠는가 하고 생각하는 것이 좋다. 그리고 그러한 때야말로 평소보다 똑똑히 들리는 그 조용한 목소리에 귀를 기울이고 다른 모든 생각을 물리치는 것이 올바른 태도일 것이다. '왜 이 불면의 밤이 내게 찾아온 것일까'를 깊이 생각하는 게 커다란 축복이 될 수 있다. 이에 대해 욥기가 깊은 경험으로 분명히 말하고 있다.[3] 이와 같은 불면의 목적을 발견하면 그와 동시에 불면 그 자체도 고칠 수 있다. 그래서 그 목적을 찾아내 영혼의 평안이 찾아오고 그것이 다시 몸의 각 기관 특히 신경에 좋은 작용을 미치게 되기 때문이다.

이때 다음 사실에 주의해야 한다. 잠 못 이룰 때 쓸데없이 자기 생각에 몸을 맡기고 자기라는 쪽배를 상념의 물결이 흐르는 대로 내맡기는 것은 좋지 못하다. 그래서 무엇보다 자기 자신을 상대로 이야기해서는 안 된다. 그것은 대체로 불안을 증대시킬 뿐이기 때문이다. 되도록 흔들리지 않고 평안하게 해주는 신과 이야기하든가 아니면 당신을 사랑하는 사람들과 이야기하도록 하라. 특히 신앙이 깊은 사람과 더불어 이야기하는 것이 좋다. 그러한 사람의 말이나 손길은 종종 크나큰 위안을 준다.

그와 같은 구원이 얻어지지 않을 때 도움이 되는 것은 좋은 책이다. 오히려 그러한 책의 아주 짧은 한 구절이라도 좋다. 그것이 사고에 자극을 주어 정신을 다른 번뇌의 상념에서 벗어나게 하여 올바른 위안의 샘으로 향하게 한다. 이런 뜻에서 가장 좋은 책은 구약 시편과 신약성서 가운데 그리스도의 말씀인 욥기와 프로테스탄트(Protestant, 개신교) 교회의 어떤 찬미가 등이다. 그러한 찬미가로 가장 아름다운

---

3) 욥기 33:15~30, 다니엘 2:19~30, 시편 56:14 참조. H. 롤룸의 다소 염세적이지만 극히 아름다운 시가 이와 같은 사상을 다음과 같이 노래하고 있다.
"다만 가슴에 맥박칠 뿐으로, 입을 통하지 않은 말씀으로
몽롱한 꿈의 힘으로 밤의 마법인 안경에 의하여
잠을 빼앗긴 어둡고 조용한 밤은
산 채로 우리를 이 악한 삶으로부터 구출한다."

것은——그 전부가 그런 것은 아니지만——헤른후트(Herrnhuters) 공동체의 찬송가 속에 들어 있다.

이와 같은 좋은 사상은 스스로 찾아내기가 어려우므로 그것들과 접촉할 기회와 좋은 자극을 주는 것이 이 책의 목적이다. 그래서 이 책에는 잠 못 이루는 밤에 알맞은 사상과 그리고 그 자체가 잠 못 이루는 밤의 결실로 생긴 사상만이 모아 있다. 그중 어느 하나를 선택해서 조용히 사색하는 것이 목적에 가장 잘 맡는다. 그러나 그러한 사상이 아무리 마음을 자극하는 힘을 가지고 있더라도 그 진실성과 진면목을 대낮에 검토해서 수긍될 수 없는 그런 공상적인 요소를 조금이라도 내포하고 있어서는 안 된다.

유감스럽게도 그런 종류의 책은 극히 드물다. 어느 정도 그 역할을 대신해야 할 아주 유명한 기도의 말씀조차 반드시 그때의 요구에 합당하다고는 할 수 없다. 심지어는 '주기도문(主祈禱文)'마저도 온갖 고난의 처지와 마찬가지로 주의 기도라고 할 수 있는 그 밖의 기도만큼 직접적인 힘을 가졌다고는 할 수 없다. 그때의 상황에는 도리어 다른 기도가 때로는 더 적합하고 효과가 있을 수 있다.

물론 이 모든 것들은 환자를 간호하는 사람과 환자와 함께 밤을 지새우는 사람도 유념해야 할 일이다. 그러나 이런 사람들도 가끔 자기 임무를 올바로 이해하지 못하는 일이 있다. 그들은 잠 못 이루는 환자를 번민에서 빠져나오게 하고 쓸데없는 과거의 추억이나 미래에 대한 기우(杞憂)에서 조용히 마음을 돌이키고 가능하면 그들의 정신을 기꺼이 깨어있고 싶어지는 그런 위대하고 기쁜 이념으로 비약하도록 인도해 주어야 한다.

일반적으로 현대인에게 결핍된 것은 특히 기쁨의 마음이다. 그 밖의 면에서는 뛰어난 사람들도 기쁨의 마음이 없다. 더구나 그들에게 진정한 이유를 솔직하게 지적해 주기가 곤란하다. 그들은 그것을 항상 오해하기 때문이다. 기쁨의 마음을 방해하는 것은 그 사람의 자애심(自愛心)이나 아집(我執)이나 고상하거나 천한 종류의 나태 때문이다. 신에 대한 완전한 순종이야말로 기쁨을 얻는 조건이다. 기쁨의 마음은 신에게 순종하는 거짓 없는 증거이며 누구나 입증할 수 있는 증거이기도 하다.

신의 은혜와 신의 재림(再臨)을 확실히 깨달을 때 이 기쁨은 병고(病苦)에 신음하고 불면에 시달리는 사람들에게 돌연히 그것도 아주 강하게 느껴지는 일이 있다. 그 때문에 모든 괴로움과 특히 불면도 예사로워지고 평소의 병상 생활과는 아무런 관계없는 다른 생활을 자기 내부에서 느끼게 된다.

그것을 경험한 일이 없는 사람은 실제로 믿기 어렵겠지만 이에 대해서는 산증인이 많이 있다. 미래의 의학까지도 언젠가는 치료 목적 때문에 이 기쁨의 감정을 구하고 또 병의 '심리적 요소'에 육체적인 면만을 고려한 기계적인 치료 방법 못지않은 치료 효과를 인정하지 않을 수 없게 될 것이다.

이미 현대 의학은 몸 전체를 강화하고 그 생명력을 높이는 것이 병에 걸린 각 기관의——이를테면 폐, 간, 신장 등의 신체 기관——회복을 꾀하는 전제조건이라는 것을 인정하기에 이르렀다. 그리고 의학은 내적(內的) 인간의 강화라고 하는 것에 힘을 빌리고 어떤 의사가 '은총의 작용'이라고 이름 붙인, 즉 병의 회복보다 뭔가 강력한 힘이 작용하는 가능성까지도 믿게 될 것이다. 그렇게 되면 의학이라는 존귀한 기술이 인간의 정신을 죽이는 유물론(唯物論)에서 비로소 빠져나올 수 있다. 그야말로 반세기 이래 환자들에게 의술에 대한 신용을 더욱더 빼앗게 한 것은 바로 이 유물론이었다.

2

위에서 언급한 불면과 그 원인이 되기 쉬운 병까지도 반드시 불행한 것은 아니라는 결론이 나온다. 일단 이 사실을 인정하더라도 불면을 어떻게 방지하느냐 하는 문제가 해결된 것은 아니다. 어느 독일 시인이 말했듯이 "밤은 천상(天上)의 것이며 신의 기적이다. 그러나 특히 아름다운 밤은 깊은 잠 속에 보내진 밤"이기 때문이다. 이 말은 원칙적으로 일반적으로도 통한다.

불면을 피하는 데 중요한 것은 첫째로 흥분이나 불안의 씨앗이 될 만한 생각을 품지 않고 되도록 조용하고 좋은 사상과 마음의 평화를 가지고 밤의 휴식으로 들어가는 것이다. 이것이 무엇보다도 좋은 수면법이다. 그럼 어떻게 하면 그것이 가능한가. 취침 전에 무언가 가벼운 일을 하는 것이 좋을까, 다정한 대화가 좋을까, 그보다도 무언가 좋은 독서——단 신문을 읽는 것보다는 좀 나은 읽을거리——가 좋을까.

그것은 그 사람의 개성에 따라 다를 것이리라. 다만 확실한 것은 대단한 사색을 해야 하는 극히 진지한 일이나, 밤늦게까지 해야 하는 일이나, 또 정신을 많이 쓰는 일, 특히 계산이라든가 그에 따르는 일은 잠자기 직전에 시작해서는 안 된다는 것이다. 또 취침을 방해하는 것으로 과음이나 과식 또는 무의미한 잡담을 수반하는 흔한 사교나 연극관람 등을 들 수 있는데 이런 것들은 머리를 몹시 흥분시키기 쉬우므로 수면에 방해되는 것이다.

의약품으로 만들어진 수면제는 정도의 차이만 있을 뿐이지 모두 예외 없이 인체에 해롭다. 부득이한 경우에만 의사와 상의하고 나서 사용하는 것이 좋다. 심지어 알코올음료도 거기에 추가하고 싶다. 그리고 지나치게 배부를 때만이 아니라 지나치게 배고플 때도 또한 불면증의 원인이 된다. 아무리 해도 잠을 못 이룰 때는 불을 켜고 잠시 일어나서 소화되기 쉬운 가벼운 음식을 섭취하고 마음을 좀 가라앉힌 다음 다시 눕는 것이 일반적으로 좀 더 나은 방법이다.

그러나 편안한 잠을 얻는 최상의 방법은 선량한 행위, 확고한 좋은 계획, 참회, 개심(改心), 타인과의 화해, 미래에 대한 뚜렷한 결심 등이다. 특히 이런 것들은 신경을 가라앉혀주는 것으로써 어떤 경우에도 분노, 증오, 질투, 걱정 등의 상념에 사로잡히는 것보다 수면에 좋다.

그와 같은 초조한 생각들은 아무런 득도 없을 뿐 아니라 밤의 어둠 속에서는 가장 좋지 못하다. '밤의 어둠은 인간의 벗이 아니다'라고 일컬어지는데 그것은 말할 나위 없는 사실이다. 실제로 밤의 암흑 속에서는 모든 어려움이나 어두운 그림자가 새로운 힘으로 시작하는 새로운 날의 아침 햇빛을 보는 것보다도 훨씬 답답하게 보이는 것이다.

물론 앞에 말한 불면증이 현재의 병 때문에 생긴 것이 아닌 경우에만 합당하다. 그러나 병에 의한 불면도 이미 말했듯이 정신을 높이고 강화함으로써 병의 치유 자체가 쉬워질 수 있다. 그리고 그 점을 종전보다도 한층 더 깊이 고려해야 하며 이것은 미래에 반드시 진실로써 증명될 것이다. 이와 같은 정신적 조력은 불가결한 것으로 환자 자신의 내부에 있는 자연의 치유력(治癒力)이 외부에 있는 의술의 조력을 맞아들여야만 한다.

이러한 힘이 내부에 없으면 '기력을 집중'하도록 권고하거나 격려하더라도 이 힘은 솟아나지 않으며 또한 일상의 경험으로 알 수 있듯이 철학이나 정신적 교양에 의해서도 이 힘은 얻을 수 없다. 도리어 반대로 철학이나 교양은 교양 있는 사람들이 자기 자신의 내부에서 완전한 무력을 느끼는 순간 전혀 쓸모없게 되는 일이 많다.

그러한 힘을 얻으려면 오직 우리 밖에 있는 어떤 힘――그것은 무진장 존재하고 언제든지 얻을 수 있다――에 우리가 자발적으로 접근하고 움직일 수 없는 신뢰를 위탁할 수밖에 없다. 이 위대한 힘이 '약한 자에게 힘을 주시며(이사야서 40:29)' 또한 인간의 정신에 탄력과 마음의 기쁨까지 줄 수 있다. 이로써 육체의 병이 정복되지는 않아도 적어도 경감될 수는 있다.

흔히 있듯이 그러한 병이 그 사람의 정신적 · 도덕적 영역에 속하는 결함에서 생긴 것일 때는 앞에서 말한 것은 한층 더 진실이다. 특히 신경질환이나 초기의 정신병처럼 매우 복잡하여 과학의 진보에도 여전히 불분명한 영역에는 적어도 우리의 생각으로 치료의 임무는 육체에 나타난 결과에 대해서가 아니라 그 정신적 원인을 규명하여 이루어져야만 한다.

오늘날에도 이루어지고 있는 '기적적' 치료도 이로써 설명할 수 있는 것이며 그것을 착각이라든가 자기기만이라고 일축해 버려서는 안 된다. 그러므로 인간의 정신이 매우 강화되어 육체를 완전히 지배하고 도덕적 부정을 육체적 불쾌, 혐오감, 신경쇠약으로 느끼며 진정한 선행을 육체의 힘이나 원기, 두뇌의 명석, 조용한 심장의 고동으로 느낄 수 있는 정도가 된다면 이것은 인생의 올바른 길을 나아감에 큰 도움이 될 것이다.

그렇게 되면 육체는 정신의 진정한 종복(從僕)이 되고 지주(支柱)가 되어 정신의 작용을 방해하기는커녕 이를 돕는 것이 된다. 그래서 대부분의 병약함에 인간은 도리어 신에게 감사해야 하고 올바른 길에 있어서 그 치유를 구해야 할 것이다. 그리고 그 병의 더욱 높은 목적을 멋대로 오해하여 병이 내포하는 경고나 요청을 돌아보지 않고 외적 방법으로 제거하려 해서는 안 된다.

이러한 관념이 흔히 말하는 '기도치료소'의 바탕이 되는 것인데 자칫하면 바르게 실행되지 않을 때도 있다. 그리고 그러한 생각을 하는 데는 특별한 장소가 필요하지 않다. 어떤 집이라도 신이 깃들 수 있는 장소라면 적합하다. 마치 성(城)안에 살듯이 신 안에 살며 절대 방황하지 말라. 날마다 깨어있는 동안은 늘 선을 행하고 옳은 일을 하며 어떤 상황에 있더라도 더욱더 굳게 신을 신뢰할 것——이것이 인간의 완성으로——또 동시에 건강의 길로 가는 한 치의 착오도 없는 유일한 길이다.

이 길을 젊은 시절부터 외곬으로 끊임없이 걷는 사람은 시에나의 성녀(聖女) 카타리나[4]처럼 젊어서 위대한 완성에 도달할 수가 있다. 그녀가 이미 33세로 지상(地上)의 인생 행로를 마칠 수 있었던 것도 그 결과일 것이다. 그러나 대다수 사람은 이와 같은 진실한 지혜에 이르는 단호한 의지와 그리고 다른 일체를 물리치는 결의를 일찍부터 품은 일이 없다. 더구나 오늘날에 와서는 그와 같은 올바른 지도(指導)를 얻기도 좀처럼 힘들다. 그래서 그들은 생애의 마지막에 비로소 똑바른 구원의 길로 들어가는 것인데 그 길에도 역시 많은 사도(邪道)가 교차하여 그것을 방해한다.

3

종합하여 살펴보건대 인간과 같은 복잡한 존재의 건강은 온갖 나쁜 영향에 대한 저항, 즉 일부는 육체적인 일부는 정신적인 반작용으로 유지된다. 더구나 이와 같은 나쁜 영향은 어떠한 예방책으로도 완전히 피하기는 어렵다. 그보다는 오히려 정신과 육체를 훈련하고 강화하여 온갖 영향에 저항하고 이 싸움에서 상처 없이 저항력을 증강하

---

4) 시에나의 성녀 카타리나(1347~1380). 이탈리아 도미니크파의 수녀. 묵상과 봉사의 생애를 보냈다.

도록 하는 편이 훨씬 효과적인 방법이다.

건강법 중에서 가장 좋고 손쉬운 방법은 신의 명령에 따라서 생활하는 것이다. 이와 같은 생활을 지키면 고령(高齡)에 이르기까지 건강한 생명과 체력을 유지할 수 있다는 것은 먼 옛날부터 신의 약속이다.

건강을 위해 무엇보다 나쁜 건 향락만을 쫓는 생활 습관이며 그것을 머릿속에 생각하는 것부터가 좋지 못하다. 특히 그것이 어떤 일정한 방향에 고착된 향락 생활이라면 그 보답으로 정신과 육체에 반드시 저주가 찾아온다. 이처럼 올바른 견해에서 완전히 멀어진 현대인들은 이와 같은 진리를 자기 육체와 정신이 통절하게 경험하지 않을 수 없으리라. 당연한 일이지만 이것을 구제할 수 있는 의학적인 방법은 전혀 존재하지 않는다.

또한 흔히 있는 불행과 위급한 순간이 그에게 닥쳐오거나 또는 집요한 탐구벽(探究癖)이나 지나치게 한가한 생활 등이 겹치거나 하면 ——특히 시인, 예술가, 철학자와 같이 뛰어난 재능 있는 사람들이 더 그러한데——우울증이나 나아가서는 정신착란까지 일으키는 수가 있다. 그러나 이러한 병은 일반적으로 도덕적 원인이 없으면 일어나지 않는다. 또 그와 같은 병의 유전적 자질이 있더라도 도덕적으로 올바른 생활 방법이나 윤리적 세계질서에 대한 확고한 신앙으로 그에 대항할 수가 있다.

이처럼 불가항력이라 할 수 있는 '유전적 요소'에 대한 공포가 오늘날 많은 사람의 생활을 불행하게 만드는데 그것은 유물론적인 정신활동의 필연적인 결과이며 그에 대한 단순한 의학적 방법으로는 충분한 효과를 얻을 수가 없다.

환자(患者)나 몸이 쇠약해 안정과 섭생을 해야 하는 사람들에게 중요하면서도 소홀하게 되는 문제는 사람과의 교제이다. 어떤 종류의 것이든 좋지 못한 사귐은——이를테면 요양소에서 정해진 일과로 흔히 있을 수 있는 시시한 대화라 할지라도——나쁜 공기와 마찬가지로 쇠약한 사람들의 몸과 마음에 해롭다. 반대로 좋은 사귐——특히 평화로운 사귐——은 병의 회복을 위해 중요한 조건의 하나이다.

'평화'라는 것은 확실히 실재하는 것이다. 많은 사람이 그것을 몸에 지니고 타인을 쾌적하게 하는 분위기처럼 곳곳에 운반해 가는 하나의 현실적인 성질 또는 힘이다. 그런데 그 반면에 훌륭한 재능을 가졌고 부도덕하지도 않으며 때로는 신앙심이 깊은것과 상관없이 사람들이 끼어들면 그 자리가 불안과 불쾌함으로 가득 차는 부류의 사람들이 있다. 이것은 금방 사람들이 눈치채는 것으로 특히 어린아이와 동물은 그것을 알아차리는 본능을 가지고 있다. 하지만 어른들은 그러한 것에 익숙해 있거나 지나친 반성 때문에 그 본능을 상실할 수 있다. 그렇지만 환자의 경우는 그것이 왕왕 되살아날 수도 있다.

이러한 사실은 특히 환자의 간호를 맡은 사람들만이 아니라 가족들이나 문병객들도 반드시 주의해야 할 일이다. 또 표면상의 경전——이를테면 집사나 여 집사[5]에게 볼 수 있는——만으로는 불충분하다.

---

5) deacon은 프로테스탄트의 부목사, 가톨릭에서는 보조 사제에 해당하며 사회봉사의 담당자. deaconess는 프로테스탄트에서 봉사녀라 번역되고 가톨릭에서는 일반 수녀. 각종 사회사업에 봉사하는 사람들이다.

거기에 덧붙여 진실한 사명에 살고 동정심이 깊고 봉사 정신이 투철하고 상냥한 마음씨와 참된 신앙에서 우러난 즐거운 성품이 있어야 한다. 간호하는 사람이 강한 자기주장이나 내키지 않는 시중이나 사람을 판단하는 따끔함 등이 바늘만큼이라도 몸짓, 태도, 음성에 나타나는 것만으로도 환자의 기분을 움츠러들게 하여 병의 회복을 어렵게 만들고 그의 마음을 위로의 바탕에서 외면하게 한다.

이런 말을 하는 게 유감이지만 일부 의사에게서 볼 수 있는 완전한 유물주의 거기에다 일부 간호를 맡는 사람들의 외적(外的) 사명감과 정신적 적성의 결핍이 오늘날 의학의 기술적 진보를 저지하는 커다란 장애가 되고 있다.[6)]

사람들이 흔히 말하는 '자연법칙'이라는 것은 하나의 가설에 불과하며 그 '입법자' 없이는 성립될 수 없는 자연법칙의 배후에 바탕을 이루는 윤리적 세계질서의 법칙이 언제나 존재하는 것이다. 이것은 오늘날의 자연과학자들도 머지않아 다시 인정해야만 할 것이다. 도덕적으로 바르지 못한 생활에서는 절대 건강이 생겨날 수 없다. 도덕적인 치유력과 그 작용에 의지하지 않고 오직 외적인 치료법을 사용하는 것만으로는 그것이 가장 뛰어난 방법일지라도 건강을 유지하거나 회복하게 할 수 없다.

---

6) 마가복음 9:28~29는 환자가 아니라 의사와 간호사를 가리키고 있다. 실제로 많은 것이 의사와 간호사의 태도 여하에 달려 있다. 이것은 오늘날 종종 듣는 불평이지만 그들 가운데는 자신에게 맡겨진 환자에 대한 매일 매일의 필수적인 임무를 신앙생활을 구실로 등한히 하는 자가 있다고 한다. 그것은 그들에게 명해진 것도 아닌 종교상의 봉사에 힘쓰기 위해 환자에게 필요한 시중드는 일을 게을리하기 때문이다.

우리는 모두 '유전적 인자'를 가지고 있지만 올바른 방법을 쓰면 누구나 치유될 수가 있다. 그렇게 하면 불치의 환자라도 그 병고(病苦)를 현저히 낮출 수 있다. 각 기관의 많은 질환은 오늘날 신경과민과 신경쇠약이라 불리는 병약(病弱)의 결과에 불과하다. 그러므로 병의 뿌리가 치유되면 그러한 병도 저절로 자취를 감추고 만다. 하지만 병약 그 자체는 육체적 치료 방법으로는 완치할 수 없다. 이에는 반드시 정신적 요소의 협력이 필요하다.[7]

4

끝으로 이와 같은 의미에서 특별한 치유 능력이 개인에게 과연 존재하는가 하는 문제가 남게 된다. 성경은 그것을 부정하지 않고 도리어 긍정하고 있다. 그러나 이것은 의심할 여지 없는 가장 위대한 능력이 아니며 그것만을 따로 떼어 생각할 수 있는 단독으로 존재하는

---

7) 이사야 33:24. 병약은 본래 우리가 몹시 견디기 어려운 것이다. 사람의 마음은 모두 힘센 것을 동경한다. 그러나 육체의 병 특히 심장병은 바르지 못한 정신상태와 밀접한 관계를 갖는다. 모든 생명의 근원인 심장은 순수하게 육체적인 원인에 의해서만이 아니라 그와 동등할 만큼, 아니 그 이상으로 정신적인 감응으로 기능에 영향을 받는다. 더욱이 심로(心勞)나 심통(心痛)은 지속적인 슬픔을 낳고 그것이 사도 바울이 말한 '하나님의 뜻대로 하는 근성(고린도후서 7:10)'이 아니라면 죽음을 초래하는 일까지 있다. 왜냐하면 슬픔은 심장을 다치게 하고 또 심장을 통해 두뇌나 신경계통을 상하게 하며 그것이 어느 정도 이상으로 진행하면 불치의 것으로 되기 때문이다. 누구에게나 많건 적건 난잡한 현대 생활에서 이와 같은 슬픔에서 완전하게 벗어나기란 신앙을 통하지 않고서는 극히 어렵다. 높은 철학적 교양을 쌓은 많은 사람도 노령이나 병이 찾아들면 이와 같은 슬픔에 빠지고 만다. 그들의 만년에 대해서 전기에 있는 그대로 진실을 남김없이 기록하고 있다고만은 할 수 없다(고린도후서 7:10, 열왕기 하 20, 이사야 33:22~24).

능력도 아니다.

이럴 때 치료는 병든 정신이 건강한 정신에서 받는 강한 자극으로 이루어질 수밖에는 없다. 뭐라고 설명할 수 없지만 확실히 감지될 수 있는 두 정신의 결합이 이루어지는 것이다. 이런 종류의 치료는 오로지 환자의 내적 인간에게 호소하는 것으로 내면적 인간이 새로운 생명으로 일깨워져 강해지거나 내적 생명을 방해하고 있는 현재의 장애에서 해방되는 것이다.

이 요법은 미국의 어느 새로운 학파가 주장하듯이 습득될 수 있는 것이 아니다. 오히려 이 능력은 지혜와 성실을 가지고 다루지 않으면 상실될 염려가 있다. 이를 위해서는 무엇보다 치료자 자신이 굳은 신앙을 가질 필요가 있다. 그 신앙이 환자에게 작용하고 그중 일부가 실제로 환자의 내부로 스며드는 것이다.

이런 때 전문가가 아닌 시료자(施療者)가 경계해야 할 것은 명예욕이나 허영심에서 완전히 벗어나야 한다는 것이다. 이러한 성질이 털끝만큼이라도 느껴지면 상대에게 여지없이 불신을 안겨주게 된다. 왜냐하면 치료자는 자기 힘으로 치료하는 것이 아니라 다른 힘을 빌려 행하는 것이므로 다른 인간처럼 쉽사리 속는 일이 없기 때문이다. 이런 점에서 인간은 믿음이 가벼우며 어떤 방법으로든 병만 나으면 된다고 노골적이고 지나치게 요구한다.

그러나 이러한 치료의 능력은 어떤 직능(職能)에 의해 승계되는 것이 아니며 특별한 가문에 전해지는 것도 아니다. 그것은 오직 신이 주는 은총의 선물로서 일정한 치료소나 '신이 사는 집' 등과 결부되는 것이 아니다. 그렇게 생각하는 것은 도리어 미신의 영역이라고 할 수 있다.

이와 같은 치료의 영역에서 신앙의 완전한 순수성과 모든 '인간적인 것'에서 자유가 상실되기 시작한다면 항상 미신이 신앙으로 탈바꿈하려 대기하고 있을 것이다. 그렇게 되면 처음은 좋은 것일지라도 급속히 타락하는 것이 보통이다. 그러한 실례는 어느 시대에나 있었지만 가까운 미래에는 한층 더 빈번해질 것이다. 왜냐하면 우리는 지금 신학과 의학 특히 정신병리학과 신경의학의 커다란 과도기와 발전기에 놓여 있기 때문이다.

다음에 기술된 잠 못 이루는 밤을 위한 사상은 모두가 이와 같은 견지에서 생긴 것이다. 1년의 하루하루에 할당한 것은 정말 우연한 분류로서 반드시 그렇게 해야만 되는 것은 아니다. 다만 자연의 구별을 짓기 위함과 한 번의 분량이 지나치게 많아짐을 피하고자 그와 같은 형식을 취한 것뿐이다.

이 내용 가운데 나 자신의 사색과 내 인생의 경험에 입각하지 않은 사상은 하나도 없다. 그러므로 이것은 잠 못 이루는 밤이나 특히 괴로울 때 읽어 주었으면 하고 생각한다. 이 책은 그런 사람들에게 가장 적합하기 때문이다.

탑을 세우고 싶으면
먼저 기초를 파야만 한다.

땅에 씨앗을 뿌려 두지 않으면
수확의 날은 오지 않는다.
오랜 경험을 쌓은 자만이
시온의 희망에 대하여
남에게 들려줄 수가 있다.

—친첸도르프

"……자신의 죄, 남의 죄에 흐린 양심은
당신의 말을 너무 심하다고 생각하리라.
그래도 모든 거짓을 버리고 본 대로 말함이 좋다——
상처를 가려워하는 자에겐 긁게 하는 것이 좋다.
너의 소리는 처음 맛이 쓰더라도
뒤에 소화되면 모든 생명의 영양이 되리라."

—단테 ≪신곡≫ 〈천국 편〉 제17곡

위대한 사상은 반드시 고통이라는 밭을 갈아서 이루어진다.
그러므로 모든 고통은 인생의 벗이다.

잠 못 이루는 밤을 위하여

Für schlaflose Nächte, For Sleepless Nights

1월(January)

1월 1일

항상 위대한 사상을 품고 살며 사소한 것을 거들떠보지 않도록 힘쓰라. 이것이 인생의 많은 괴로움과 근심을 가장 쉽게 극복하는 길이다.

가장 위대하면서도 일반적으로 가장 이해하기 쉬운 사상은 현재로서는 기독교의 형태를 취한 신의 신앙이다.

그러나 오랜 옛날에서부터 오늘날에 이르기까지 위축되고 너무도 편협한 기독교도 존재했다. 이것은 그리스도의 본성과 그 가르침에 합치되지 않는——아니 적어도 완전히 합치되지 않은——것이며 실제로 그 때문에 이미 많은 훌륭하고 교양이 높은 사람들이 그리스도의 가르침에서 멀어진 것이다.

당신이 인생의 행복을 진심으로 원한다면 기독교를 신학이나 교회주의와 바꾸어서는 안 된다. 차라리 당신은 스스로 기독교를 그 근원에 두고 복음서 가운데서 특히 그리스도 자신의 말씀 중에서 찾으라. 그리스도의 말씀과 비교될 만한 것은 어떤 철학에서도 찾아볼 수가 없다(마태복음 21, 헤른후트 찬미가 67, 691).

우리는 자신이 정화(淨化)되고자 하는 정도나 방법을 스스로 선택할 수 있는 경우가 가끔 있다. 그러나 얼마 안 가서 순금의 품성은 오직 강도(強度)——즉 거듭되는 정련(精練)——에 의해서만 얻어질 수 있다는 것을 확실히 깨닫게 마련이다.

그러므로 병이 올바로 이해되고 선용(善用)된다면 마음의 순화에 도달하는 아주 쉬운 방편이 된다(이사야 48:10, 사무엘 하 24:13~16).

1월 2일

요한복음 15:7[1]은 아마도 성경 전체 중에서도 가장 주목할 만한 말씀일 것이다. 이 말씀이 진실이라면 인간이 지상 생활을 하는 동안 위협을 받는 어떠한 악에 대해서도 언제나 구원이 준비되어 있다는 말이 된다.

그렇다면 이 말씀을 한 사람도 보통 사람이 아니었다는 것은 진실이다.

그러나 당신이 원한다면 이것은 잠시 덮어 두기로 하자. 그리고 우선 먼저 이 말씀이 약속하고 있는 구원의 전제조건을 충족하도록 시도해 보라. 그것은 절대로 당신을 해칠 일이 없으며 도리어 당신에게 생명의 구원이 될 것이다(헤른후트 찬미가 1009).

1월 3일

인생의 유일한 이성적(理性的) 목표는 지상에 천국을, 즉 불화와 생존경쟁의 나라가 아니라 평화와 사랑의 나라를 세우는 것이다. 이

1) "너희가 내 안에 거하고 내 말이 너희 안에 거하면 무엇이든지 원하는 대로 구하라. 그리하면 이루리라."

일에 협력하는 것만으로도 우리의 생활은 목적과 가치를 얻는 것이 된다. 사람은 누구나 활동하는 것이나 고난을 이겨내는 것으로 이 사업에 참여할 수가 있다(헤른후트 찬미가 652, 656, 785).

꾸준히 뭔가 유익한 일을 하고 초조해하거나 걱정하거나 하지 말 것. 또 우리가 부닥치는 일이나 우리의 기분을 항상 스스로 지배하고 절대 그들에게 지배당하지 말 것. 이것이 해마다 연초(年初)에 가져야 할 올바른 생활의 프로그램이다. 그러나 이 프로그램이 실행되는 것은 우리가 만물의 주인과 친밀히 굳게 맺어지고 그의 인도에 무조건 따르고자 결심하는 경우뿐이다. 그렇지 못하면 아무리 현명하고 아무리 강한 사람이라도 주위의 인간이나 상황에 농락당하여 끊임없이 그에 맞서서 몸을 지키기에만 급급하게 된다. 이리하여 해를 거듭함에 따라 쌓이는 사소하고 힘이 드는 잡일 때문에 인생은 하나의 무거운 짐이 되어 마침내는 그 무거운 짐 밑에 깔려 대개는 비참한 파멸로 빠지는 것이다.

신앙을 가진 사람도 가다가 도중에 포기하는 길을 가는 수가 왕왕 있다. 그들은 일반적으로는 신의 인도를 원하고 있다. 그렇지만 결혼, 사교, 정치, 투기 등 무릇 금전상의 문제에 대해서는 자기 혼자 생각하거나 행동하는 영역을 가지며 그 영역 내에서는 신의 도움을 구하지 않음은 물론 신에게 들키는 것조차 싫어한다. 왜냐하면 그들은 자기의 사고방식이 그릇되어 있고 근본적으로 버려야만 한다는 것을 스스로 알고 있기 때문이다. 그러나 그들은 다른 사람들 못지않게 이런 일로 고민하고 자신을 괴롭히며 또 남들까지 그 속으로 끌어들인다. 더구나 그로 인하여 불행에 빠졌을 때만 또다시 신의 도움을 호소한다. 이 경우 그것은 확실히 그들이 할 수 있는 제일 나은 방법이 틀림없다. 그렇지만 신이 잠시 그들에게 자기 멋대로의 행동 결과를 확실히 깨닫게 했다 하더라도 조금도 이상할 게 없다.

일을 너무 지나치게 해서는 안 된다. 또 일반적으로 질서 있는 생활을 하면 그럴 필요도 없다. 그러나 적당한 양의 일은 힘을 유지하는 제일 나은 방법이며 그것 또한 활발하지 못한 힘이나 느슨해진 힘을 구제하는 유일하고도 해로움이 없는 자극제이다.

1월 4일

당신이――지금도 그러리라고 생각하지만――'어떻게 하면 멋지고 유쾌한 것을 즐길 수 있을까'를 묻는 대신에 '지금 어떤 선한 일과 올바른 일을 할 수 있을까'를 물으며 이 궁극의 목적을 위해 어떤 식으로 자신의 상태를 고치면 좋을까를 끊임없이 묻는 데에 당신의 온 사고력을 돌리고 있다면 당신은 자신이 사는 이 세계에 대해 전혀 다른 더욱 만족할 만한 관념을 얻을 것이다. 그리하여 '산다는 것'이 어떤 것인가를 비로소 진정으로 알게 될 것이다.

그렇게 당장 선을 행할 기회만 있으면――이 기회가 없는 일은 드물다――당신의 생활이 다소 괴롭고 즐겁든 또 당신이 건강하고 병들어 있든 그런 것은 이제까지보다 훨씬 대수롭지 않게 여겨질 것이다. 그러나 이와 다른 인생관을 갖는다면 불만, 근심, 공포, 불화가 안팎으로 피하기 어렵게 될 것이다. 이것은 사회적으로 가장 높은 지위에 있는 사람도 불가피한 것이다. 하물며 그 밖의 사람에 있어서는 말할 나위도 없다.

이 두 인생관이야말로 종교와 계급에 상관없이 모든 현대인을 가늠하는 현실적인 큰 구별이다. 이에 비하면 온갖 다른 구별은 거의 의미가 없는 것이다.

처음에 말한 올바르게 생각하는 사람들의 편이 돼라. 그 사람들이 어떤 종교 어떤 철학을 가졌는지 또 어떤 계급에 속하는지는 아무래도 좋다(헤른후트 찬미가 370, 372).

1월 5일

괴로운 일에 부닥쳤을 때는 우선 감사할 가치가 있는 것을 찾아내어 그것에 솔직히 감사하라. 그렇게 하면 마음이 한층 평안한 기분이 생기고 기분이 가라앉으면 그 밖의 일도 견디기 쉽게 생각된다. 꾸준히 이것을 반복하다 보면 차츰 좋은 습관이 되어 인생이 아주 편안해진다.

우리가 신의 인도에 몸을 완전히 위탁한다면 생활을 난잡하게 하고 끊임없는 노력을 하더라도 어쩌지 못하는 많은 일에 대하여 고귀한 무관심을 터득할 수가 있을 것이다. 그러나 이 '가벼운 마음'을 얻는 데는 신을 굳게 믿고 그 명령에 반드시 따르는 것이 전제된다.

1월 6일

기독교가 진실로 명하는 바에 따라서 산다는 것은 너무도 어려우며 오히려 전혀 불가능하다는 견해가 지배적이다. 만일 그것이 사실이라면 교회의 목적이나 정치적인 목적 때문에 그저 '형식적'으로 그런 종교를 지키기보다는 차라리 버리는 편이 좋을 것이다. 물론 그리스도 자신이 이 지상에 재림하시는 일이 생긴다면 아마도 처음 오셨을 때와 마찬가지로 '온 예루살렘'이 몹시 놀랄 것이다(마태복음 2:3, 7:28). 그렇지만 기독교를 정말로 평생 자기 것으로 한 사람들이 위와 같은 견해를 마음에 품었다든가 공언(公言)했다고는 믿어지지 않는다. 그런 사람의 경우는 신앙생활의 아름다움과 위대함이 그에 수반하는 어려움보다 훨씬 더 낫기 때문이다. 이 생활은 처음에는 다소의 과감성을 가지고 시도하는 것도 필요하지만 차츰 나아감에 따라서 그렇지 않게 된다. 도리어 그것은 좁긴 하되 평탄한 길이며 거기에는 많은 휴식처와 열린 문이 있는 것이다.

오늘날 '산상수훈'이라 하여 그 개요만이 전해지고 있는 성구(聖句)를 한 번 주의 깊게 읽어보라. 그리고 당신도 그 가르침에 경탄하는지 아니면 그것들 모두를 소위 '이상적인' 명령, 즉 이상적인 의미로 받아들이고 이해하되 실행할 수는 없는 것으로 생각하는가를 검토해 보라. 당신이 내적(內的)으로 진보하느냐 아니냐는 이 검토와 그 대답에 달려 있다. 당신이 이 모든 가르침에 따르고 간절히 원하지 않는다면 당신에게 기독교는 인연이 없는 것이며 차라리 뭔가 교회 제도든 철학이든 그런 것으로 만족할 수밖에는 없다.

만일 신이 실재하지 않고 이 세상에 다윈의 의미에서와 같은 자연사적 질서와 인간 상호 간의 단순한 '생존경쟁'과 사회적으로도 '실리 정치' 외에 다른 것이 없다면 산상수훈에 따라서 생활의 규칙을 세우거나 그것을 자기 혼자서 지키려 드는 것은 확실히 어리석기 짝이 없는 일이다. 그러나 신이 실재하고 그 명령에 충실히 따를 때 신의 축복이 주어지지만 그렇지 않고 주어지지 않는다면 사정은 달라진다. 다행히도 이것은 누구나 시험해 볼 수가 있다. 지금 당장 믿고 시작할 필요는 없다. 머지않아 이미 유물주의에 싫증 난 많은 사람이 그것을 시험하게 될 테니까(요한복음 7:16, 17, 46, 8:12, 47).

당신이 복음서의 이러한 문구에 사로잡히지 않고 그것을 읽는다면 기독교는 정신적으로 이 가르침을 이해할 힘이 없었던 몇 세기 동안에 쌓였던 피상적인 교회 만능주의의 누적된 짐에서 해방되어 제각각 개인에 의해서 전혀 새롭게 시작되어야 하는 생각을 하게 될 것이다.

어떤 사람들은 시민권을 박탈당하면서까지 강요받지 않아도 되는 지금 기독교에의 복종을 노골적으로 거부하겠지만 그러나 다른 사람들은 기독교가 갖는 내적 탁월성 때문에 한층 더 깊은 신뢰와 굳게 마음을 바칠 것이다──이러한 시대가 이제 막 다가오고 있다.

1월 7일

우리를 모욕하는 자들을 모두 용서하라는 가르침은 의심할 여지 없이 주(主)의 말씀과 행함에 보증된 것이지만 자기 경험에 의해서도 그 올바름이 확인된다. 즉 깊은 증오는 내적 생활을 좀먹으며 증오받는 대상보다도 증오를 품는 본인의 마음을 해치는 것이다.

그렇지만 때로는 그 자리에 완전히 용서하기가 어려운 일도 있다. 그러나 '용서할 수는 있어도 잊을 수는 없다'든가 '바라건대 신이 당신을 용서해 주옵소서' 하는 식의 말투로 어중간하게 위선적으로 용서하는 것은 훌륭한 인품을 가진 사람에게는 어울리지 않으며 그런 것을 온당하게 받아들이지 않는 신을 모독하는 짓이다.

이러한 경우는 적어도 잠시 복수를 중단하고 신에게 맡기는 편이 훨씬 낫다. 그렇게 하면 정당한 이유가 있는 한 신은 틀림없이 적당한 시기에 그것을 이루어 주신다. 인간에게는 이것이 하기가 쉽다. 그리고 상처받은 감정이나 복수의 계획 등으로 부채질하지 않고 시간이 흐름에 따라 또 신의 은총에 의하여 차츰 위안받게 되는 것이다(히브리서 10, 30, 31, 신명기 32:35, 시편 37, 73, 이사야 46:11, 49:23, 55:17, 60:14, 예레미야 11:20).

비록 마음속에서라도 절대 남들과 다투어서는 안 된다. 이것은 왕왕 실제의 싸움보다도 외려 마음을 상하게 만들고 여러 가지 내적 불안의 원인이 되기도 한다. 유대의 격언처럼 특히 '자기가 사랑하는 사람을 노하게 하는 것은 머리 위에 광기(狂氣)의 씨를 뿌리는 것이다.'

심판하지 말라

악인들을 버려두라. 다투지도 말아라.

네 책임 아닌 것을 내버려 두라.

신이 누구의 회개를 바라고 계시는지
그 구원의 심정을 너는 모른다.

신이 악인들을 구하려 하지 않으신다면
그것으로 너는 충분하지 않은가.
그들은 은총을 입을 수 없는
무거운 사슬을 끌고 있지 않은가.

행복의 어슴푸레한 빛 속에서도
그들은 늘 재앙의 불안에 떨고
그 머리 위에는 언제나
심판의 칼날이 번쩍이고 있음을 본다.

악인들을 올바른 심판자에게 맡기고
주저 없이 네 길을 가도록 하라.
신은 평범한 사상을 가진 통속의 시인이 아니다.

1월 8일

"(이제) 나는 이 고통을 참고 견디어야만 한다. 그러나 지존자(至尊自)의 오른손이――이윽고――모든 것을 바꾸어 주시리라(시편 77:10)." 이 말씀을 성실한 마음과 완전한 공감을 가지고 외울 수 있는 사람은 이미 자신의 고뇌를 초월하여 내적 평화와 안정에 도달한 사람이다. 스토아 철학자가 가르치듯이 겉으로만 그것에 초연해서는 안 된다——하기야 실제로는 그것마저 드문 일이기는 하지만(예레미야 10:24, 15:11~13, 헤른후트 찬미가 172).

당신이 원하고 구하는 모든 것이 즉시 이루어질 수는 없다. 그전에 당신이나 다른 사람들의 내부에서 더 많은 것이 성장하고 강화되어야 하며 설령 은총의 기적에 의해서 이루어질 때도 그것은 어느 정도까지는 자연의 도정(道程)을 거쳐서 이루어져야만 한다. 또 어떤 것을 손에 넣는 것만이 자기감정에 있어서 더할 수 없는 중대사가 아니다.

어떤 것을 취득할 수 있다는 확신과 굳은 신념은 이미 그것을 소유한 것과 다를 바가 없는 것이다.

너의 신상에 가장 좋은 일이
일어나게 되어 있다고 굳게 믿으라.
네 마음이 아주 평안하면
모든 고뇌를 잊으리라.

그때가 오면
힘센 구원이 갑자기 나타나서
너의 어리석은 슬픔을
뜻밖에 부끄럽게 만들리라.

—헤른후트 찬미가 636

1월 9일

아모스 3장 2절[2)]은 착한 사람이 왜 이렇게 많은 고난을 받아야만 하는가 하는 문제에 대해 훌륭한 설명을 하고 있다. 실제로 착한 사람의 고난은 그와 같이 생각하지 않으면 설명할 수가 없으며 많은 사람에게 신의 뜻을 의심하게 할 것이다.

“의인은 고난이 많으나 여호와께서 그 모든 고난에서 건지시는 도다(시편 34:19).” 이것은 이미 수천 년 전에 하신 말씀이지만 착한 사람이 이 세상에서 무엇을 각오해야만 하는가를 극히 간단히 말하고 있다. 그들은 많은 고난을 겪어야만 한다. 다른 길로는 그들이 당도하고자 하는 진정한 선에 도달할 수 없는 것이다. 그들이 부단히 이 고난을 피하여 흔히 이 세상 사람들이 볼 수 있는 또는 적어도 볼 수 있다고 잘못 생각하고 있는 그러한 안락한 생활을 영위하기를 원한다면 거기에서 선인(善人)들의 모든 오류와 잘못된 길의 괴로운 운명이 빚어진다. 그리고 많은 고난을 받는 것은 피할 수 없는 것이다. 그러므로 기꺼이 이에 따르라. 그리고 되도록 빨리 완전히 마음을 가라앉히라. 그때 비로소 당신은 완성에 이르는 올바른 길을 가는 것이다(요한계시록 3:19, 히브리서 12:6, 잠언 3:12, 고린도전서 11:32, 시편 71:20, 97:11, 113:7).

위안은 고통의 곁에 있다. 이는 신이 다른 누구보다도 자진해서 고통을 참고 견디는 사람들 곁에 계신다는 뜻이다. 그래서 그들에게

---

2) “내가 땅의 모든 족속 중에서 너희만 알았나니, 그러므로 내가 너희의 모든 죄악을 너희에게 보응하리라.”

는 고난 그 자체가 그야말로 달콤하고 견디기 쉬운 것뿐 아니라 모든 것이 좋은 결과를 얻는 것이다.

이러한 위안이 없다면 아무도 저 '좁은 길'을 걸을 수 없을 것이다. 이미 많은 사람이 커다란 고통 속에 있으면서도 이 위안을 얻어 행복했었다.

1월 10일

'침묵으로 실패하는 사람은 없다.' 이 조금 색다른 말은 여러 가지 사회적 지위에 있어서 성공을 거둔 사람 중 뛰어난 내 친구 한 사람이 항상 입에 올리던 말이었다. 실제로 아주 많은 귀찮고 불쾌한 인생의 분쟁도 왕왕 이 '침묵'의 방법으로 쉽게 타개할 수가 있다. 이에 반하여 많은 사람이 선호하는 이른바 '자기의 의견 발표'는 대개 쌍방의 의견 차이를 한층 더 두드러지게 할 뿐 때로는 사태를 수습할 수 없는 것으로 만들어 버리는 일이 있다.

'잘 생각해 보지'라는 말도 매우 민감한 사람이나 기분이나 결심이 변하기 쉬운 사람에 대해서는 종종 기적적인 효과가 있다.

편지도 대답하고 싶지 않은 것에는 답하지 않고 또 재촉받아도 모른척하는 것이 많은 불쾌한 논란을 제거하는 확실한 방법이 된다. 그런데 사람 대부분이 세 번을 못 참고 이 결심을 번복하고 만다.

그러나 바로잡게 할 수 있고 또 바로잡지 않으면 안 되는 명백한 부정에 대해서는 침묵을 지켜서는 안 된다. 부정을 은근히 미워하면서 침묵하고 있는 것도 잘못이다.

1월 11일

철저하게 유물론적인 어떤 철학자가 다음과 같은 아름다운 말을 하고 있다. "우리들의 눈에 띄는 모든 비참을 우리 자신의 수치로 여겨야 한다." 이것은 또 상하지 않은 마음이나 부와 가난으로 인하여 냉혹해져 있지 않은 마음의 소유자가 품는 자연의 감정이기도 하다. 그러나 이 불쾌한 감정 때문에 많은 사람은 비참한 광경을 목격하는 것을 피하려고 한다. 그러나 이 도피를 거의 불가능하게 한 것은 현대 사회주의의 가장 커다란 공적의 하나이다.

1월 12일

이기주의가 언제나 자기 자신에게 나쁜 결과를 가져다준다는 것을 이성으로써 충분히 이해하지 않는 한 신앙이 그것을 가르치더라도 대부분은 생활에 실제적인 영향을 그다지 주지 못하는 연약한 것에 머물고 만다. 그러나 그 깊은 이해를 터득한 사람은 커다란 진보를 이룩한다.

대화

1

나의 친한 오랜 친구여

이제 더 너와는 살 수가 없다.

이제부터는 너를 진심으로 미워한다.

이제야말로 너는 항복해야 한다.

기꺼이 죽음에 몸을 맡기고
이 운명에 따르도록 하라.
아니면 너는 반드시
지긋지긋할 만큼 비참과 고통을 만나리라.

2

나는 너와 다투려 하지 않는다.
오직 침묵을 지키고 있을 뿐이다.
더욱 높은 빛——현명——은 내게 맡기마.
단——믿는——의지만은 내가 보유하리라.

3

너는 여전히 변함없다.
몇 번 패하여도 그대로였다.
인간은 누구나 너의 자아(自我)에 이기지 못한다.
새로운 여명이 오지 않으면 안 된다.

미지의 높은 곳에서 찾아오는
다른 영(靈) 또 다른 마음——
어떤 값을 치르더라도 어떤 고통을 참더라도

그것을 손에 넣고 싶다. 너는 이제 떠나야 한다.

1월 13일

지상에서의 천국은 인간이 부단히 신의 뜻과 합일하는 것 이외에 아무것도 열망하지 않게 되는 순간부터 시작된다. 다가올 천국도 그 이상의 것이 아니다. 더욱이 인간이 이와 같은 심경에 도달하지도 못하고 천국에 들어가기에 족하다거나 그곳에 안주할 수 있으리라는 것은 이치로 따져도 생각할 수 없는 일이다.

1월 14일

뒤돌아보지 말고 항상 앞을 내다보라. 그리고 마지막에는 이 세상의 인생마저도 초월하여 저쪽을 보라. 뒤를 돌아보는 것은 아무런 득도 안 된다. 다만 아직 개선할 수 있는 것을 개선하기 위해서나 과거의 실패를 앞으로는 조심하기 위해 거울로 삼거나 남에게서 받은 은혜에 감사로써 보답하기 위하여 뒤돌아보는 경우는 예외이다.

1월 15일

학문으로 신학에 대해서는 온건하게 존경의 태도를 보이는 게 좋다. 신학도 다른 과학과 동등하게 가치 있는 것이다. 그러나 그 이상은 아니다. 당신의 내적 생활에 있어서 신학의 지식은 필요치 않다. 이 사실을 그리스도 자신이 말씀하고 계신다(요한복음 3:3~12, 누가복음 10:21~23).

교회의 고위 성직자와 선교사와 여 집사 그리고 자비 수녀회의 수녀에 이르기까지 모든 성직에 있는 사람들을 평가할 때 우리 평신도에게 있어서 주로 기준이 되는 것은 그들이 다음과 같은 위대한 종교적 능력 중 어떤 것을 갖추고 있느냐 아니냐이다——즉 위안의 힘, 효력 있는 기도(요한복음 15:7), 병의 치료(마가복음 3:15~18), 죄를 사함(마태복음 18:18, 요한복음 20:23), 예언의 능력 등등——좀 더 정확히 말해서 현재와 미래에 대한 올바른 통찰력을 지니고 있느냐는 것이다. 다시 말하면 진리의 성령을 지니고 있느냐 아니냐 하는 것이다(요한복음 17:17, 요한일서 5:20).

이상의 능력 중 적어도 몇 가지를 갖추고 있다고 인정되지 않는 그러한 성직자의 어떤 가르침도 신뢰해서는 안 된다. 그 밖의 모든 것들——이를테면 신학에 대한 해박한 지식, 교회에 대한 열성, 설교의 재능——그 밖의 어떤 것도 다만 이차적인 것에 불과하며 때로는 앞에서 언급한 여러 가지 능력을 받는 데에 방해가 되는 수마저 있다.

앞에서 말한 모든 능력은 배워서 얻어지는 것이 아니며 더구나 어떤 성직 수여식에 의해서 주어지는 것도 아니다. 그것은 신의 직접적인 허락에 의하는 것으로서 이것은 예나 지금이나 변함이 없다. 또 어떤 교단(敎團)에서도 가능한 일이다. 이러한 능력이 성직자들에게 충분히 갖추어져 있지 않다면 그것은 성직자 계급 자체의 책임이다. 그들은 때로 인류에 대한 의의와 감화력을 상실할 수도 있는데 그 진짜 이유는 이와 같은 능력이 모자라기 때문이지 다른 이유는 없다.

민수기 26:61, 레위기 10:1~3[3], 베드로전서 4:17[4]. 이러한 일들은 오늘날에도 성직자들에게 일어나고 있다. 그들은 자신에게 맡겨진 신의 말씀을 그저 직업적으로 아니면 정치적으로 또는 교회의 목적을 위해 선전할 뿐 그들에게 지워진 사명감으로 설교하지는 않는다. 그래서 그 직접적인 결과는 그들 자신의 영적 생활의 파멸이다.

물론 어느 시대나 또 어느 민족이나 세상과의 인연을 끊고 자기 자신을 위해서는 아무런 소망도 갖지 않고 오로지 바른길에서 사람을 구원하기 위해서만 사는 사람들이 많이 있다. 이들이야말로 진짜 '성직자'이다. 만일 성직자이면서 이와 같은 특질을 갖추고 있지 않다면 가치가 없다. 당신이 자기를 그와 같은 진실한 성직자의 한 사람이라고 생각할 수 있다면 그것을 왕관과도 바꾸어서는 안 된다. 아무튼 오늘날에도 그와 같은 마음가짐으로 왕관을 머리에 쓸 때만 어느 정도의 가치를 갖는 것이다.

1월 16일

신의 은총을 받고 있다는 것은 흔히 다음 두 가지로 확실히 인식된다. 왕왕 있는 일이지만 하등의 외적 원인도 없이 갑자기 나타나는 초현실적인 환희에 의한 경우이다. 한층 더 확실한 증거는 그러한 사람이 이기주의와 결부된 일에서는 절대로 성공하지 못하며——

3) 레위기, "……나답과 아비후가 다른 불을 가져다가 여호와 앞에 놓았다. 그런데 그것은 여호와의 명령에 반대되는 것으로 불이 여호와 앞에서 나와 그들을 삼키매……"
4) 베드로전서, "하나님 집에서 심판을 시작할 때가 되었나니……"

다른 많은 사람은 언제나 잘 되는데——도리어 어려운 일이나 보통이 아닌 일에서는 아주 훌륭하게 더구나 손쉽게 성공한다는 것이다.

그러나 자신이 이 은총을 받고 있는지 아닌지를 확인하려는 것은 쓸데없는 짓이다. 누구든지 그것을 진심으로 원하고 다른 인생의 보물을 일체 포기하고 그것을 얻으려고 결심하는 사람은 그 밖의 희생이나 준비 없이도 은총을 받을 수가 있다. 아니, 어쩌면 그러한 사람은 이미 그것을 받고 있는 것으로서 앞에서 말한 증거도 나타나고 머지않아 의심할 여지가 없게 된다.

1월 17일

진정한 내적 생활에 도달할 때 개개의 영혼이 자신 안에서 경험하는 성장 과정은 보통 다음과 같다.

첫째, 만족지 못한 세속적 노력에서 벗어나 신을 우러르라. 악이나 무관심에서 벗어나 선(善)을 '우러러본다〔仰望〕'고 하는 단계이다(이사야서 45:22).

다음으로 '먼저 신의 나라를 구하라.' 즉 다른 노력의 중간중간이 아니고 또 그와 병행해서도 아니고 신의 나라를 먼저 구하는 단계이다(마태복음 6:33).

그러고 나면 진정으로 필요한 것과 사람을 이롭게 하는 것은 언제든지 얻을 수 있다는 확신이 생긴다(요한복음 15:7, 16:24).

그와 같이 마지막에 생기는 것은 영원한 내적 평안과 현세의 극복이다. 실제로 이 세상에는 어떤 복된 운명에 있더라도 불안과 근심밖에 존재하지 않는 것이다(요한복음 16:33).

인생은 끊임없는 극복이나 아니면 굴복 둘 중 하나이다. 지상의 누구에게도 그 밖의 길은 있을 수 없다.

요단강 강가에서(신명기 10, 11장)

아아, 진정으로 강건해지고자 원하는 자여
마지막으로 일손을 멈추고 조용히 앉아 말하라.
"오오 주여, 이제 저를 인도해 주소서
아직 착한 인간이 못 된 사람이지만."

"믿음으로 교만한 마음을 없애고
방자한 마음과 다툼을 없애 주소서.
이 세상의 거짓된 쾌락을 저에게
진정으로 역겨운 것으로 해 주소서."

"제힘으로 깨끗한 사람이 될 수 없습니다.
당신의 축복을 받기 전에는
그리하면 당신은 참을성 있게 사랑으로써
저의 모든 죄를 사하십니다."

"제 운명을 당신 뜻에 맡기고

다시 강에 그물을 던지렵니다.
당신의 사랑이 제 마지막 목적이듯이
주여, 이제 당신의 사랑 작업을 시작해 주소서."

1월 18일

나쁜 독서는 좋지 못한 교제보다도 더 위험하다. 왜냐하면 현실의 인간은 상상의 산물과 같이 순수하고 완전한 악이나 오류 뭉치이면서 겉으로만 아름다운 모습을 하는 일은 절대 없기 때문이다. 더구나 누구든지 악인에게는 자연 멀어지고 경계하기 때문이다. 그런데 책이나 오락 잡지나 연극 등 어떤 종류의 것이 고상한 부인이나 아이들의 눈에까지 들어올는지 거의 예측할 수 없다. 한 권의 책이 사람의 평생 불행을——물론 마찬가지로 행복도——초래하는 경우까지 종종 있다.

1월 19일

자연적 소질이나 사는 목적의 관점에서 인간은 동물과 마찬가지라는 사고방식을 당신의 확신으로 굳혀서는 안 된다. 도리어 이와 같은 현대적 견해에 대해서는 있는 힘을 다해서 저항하라. 그것이 어떤 것이든 그런 사고방식은 기껏해야 과학적 가설(假說)에 불과하며 더욱이 그 가설의 증명은 아직 이루어지지 않았고 또 영원히 이루어지지 않을 것이다.

그리고 이와 같은 견해에 따르면 인간을 다른 동물과 구별하는 가장 중요한 점이 사라지고 만다——그 점에서는 이 가설은 아마도 옳을 것이다——그리고 양자를 구별 짓는 다른 특징들은 이미 별다른 가치가 없는 것으로 된다. 이 암초에 부딪혀 많은 사람의 행복이 때로는 전 국민의 행복마저 난파당하고 있다. 이 문제에 전연 언급하지 않는다면 단순한 교회 중심주의적인 신앙만으로는 그에 대항하는 데 약간의 도움도 되지 않는다. 다윈의 진화론과 대결하려면 생활을 지배할 만큼의 확고한 신념이 있어야만 한다.

현대의 인간이 단순한 철학적 사색이나 또는 현대의 자연과학과 종교를 결부시키려는 시도로 확고한 신의 신앙에 도달한 예를 나는 일찍이 본 적이 없다. 신앙에의 도달은 도리어 실제적인 필요로 이루어지는 경우가 훨씬 많다. 왜냐하면 외적인 행복도 그렇지만 특히 영속적인 내적 만족에 이르는 길을 다른 방법으로는 전혀 찾아볼 수 없기 때문이다. 높음을 구하는 영혼에 있어서 심원한 이상주의와도 완전히 일치하는 영적 존재에 대한 신앙과 나아가서 인간의 가장 열등한 본능에 의해서가 아니라 최고의 이념에 의해서 지배되는 세계에 대한 신앙이 가장 절박한 삶의 욕구이다. 이와 같은 신앙 없이는 자기 존재를 이해할 수 없으며 또 인생의 온갖 어려움에 굴하지 않고 마음 편안하게 생존을 계속할 수가 없다. 그러한 사람들을 위해서 영국의 어느 여류시인이 다음과 같이 말하고 있다.

"아니, 그대여 주저하지 말라——고상한 것을 구함은
분명한 선(善), 당신의 유일한 선이다.

당신은 이미 그걸 깨달았다. 저 숭고한 모습이
온갖 하찮은 선택을 영원히 거부하므로."

1월 20일

그러나 당신은 아마도 이렇게 말할 것이다. "나는 신과 그리스도를 믿을 수가 없다." 나의 오성(悟性)이 그와 같은 형이상학적 직관(直觀)에 반대한다고 해도 그 양쪽 다 진실일 것이다. 그렇지만 당신과 그와 같은 초감각적 사상을 떼어놓는 것은 오성이 아니라 무엇보다도 먼저 그것과는 별종(別種)의 마음 경향이다. 오성의 역할은 의지가 이미 결정한 것을 시인할 뿐이다. 우리는 반대〔逆〕의 경우에 오성의 주저 따위는 언제든지 극복하고 나갈 것이다.

그러므로 성경에는 죄가 인간을 파멸시킨다고 말하고 있다. 그런데 죄는 신을 생각하는 마음과 양립(兩立)할 수 없는 모든 마음의 경향을 말한다.

그것이 당신과 당신의 행복을 떼어 놓고 있다. 먼저 이 사실을 믿고 그것을 찾아내어 제거하라. 그렇게 하면 신앙은 아주 쉽게 그리고 저절로 찾아든다.

1월 21일

신에 대한 기도에는 일정한 시간——이른바 시도——이나 시기——아침, 저녁 등——나 자세나 몸짓 등을 전혀 필요로 하지 않는다. 오히려 가장 간단한 말 또는 그저 마음에 생각하는 것만으로도 충분하다. 여러 가지 외적인 준비는 도리어 방해가 되는 수가 많다. 가장 중요한 것은 우리 주(主)와 부단히 마음의 연관이 있는 것이다. 사도 바울은 이것을 "부단히 기도한다"라고 말했지만 대부분의 '기도자'들은 그러한 기도를 전혀 모른다(데살로니가전서 5:17).

기도는 단순하고 또 성실하게 조금도 형식에 구애받지 말고 해야만 한다——이와 같은 기도 방법은 오늘날의 종교 교육에서는 거의 가르치지 않는다——그뿐만 아니라 또 기도에 대한 신의 대답을 들을 수 있어야만 한다. 그러기 위해서는 일상의 소란스러움이나 이기심에 조금도 방해받지 않는 세심한 마음의 귀가 필요하다.

그런데 대부분 기도자는 다만 그들의 틀에 박힌 문구를 읊조리고 그것이 끝나면 즉시 떠나 버리거나 또는 수프에 수저를 대거나 한다. 마치 실제로는 아무 일도 일어나지 않은 것처럼. 더구나 신의 대답 같은 것은 애초부터 아예 기대하지도 않았던 것처럼.

1월 22일

아침에 잠이 깸과 동시에 제일 먼저 의식에 떠오르는 생각이 무엇인가 하는 것은 매우 중요하다. 그때 당신은 평소 갖가지 우연한 원인으로 일어나는 그때그때의 '기분'에 몸을 맡기는가 아니면 자기 생활의 고삐를 단단히 잡겠는가? 오늘도 바로 눈앞의 걱정거리나 괴로운 일부터 시작하는가 아니면 새로운 생명의 아침에 대한 감사에서 시작하겠는가. 신과 맺음을 새롭게 하려고 하는가 아니면 자기만의 힘으로 '생존경쟁'을 재개할 생각인가. 어느 쪽으로 하느냐에 따라서 그날의 운명이 결정되는 것이다.

1월 23일

이 세상에서 참되게 사람을 잘 돕는 자는 '영원히 타오르는 불꽃 속에서 살 수 있는'[5] 자다. 그 밖의 사람은 우리가 스스로 도울 수 있는 이상으로 우리를 도울 수가 없다(이사야 33:14).

1월 24일

"내일 일을 위하여 염려하지 마라. 내일 일은 내일 염려할 것이요 하루의 괴로움은 그날 하루로 족하니라(마태복음 6:34)." 이 유명한 말씀의 후반(後半)은 아주 명백하다. 그래서 누구든지 지체 없이 이렇게 말한다. "전반(前半)의 명령도 그것이 실행할 수 있기만 하면 기꺼이 찬성하고 싶다. 실제로 그렇게 되면 인생은 훨씬 편할 테니까"라고. 그러나 이 말씀의 실행은 가능하다. 다른 것이 아니라 오직 신의 인도를 따르기만 한다면 말이다.

실제로 신의 인도는 가장 뛰어난 인간의 지혜보다도 훨씬 현명하며 더욱이 그 기도하시는 시기를 놓치는 일이 없다. 인간의 지혜는 왕왕 주위의 상황이나 자기 힘을 크게 잘못 판단하여 '너무 큰 신발에 자기 발을 쉽게 넣게 되기' 때문이다.

---

5) 신은 그 적뿐만 아니라 불신자도 태워버리는 불이다.

이 세상에서 언제나 기독교에 역행하는 최대의 장애는 기독교에 입문하지 않은 사람이 그리스도의 가르침과 명령하는 대로 살 가능성을 상상도 할 수 없다고 생각하는 데 있다.

그것은 아주 당연하다. 왜냐하면 신앙에 들어가면 사람 그 자체가 딴사람이 되기 때문이다. 신앙인이 되기 이전과 같은 인간이 아니라 딴사람이 되어 전과는 달리 생각하고 행동하게 된다. 따라서 무엇보다도 신앙을 갖기 이전의 인간이 결단성 있게 최초의 '어둠으로의 도약'을 시도해야만 한다.

그러기 위해서는 물론 아우구스티누스나 칼뱅의 이른바 '은총의 선택'이 필요하다. 그런데 그것은 모든 사람에게 일생에 한 번이나 두 번은 반드시 주어지는 것이며 그때 그것을 놓치지 말고 붙잡아서 살려야만 한다.

1월 25일

두려움은 항상 뭔가 옳지 못함의 표징이다. 그 옳지 못한 것을 찾아내어 철저히 극복하라. 그렇게 하면 두려움은 괴로운 것이 아니라 도리어 바른 생활로 가는 이정표가 된다.

우리는 인간으로서 수행해야 할 의무를 지고 있다. 그래서 필요한 힘과 통찰은 올바로 구하기만 하면 얻어지는 것이다. 그러나 완전성 따위는 그것이 주어진다 해도 대개의 사람에게는 조금도 달갑지 않을 것이다. 그들의 영혼은 세상 먼지에 너무도 두껍게 싸여 있다(마태복음 5:48, 레위기 19:2).

1월 26일

마태복음 20:25~28[6]의 그리스도의 말씀은 가장 착한 사람들까지도 간신히 그것도 많은 쓰디쓴 경험을 거친 뒤에야 비로소 이해할 수가 있다. 왜냐하면 그들도 언제나 남을 위해 봉사하기만을 좋아하지 않고 자기 삶의 향락을 소극적으로 조용히 즐기려고도 하지 않기 때문이다. 예언자 이사야의 "의인이 죽을지라도 마음에 두는 자가 없다(이사야 57:1)"라는 말도 그들에게는 거의 신에 대한 모독이라고밖에 생각되지 않는다. 이 사실을 십분 자각하고 계셨을 그리스도도와 대개의 사람이 그에게 별로 호의나 이해할 것 같지도 않은 사명의 무거운 짐을 감당하기란 때로는 쉽지 않았을 것이다. 아무튼 위안, 치료, 사함 등과 같은 특별한 '능력'——이것은 예나 마찬가지로 지금도 역시 있을 수 있다——은 그것의 봉사를 위해 사용할 생각이 없는데도 주어지는 것으로 생각해서는 안 된다. 이것이야말로 오늘날의 교회나 종교단체의 위에 선 많은 사람이 너무도 힘을 상실하게 된 숨은 원인이다. 이와 같은 힘은 그것을 바르게 쓰려고 마음먹는 사람들에게는 항상 갖추어져 있는 것이다.

1월 27일

피테칸트로푸스——화석인류(化石人類) 중 가장 오래된 것. 자바

---

6) "……너희 중에 누구든지 크고자 하는 자는 너희를 섬기는 자가 되고 너희 중에 누구든지 으뜸이 되고자 하는 자는 너희 종이 되어야 하리라. 인자(人子)가 온 것은 섬김을 받으려 함이 아니라 도리어 섬기려 하고 자기 목숨을 많은 사람의 대속물로 주려 함이니라."

원인(猿人)——나 그 밖의 유인원(類人猿)의 발견도 성경의 진리를 흔들 수는 없다. 이것은 마치 프톨레마이오스의 우주 대계(宇宙大系)가 코페르니쿠스의 우주 대계로 바뀐 것과 신대륙이나 새 별의 발견이 그것을 흔들지 못한 것과 마찬가지다.

첫째로 그리스도의 모든 가르침과 그분이 지구상에 출현함에 수반하여 일어난 많은 사실을 굳게 믿는다면 구약에 대한 근대의 많은 의혹 따위는 아주 쉽게 극복할 수 있다. 학문적 비판으로 인간과 다른 피조물과의 간격이 후자에 유리하도록 얼마큼 단축되고 다른 피조물이 이제까지보다 다소라도 좋은 취급을 받게 된다면 우리는 그와 같은 비판을 기꺼이 받아들이게 될 것이다.

근대의 자연과학과 종교를 조화시키려 하거나 모든 자연현상을 곧바로 종교적으로 설명하려고 하는 모든 노력은 그다지 효과가 없다. 또 현대인의 정신에 있어서는 오히려 무익하기도 하다. 자연과학은 학문의 모든 영역에 걸쳐서 되도록 널리 해명하고자 힘써야 하겠지만 이럴 때 과학적으로 설명할 수 없는 가설(假說)에서 출발해서는 안 된다. 자연과학은 그와 같은 활동 범위로 만족해야 할 것이며 학문적으로 규명할 수 없는 것은 과학에서만이 아니라 일반적으로도 존재하지 않는다는 식으로 주장할 것은 아니다. 여기에 본래의 논쟁점이 있다. 우리도 자연의 법칙을 믿는다. 그러나 이것은 '법칙'인 까닭에 우연히 또는 저절로 이루어진 것은 아니다. 자연을 창조하고 이것을 지배하는 영적 존재를 전제로 한다. 만약 세계가 온전한 혼돈으로써 모든 존재법칙을 갖지 않는다면——잠시나마 그와 같은 가능성을 생각할 수 있다고 하면——그럴 때 세계는 정말 신 없이도 존재하겠지만 그렇지 않으면 신 없이는 존재할 수 없다. 그러나 신이 무엇인가 하는 문제는 인간의 어떤 학문도——이를테면 신학 · 철학 그 밖의 어떤 학문도——그것을 학문적으로 규명하고 정의할 수는 없을 것이다. 그와 같은 기도가 신을 예배하는 가장 저속한 관념이나 형식과 다른 점은 다만 정도의 차이에 불과하다. 그리스도 자신도 이에 대해서는 요한복음 4:24[7]에 있는 것 이상으로 자세히 말씀하지 않았다. 그 밖의 경우에는 '사실' 그 자체를 근거로 하여 말씀하셨다. 이를테면 부자(父子) 관계와 같은 극히 인간적인 비유를 얼마쯤 설명으로 사용한 데 불과하다. 마찬가지로 구약 전체를 보더라도 출애굽기 34:6, 7[8]의 아름다운 구절 이상으로 깊이 들어간 설명은 어느 곳에도 담기지 않았다.

그러므로 신은 실재한다는 것, 그리고 신의 본질은 완전과 자애라는 것으로 우리의 지상 생활에 만족해야만 한다. 더욱이 신은 우리의 행동을 심판하는 점에서 우리가 상상하는 이상으로 아니 그보다도 더 우리가 바라는 이상으로 무한히 관대함을 우리는 의심하지 않는다. 우리는 신을 파악할 수도 없고 정의하거나 공식으로 표현할 수도 없다. 그러나 신을 사랑할 수는 있다. 그리고 출애굽기 20:5, 6, 34:10에서 이미 고대 이스라엘 민족에게 약속하신 것을 경

---

7) "하나님은 영(靈)이시니 예배하는 자가 신령과 진정으로 예배할지니라."

8) "여호와로다, 여호와로다, 자비롭고 은혜롭고 노하기를 더디 하고 인자와 진실이 많은 하나님이로다. 인자를 천대까지 베풀며 악과 과실과 죄를 용서하나 형벌 받을 자는 결단코 면죄하지 않고 아비의 악을 자손 3, 4대까지 보응하리라."

험할 수——이것은 오늘날에도 당시와 아주 똑같게 경험할 수——있는 것이다.

이와 같은 신에 대한 경험 그 자체가 아름다워 종종 인용되는 ≪파우스트≫의 시구(詩句)에는 빠져 있다. '이름은 울림이며 연기이다. 누가 그것을 신이라 부르고 나는 그것을 믿는다고 운운하고 고백할 수 있을까(≪파우스트≫ 제1부)'라고 한 것은 옳다고 수긍할 수 있다. 그러나 우리의 생활에 영향을 주어야 할 것은 이름 뒤에 있는 '실재'이다. 그것을 경험했었더라면 주인공 파우스트의 생애는——그리고 작가 괴테의 생애도——보다 나은 것으로 될 수 있었을 것이다.

1월 28일

유럽 문명 민족의 종교사를 이스라엘 민족의 종교사에서 완전히 떼어놓으려 해도 절대로 잘 안 될 것이다. 이스라엘 종교사에서 우리가 보는 바로는 그 필연적인 '개혁'이 기독교에서 이루어진 것이다. 유대교도는 그것을 부당한 혁명이라 간주하고 있다. 이것은 마치 가톨릭과 프로테스탄트의 관계와 흡사하다. 어떻게 해야 이와 같은 역사적 대립들이 해결되고 보다 높은 통일에 이를 것인가. 그것은 독자들 스스로가 생각해 보는 것이 좋을 것이다. 그와 같은 통일이 언젠가 이루어지리라는 것은 확실하다. 왜냐하면 이 세 가지 신앙은 모두가 같은 근원과 출발점을 갖기 때문이다. 즉 '이스라엘의 신'이 그것이다. 그것이야말로 유일한 '진정한 신' 또는 현대식으로 말하면 인간의 이해력을 훨씬 초월한 어느 사실에 대한 유일하고 완전한 인간적 이해를 나타내는 것이다. '신에게 반항하는 행위'를 하는 것은 쉬운 일이다. 오늘날 신에게 반항하는 행위를 하는 데는 권력자에게 반항할 때보다 절반의 용기도 필요치 않다. 무신론에 엄벌을 가하는 국가 질서 안에서라면 아마도 그들은 입을 다물 것이다. 그러나 그들이 아무리 정밀하게 정의된 신의 관념에도 반대하는 어떠한 권리를 갖는다는 것은 상대적으로 승인하지 않을 수 없다. 그와 같은 신의 개념은 언제나 너무도 협애(狹隘)하고 잘못된 것을 담고 있기 때문이다. 신 그 자체는 이제까지 인간이 생각해 낸 어떤 '신의 개념'보다도 훨씬 더 위대한 것임이 틀림없다(열왕기 하 5:15~19, 다니엘 3:28, 6:27, 창세기 3:6, 16).

그러므로 지금은 교의(敎義)나 철학 등을 모조리 옆으로 제쳐놓고 우리의 아이들에게 단순히 역사적인 '이스라엘 신'과 '그리스도의 신'을 믿도록 가르치는 편이 좋을 것이다. 이 신은 이미 실제적 사건들을 통하여 입증된 것으로 고대의 강력한 제왕도 이를 인정하지 않을 수 없어 스스로 명시했다. 오늘날도 역시 그와 똑같이 실감할 수 있는 것이다.

윤리적 세계질서는 예나 지금이나 변함없이 자유의지성(自由意志性)에 입각하는 것이다. 그것은 선악을 다 같이 행하는 대로 내맡기고 선이 완전히 선일 경우에만 그것에 승리를 부여하는 것이다. 또한 악은 악으로써 멸망시키고 '죽은 자가 죽은 자를 장사 지내게' 할 수 있는 것이다. 이러한 사실은 다만 그와 같은 위대한 신에게만 어울리는 것이다. 그리고 이것은 이따금 자기들의 하루살이 '철학'이나

'정치'로 신이 하시는 일을 바꿀 수 있는 듯이 우쭐대는 소인(小人)들의 바보 같은 행동에 대한 숭고한 풍자처럼 생각되기까지 한다(시편 2:1~4, 출애굽기 3:6, 13~16).

1월 29일

우리의 내적 인간이 외적 인간과 어떤 관계에 있는가는 우리에게는 아직 충분히 이해되어 있지 않다. 그러나 신의 감화를 받는 것은 오직 내적 인간뿐이다. 성찬식도 이 내적 인간을 향해 이루어지며 외적 인간에 대해서 이루어지는 것이 아니다.

이 점에 있어서 루터와 츠빙글리의 성찬논쟁(聖餐論爭)은 양쪽 모두 사건의 본질에 철저히 하지 못했다. 결국 루터의 주장이 옳았지만 그도 사태를 너무 지나치게 감각적으로 풀이했다.

성찬은 그 자체가 하나의 극히 현실적인 힘을 갖는 것으로써 단지 '징표와 상징'이나 과거 사건의 '증인(證人)' 따위는 아니다. 그것은 하나의 영적인 힘으로서 영적인 내적 인간에 향해지는 것이다. 그리스도의 성찬에 대한 말씀도 내적 인간의 겉으로 나타난 실체(實體)를 의미하는 것은 절대 아니었다.

외적 인간에게 있어서 빵과 포도주는 눈앞에 있는 그대로 것이다. 그러나 내적 인간에 있어서 그것은 그리스도의 영적 본성을 나누어 주는 힘을 갖는 것이다(베드로후서 1:4).

'성찬식은 그저 교회의 의식에 불과하며 본래 아무에게도 현실적인 도움을 주는 것이 아니다'라고 하는 현대의 사고방식보다도 도리어 가톨릭이나 루터의 견해에 따르는 편이 한층 진리에 접근할 수 가 있다.

1월 30일

사랑은 사람을 기만하고 때로는 실행하기 힘든 것이다. 인간에 대해서는 동정을 신에 대해서는 신뢰와 감사가 올바른 감정이다. 모든 인간을 진정으로 사랑하고 싶다고 생각해도 그것은 여간해서 할 수 없는 일이다. 다만 커다란 환멸과 마지막에는 염세주의에 빠질 뿐이다.

누구에게나 친절하고 동정하며 증오나 공포나 노여움을 품지 않는 다면 그것은 가능할 것이다. 평소 '기독교적 사랑' 운운하고 함부로 말하기 좋아하는 사람들이 도리어 그것을 못 하는 일이 많다.

사랑이 없는 사람과 자꾸 사귀는 것은 영혼을 해치는 결과가 된다. 그러므로 부득이한 경우는 교제를 줄이거나 끊어야 한다.

동정심이 없는 여성의 경우 중대한 성격상의 특징이 된다. 그러한 특징을 발견하면 그 사람을 조심하는 것이 좋다. 또한 인간에 대한 지나친 사랑은 여성에게 있어서 가장 피하기 어려운 함정이다.

1월 31일

우리는 이제 이 세상에 있어서 다음과 같은 행복을 알아야만 한다. 즉 어떤 상황에서든 또 누구나 모두 손에 넣을 수 있는 행복과 우리의 상황이 언제 어떻게 변하든 간에 항상 기쁨으로써 마음을 채우는 그런 행복을 알아야 한다.

이와 같은 행복을 얻게 하는 것이 철학의 이상적인 임무일 것이다. 만일 그렇지 않다면 어떠한 훌륭한 '체계'를 가졌든 간에 본래 철학을 운운하는 것은 우리에게는 거의 도움이 되지 않는 것이다.

그러므로 내 경험으로 볼 때 이와 같은 행복을 가져다주는 것은 오직 신에 대한 신앙과 신 곁에 가까이 있다고 실감하는 것과 유익한 일뿐이다. 적어도 나는 이것밖에 확실한 방법을 모른다. 또 내가 아는 바로는 이 이외의 방법을 발견한 사람은 지금까지 아직 한 사람도 없었다.

2월(February)

2월 1일

신과의 관계에서는 무엇보다도 우리가 먼저 철저하게 성실해야 한다. 신앙이 크게 흔들리거나 더 나아가 신에 대한 배신이 있어도 그 후에 회개가 이루어진다면 그래도 용서받지만 쌀쌀한 무관심이나 단지 의무를 다할 뿐인 형식주의는 절대 용서받지 못한다.

이것은 인간들의 진정한 우정에서도 마찬가지로 의무감만으로는 그 우정이 유지되지 못하는 것이다.

현대의 모든 교회의 큰 결함이 바로 이 점에 있다. 그런데도 교회는 확실히 어떤 다른 외적 방법을 가지고서도 해낼 수 없는 그런 역할을 여전히 잘 해내고 있다. 그렇다고 해서 교회가 당연히 할 수 있는 최고의 것과 최선의 것을 수행하고 있다고는 할 수 없다.

2월 2일

'신의 노여움'이 오직 그리스도의 수난과 죽음에 의하여, 그리고 그의 피로써 풀렸다는 교회의 교리를 나는 도저히 이해할 수가 없다. 신이 그와 같은 분노를 우리에 대해서 가지고 있었다면 이 구세주를 절대 보내시지 않았을 테니까. 신이 그리스도를 보내셨다는 것 자체에 이미 죄의 사함이 포함된 것이다. 정말 그리스도는 이 세상에서 급히 고난을 겪고 죽어야만 했을 뿐 아니라 그 전에 생활하시어 사두개인의 현세적(現世的) 신앙과 바리새인의 교회주의로는 행할 수 없는 좋은 생활을 할 수 있음에도 어떻게 하면 그것이 가능한가를 가르쳐야만 했다. 즉 그리스도의 이러한 생활을 우리는 본받아야 하며 또 동시에 우리가 져야 할 고난과 시련의 몫을 인내로써 받아들여 그를 따라서 그것을 극복해야 한다.

실제로 우리 주님의 생애가 그러했으며 인간 생활의 온갖 때와 장소에 있어서 진정 그러해야 할 모범적 생애(生涯)도 그와 같은 죽음과 부활이라는 종막이 없었더라면 완전한 것은 아니었을 것이다. 이것은 교리론(敎理論)이 아니라도 건전한 상식과 심리학으로도 알 수 있는 것이다.

그리스도가 그 최대의 행위를 하고 최대의 고난에 견디어야만 했던 것은 우리가 부닥뜨리는 훨씬 작은 일에 우리와 마찬가지로 행하고 또 견딜 수가 있다는 것이다. 그리고 어떻게 하면 그것이 가능한가를 가르치고 또 실행케 하기 위해서였다. 그래서 이제 우리는 자기 자신의 힘 외에 많은 사람을 도와서 고난이나 죽음을 극복하게 하신 그리스도의 힘과 약속이 주어져 있으므로 그것을 한층 더 손쉽게 이룩할 수 있다.

그렇지만 그리스도의 죽음과 희생이 저절로 우리를 정화(淨化)시키는 것은 아니다. 그것은 세례의 물과 마찬가지다. 우리를 위해 행하신 희생을 감사로써 받아들이고 그 당연한 결과로써 우리가 그리스도와 신을 사랑하게 되는 것이 우리를 정화하는 것이다.

2월 3일

그리스도 자신이 신을 '분노의 아버지'라고 운운하고 표현한 일은 한 번도 없다. 그런 표현을 했음 직한 방탕한 아들의 비유(누가복음 15:11 이하)에서도 그렇지는 않았다. 또 구약도 그 가장 아름다운 대목에서는 그와 같은 견해는 보이지 않는다.

그런데 인간이 뒤에 와서 이와 같은 '신에 대한 두려움'을 떠들어대며 많은 사람에게 신에 대한 신앙을 꺼림칙한 것으로 만들어 버렸다. 신의 노여움이란 신이 우리들의 생활에서 멀어졌기 때문에 지상의 재보(財寶)가 풍족하고 학문, 예술, 교통이 발전하더라도 우리의 생활은 오늘날과 같이 내적으로 황폐하고 위안이 없는 것으로 되어 버린 것이다. 이 대지(大地)는 옛날 그대로이며 아마도 전보다 잘 가꾸어져 있을 것이다. 그러나 '햇볕'이 빠진 것이며 인간의 행위 속에 있어야 하는 또한 있을 수 있는 '축복'이 없는 것이다.

이 같은 벌(罰)은 순전히 저절로 나타난다. 그것은 인간에 의해서 불손하게도 멸시당하는 신의 불변의 세계질서 속에 담겨 있기 때문이다. 그러나 인간이 성실히 회개하여 신의 질서로 돌아가면 사함을 받는 것도 또한 확실하다.

신의 축복

아침의 이슬과 저녁의 비를
당신은 당신의 백성들에게 약속했습니다.

당신의 축복은 여러 가지 모습으로
끊임없이 우리 위에 쏟아집니다.

수없이 많은 사람이 죽음으로 달려
하루도 두려움 없는 날이 없었습니다.
그러나 진실로 당신에게 매달려
따른 자들 가운데 멸망한 자는 없습니다.

신의 축복이란 어떠한 것인가,
아직 그것을 구명한 자는 없습니다.
다만 누구나가 알고 있는 한 가지는
모든 것이 그것에 달려 있다는 사실입니다.

잠들어 있을 때 조용한 발걸음으로
축복이 찾아드는 자도 있으며
그 이웃집 근방에는
부단히 먹구름이 자욱이 끼는 수도 있습니다.

훌륭한 소질을 타고났으면서도
모든 기쁨에 외면당하는 자도 있지만
고통의 한복판에 있으면서도
행복에 넘치는 사람도 있습니다.

주여, 당신 백성의 후예는
당신의 진실한 과실을 먹을 수 있으나
다른 자들은 자신의 죄만이 아니라
조상의 죄까지도 보상해야 합니까?

주여, 당신은 저희 죄인에게는
이 비의(秘義) 구함을 허용하지 않을지라도
저희 자손들의 괴로움과 기쁨을
바라건대, 항상 축복해 주소서.

2월 4일

"이 세상에 사랑은 너무 적으며 이기주의만이 너무도 많다. 그러므로 우리는 이 가엾은 인간을 포기하고 그들을 경멸하고픈 것이다" 라고 염세주의자는 말한다.

이 말의 앞부분은 확실히 옳으나 끝부분은 절대로 옳지 않다. 적어도 우리는 그러기 때문에 세상에 사랑을 더하고 이기주의를 줄이고 싶은 것이다.

그러나 다음 사실을 꼭 확신해 주기 바란다. 무엇보다도 더 신을 사랑하고 또 모든 피조물(被造物)을 자명(自明)한 사실로써 부드럽게 사랑해야 한다. 지금까지와는 다른 마음이 주어지지 않는다면 당신이 종교나 휴머니티나 인간애에 관해서 이야기하는 것은 모두가 공염불에 불과하다. 그렇게 되면 인간의 본성을 자연적 이기주의라고 생각하는 유물론이 당신에게 있어 진리에 충실한 사상체계가 될 것이다——당신이 교회의 가르침대로 생각하느냐 마느냐에 상관없이——이와 같은 '다른 마음'만이 흔히 이기주의를 극복하는 힘을 갖는데 이것은 누구에게나 선천적으로 주어지는 것은 아니며 경험에 의한 사고나 의지의 어떤 노력을 쌓더라도 얻어지는 것이 아니다. 이 사실이야말로 얼마큼의 인간 지식과 인생 경험이 있으면서도 왜 우리가 외부에 존재하는 힘에 의한 해방이나 '구제'를 받지 않으면 안 되는가 하는 이유이다. 실제로 이와 같은 구원은 구약에서 이미 누누이 약속된 것이다(이사야 48:10, 65:17~24, 66:12~14, 예레미야 24:7, 31:1~14, 33, 에스겔 11:19, 20, 36:26).

당신이 이것을 이미 체험하지 못했다면 아무도 당신에게 그것을 설명할 수가 없다. 그러나 그것을 체험하는 것은 모든 사람에게 가능한 것이다.

인도의 금언(金言)은 분명 다음과 같이 말하고 있다. "무지(無知)의 절반이 사상을 자유로이 교환하는 것으로 퇴치된다면 나머지의 절반은 철리(哲理)의 응용으로 몰아낼 수 있다. 그리고 나머지는 자기성찰의 빛에 의해 사라져 버린다(≪바시슈타 요가≫)." 마음이 내키거든 그것을 시도해 보라. 그러나 미리 말해 두지만 이 방법으로는 그래도 여전히 많은 불만이 당신에게 남을 것이다.

2월 5일

비판하는 것을 시험 삼아 잠시 멈춰보라. 그리고 이르는 곳마다 모든 선한 것을 격려하고 지지하며 저속한 것이나 악한 것 쓸모없는 것 또한 멸망해 없어지는 것으로 무시하라. 그렇게 하면 전보다도 만족한 생활로 들어갈 수가 있을 것이다. 그러므로 이것에 모든 것이 관련된 경우가 많다.

2월 6일

모든 인간의 생애에는 대단히 많은 신비로운 것이 담겨 있다. 그러므로 어떤 점에서 보면 완전히 진실한 전기(傳記)는 세상에 없으며 또 있을 수도 없다고 주장할 수 있을 것이다. 최소한 나의 경우에는 자신의 참다운 중요한 갖가지 체험을 진실 그대로 타인에게 이해될 수 있도록 표현하려면 어찌해야 좋을지 모르겠다.

한 번은 병으로 잠을 못 이루던 밤에 머릿속에서만 그것이 잘 표현된 일이 있다. 그러나 그때는 전혀 딴 영혼이 글을 짓고 있는 것 같이 생각되었다. 아마도 그다음 날 아침에 그것을 적으려 했더라도 잘 안되었을 것이다.

2월 7일

여느 문필가가 다음과 같이 말한 일이 있는데 그것은 옳은 말인 것 같다. "진짜 중요한 것은 바른길에 있는 것뿐이다. 그렇게 하면 다른 모든 것은 저절로 주어진다."

또 이렇게도 말할 수 있을 것이다. "복음서가 성령이라 부르고 있는 것을 자기의 생활 속에 불러들이는 것이 중요하다. 그렇게 하면 그 영혼이 그 이상의 것을 남김없이 이룩해 주는 것이다."

그렇다면 한 걸음 더 나아가서 이렇게도 말할 수 있을 것이다. "잠시 성서 이외의 모든 종교 서적을 덮어두라. 또 성서에서도 그리스도의 말씀과 행적 외에는 모두 버려두라. 그 밖의 것은 영혼의 정복(淨福)을 얻는 데 필요치 않다. 때로는 신앙의 유익한 도움이나 자극으로 되는 수는 있겠지만"이라고.

복음이 오직 일하는 사람들에 대해서만 충분한 효과를 나타낸다는 사실은 주목할 만한 일이다. 복음은 일하는 사람에게 있어서 끊임없이 원기를 부여하는 것이지만 이에 반하여 일하지 않는 사람은——게으른 성직자도——복음 외에 무언가 다른 것을 더해야만 한다. 이를테면 부단한 집회나 축하 행사나 교회의 형식뿐인 행사 등 온갖 종류의 것이 필요하게 된다. 이런 사항은 일하는 사람에게는 없으면 없는 대로 끝날 수가 있는 것이다.

은총의 선택

당신의 사업 때문에 이 저를
영원으로부터 선택하신 분이시여
그 징표로서 저에게 힘을 주소서.
분발하여 일하도록 만들어 주소서.

당신 명령을 자진해서 이룩하도록 인도해 주소서.

바라건대, 당신의 위대한 사업이 이룩되기를.
오직 신앙에 사는 자만이
이토록 아름답고 무거운 운명을 짊어질 수가 있습니다.

2월 8일

대다수 인간은 스스로 일하는 것을 부단히 피하고 자신의 노동에 대한 보상 대신 자본의 축적, 여러 가지 결탁, 안락한 사회적 지위 같은 자기를 위해 행하여지는 다른 사람들의 노고에 의해 그 보상을 받으려 한다. 그러나 그 경우 그들은 스스로 일하는 것보다 행복하지 않고 도리어 남에게 예속되는 것이 된다. 이러한 이치를 빨리 깨닫고 자진해서 일하는 생활을 선택하라. 이 세상에서 유일한 자유로운 인간이 되는 사람은 극히 드물다.

자기 삶에서 모든 불필요한 것들을 물리치기 시작하면——뭔가 한 가지 일을 하고자 한다면 반드시 이것에서 시작해야만 한다——그 뒤에 일함으로써 생활의 공백이 생기는 것을 메울 수 있다. 많은 사람은 이것을 본능적으로 느끼고 있다. 그러나 그들은 일에 열의를 가질 수 없거나 가지려 하지 않기 때문에 이 첫걸음을 내딛는 것을 두려워하여 세상의 낡은 인습의 길에 머물고 마는 것이다.

2월 9일

인생의 행복은 난관에 부딪히는 일이 적다거나 전혀 없다거나 하는 데 있는 것이 아니라 오히려 온갖 난관과 싸워서 이를 극복하는 데 있다.

힘이라는 것은 약점을 극복하는 수련에서 생기는 것이다.

"어떤 죄든 그것을 당신이 극복하면 그 죄의 영(靈)이 힘으로 변하여 당신 안으로 들어온다(로버트슨)."

2월 10일

"너희가 여러 가지 시련을 만나거든 온전히 기뻐하라(야고보서 1:2)." 시련에 부딪혔을 때 사도의 이 훈계에 따른다는 것은 정말 어렵다. 사도 자신도 심한 고난 속에서 과연 이와 같은 무한한 기쁨을 항상 느꼈을지 의심스럽다. 실제로 그리스도도 그것을 갖지 못하셨다(마태복음 26:37, 38). 그러므로 언제든지 그것이 가능한 사람은 이미 이 세상의 삶을 초월하는 것이지만 다만 시련을 의미하는 데 불과한 시련은 그런 사람에게는 필요 없게 된다. 그러나 시련에 부딪혀 있는 사람들은 대개 그러한 말만으로는 여간해서 이해하지 않는다. 그들은 왕왕 그것을 그들의 고난에 대한 조롱이거나 무정한 말에 불과하다고 하는 수가 있다. 그와는 반대로 그들에게 진정으로 기대할 수 있는 것은 막연히 생각에 잠기거나 상처를 받고 고뇌 속으로 빠지지 않는 것이다. '구원이 오는 산을 향하여 눈을 들라(시편 121:1)', 그리고 단순하고 짧은 기도의 '주여, 도와주소서'라고 말하게 하는 것이다(헤른후트 찬미가 374, 히브리서 10:32, 39).

개인이나 민족이든 시련이 필요 이상으로 오래 지속되는 일은 절대 없다. 그러나 어느 쪽이든 그 시기에 이르면 이후의 모든 시련은 무의미해진다. 그래서 그것이 사라져 버리는 것은 흔히 있을 수 있는 일이 된다. 그렇게 되면 후에는 오직 신의 심판만이 있을 뿐이다. 그런데 오늘날 많은 사람이 이 도상(途上)에 살고 있다(예레미야 2:19, 20, 25, 4:22, 6:14, 27~30).

산 중턱에서(요한계시록 3:8)

신이여, 당신에게 감사합니다.
무거운 빗장이 파괴되고 문이 열렸습니다!
'온건히 신뢰하고' 있었으므로
저는 드디어 바늘구멍을 빠져나왔습니다.

제 마음은 진실한 뜻을 관철할 용기를 얻어
풀려나고 영혼은 깊이 쉽니다.
시대를 심판하기 위해 오는 우레가
멀리 아득히 울리는 것이 들립니다.

2월 11일

내적(內的)인 진보가 이루어지려면 두 가지가 필요하다. 그것은 우리에게 말을 건네는 음성과 그것을 들을 수 있는 귀이다.

우리의 정신과는 전혀 다른 예지로 인도하는 어떤 영혼의 배려가 존재한다고 믿을 만한 이유가 따로 없다 하더라도 다음과 같은 경험이 그 존재를 보증하는 것이 아닐까? 이를테면 나의 내적 진보에 도움을 준 책들은 모두가 '뜻하지 않게' 내 앞에 나타난 것으로 스스로 찾아 구한 책에서 무엇 하나 배우지 못했다. 아마도 그런 책에서 배울 만한 것이 전혀 없었던 것은 아니고 그것을 받아들일 적당한 시기에 이르지 않았기 때문이었을 것이다.

2월 12일

아무리 반대의 사례가 있더라도 이 결함 많은 지상에서 행복과 기쁨이 얻어지는 것을 대다수 사람은 꿈에도 모르느라.

가난한 사람들은 부단히 그 비참함에 마음을 빼앗기고 근심의 구름에 덮여서 하늘을 쳐다보려 하지 않는다. 부자들은 진정으로 행복해지기 위해서는 반드시 통과해야만 하는 바늘구멍을 빠져나가려 하지 않는다. 신앙을 회피하는 사람들은 그들에게 갖가지 비난의 동기를 제공하는 교회의 신자들 행동에 끊임없이 얼굴을 찌푸리고 있다.

모든 사람이 행복과 기쁨을 원래 있지도 않은 데서 구하려 한다. 그러나 이 세상의 온갖 것을 타개해 온 사람들은 그래도 이 세상이 '눈물 골짜기'(시편 84:6)는 아니라고 최후에 증언할 것이다.

이 세상에서 가장 딱한 것은 노년에 이르러 그 절반 또는 전부가 헛되이 지나 버린 자신의 과거를 돌아다보고 '그것을 좀 더 훌륭히 해낼 수도 있었는데' 하고 후회하는 것이다. 이것이 오늘날 교양 있는 사람들에게서 볼 수 있는 운명이다. 이것을 당신 자신의 운명으로 삼지 말도록 하라.

바르나바——위로의 아들——즉 '권위자(權威者)'라는 이름(사도행전 4:36)은 모든 그리스도인이 반드시 가져야만 하는 아름다운 이름이다. 기독교인 곁에서는 항상 위안을 얻을 수 있어야만 한다. 그러나 대개의 신자를 접하더라도 그들이 위안의 힘을 가지고 있다고 느껴지지 않으며 또 완전히 만족할 만한 영역에 도달하고자 노력하고 있다고 느껴지지도 않는다. 이것이 세상 사람들이 그들을 비난하는 것이며 그것은 아주 당연하다 하겠다.

훌륭한 사람이 죽었을 때 그 죽음에 대해 별로 애석해하지 않는 사람들이 꽤 많이 있다. 그러나 극히 평범한 사람이라도 대단한 애도를 받는 일이 있다. 그것은 위안을 주는 후자가 그들을 대할 때는 항상 마음의 '평화'가 얻어지는 데 반하여 전자는 그렇지 못했기 때문이다.

2월 13일

무슨 일이 일어나건 그것은 신이 손수 주신 것이라고 믿어라. 오직 열린 문을 지나가면 여러 가지로 근심하는 일 없이 그 사람의 인생은 이미 행복해지기 시작한 것이다. 그때까지는 커다란 고난이 잇따르지만 그사이 이따금 안정된 기간이 있더라도 그것은 자기기만과 결부되어 있다.

'신 곁에 있다는 것', 즉 인간의 영혼에 신의 영이 '깃드는 것'이야말로 진정한 영혼의 행복이 되는 것이다. 신의 영혼을 이 세상의 온갖 재보(財寶)보다도 더욱 존중한다. 그러나 신의 영은 불완전한 영혼에도 깃들 수 있으나 그러한 결의가 없는 영혼에는 깃들지 않는다. 전자는 이에 의해서 서서히 그리고 확실하게 정화되지만 후자는 조금도 진보하는 일이 없다.

우리는 한층 더 높은 천품(天稟)을 지니고 우리에게 무관심한 친구보다 오히려 불완전한 인간일지라도 성실히 우리에게 마음을 주는 친구를 더 많이 사랑한다. 그리고 이 친구를 위해서라면 무엇이건 기꺼이 해주고 싶다. 그렇지 않은 전자의 무관심한 친구에게는 그럴 기분이 안 든다.

2월 14일

언제나 진실만을 말한다는 것은 진지하게 그렇게 하고자 할 때도 절대 쉬운 일이 아니다.

거짓은 우리의 생활에 깊이 뿌리박고 있어 대개의 사람은 거짓말하는 것이 하등의 목적도 효과도 없는 그런 독백이나 기도 속에서마저 자신도 모르게 진실하지 못하다.

그런데 인간은 남의 거짓말에는 민감하지만 그 거짓말이 자기에게 아첨하는 것이거나 또는 자기에게 유리한 경우에만 그것을 믿는 것이다.

저 교양 있는 로마인의 회의적인 외침은(요한복음 18:38)——빌라도의 '진리가 무엇이냐'는 외침——에누리 없이 현대의 교양 있는 계급의 심정이다. 그들은 유사 이래로 이 세상의 모든 과학이나 철학이 참으로 확실하고 오류 없는 진리를 전한 일이 절대 없음을 잘 알고 있다. 그러므로 그때그때의 진리를 하나하나 구하는 것이 아니라 진리 그 자체를 얻고자 하는 그 자신이 진리의 증거라는 것을 밝히며 그것이 이 세상에서 역사적인 유일한 사명으로 임하신 분을 따르는 도리밖에는 택할 만한 길은 없을 것이다(요한복음 18:37, 17:8, 17, 16:13, 14:6, 11:25, 26, 8:51, 7:46, 마태복음 7:29).

이 증거가 진정으로 사람을 충분히 만족시키는 진리인지 아닌지 우리는 스스로 시험해 볼 수가 있다. 그렇게 하면 이 증거가 진리임을 자신의 느낌을 통해 확실히 증명될 것이다(요한복음 9:25, 8:12, 7:38, 16, 17, 6:68, 4:14).

그러나 이것을 한 번도 진지하게 시험한 일도 없고 또 시험하지도 않은 자는 이것을 부정할 권리를 갖지 못한다. 그것은 자기가 알지도 못하는 것에 대하여 언급하는 것과 같은 이치이기 때문이다.

2월 15일

보이지 않는 세계를 '믿음'으로 걷는가 아니면 일상의 세계를 '보는 것'으로 걷느냐에 따라서(고린도후서 5:7) 인생은 매우 다른 양상을 띠게 된다. 우리는 같은 외적 상황에서 절망할 수도 있고 평안하거나 심지어 행복해질 수도 있다.

신앙에 의해 나갈 때 어느 정도 '상상(想像)'이 관여할 수도 있을 것이다. 그러나 눈에 보이는 사물은 보이는 그대로의 것일까. 이른바 '현실의' 세계와의 관계에서도 우리는 실제로 온전한 수수께끼와 가정(假定) 앞에 서 있는 것은 아닐까.

2월 16일

신에 대한 신앙을 갖지 않고 오직 자신의 불확실한 힘과 다른 사람들의 기대할 수 없는 도움을 의지하고 세상에서 인생의 낙이라 여겨지는 것만을 낙으로 생각한 결과 절반의 생활은 공포에서 절반은 기분 전환과 자기기만으로 이루어지는 그런 사람은 축복받은 상황에 있더라도 늘그막에 체력이 떨어지기 시작하면 도대체 어떻게 살아갈지 나는 이해할 수가 없었다.

나라면 전혀 신을 믿지 않는 것보다 우상이라도 숭배하고 싶다고 생각할 것이다.

현대의 어느 개혁파 유대인이 "유대교의 수많은 계율은 큰 부담이 아닌가. 그것을 얼마쯤은 낮출 수 있지 않겠는가"라고 질문하자 계율 파 유대교의 한 사람이 다음과 같은 훌륭한 답을 주었다. "계율은 확실히 부담이긴 하지만 그것은 전쟁터에 있는 병사들에게 총이나 무거운 탄약상자와 같은 것이므로 무슨 일이 있어도 잃고 싶지 않은 것이다."

신의 명령은 크나큰 부담이다——특히 자기 멋대로 살고 싶어 하는 자에게는——그러나 이 부담은 영(靈)과 육에 대한 축복이 결부되어 있다. 그것은 다른 방법으로는 얻을 수 없는 것이며 보충할 수도 없는 것이다(신명기 5:28~30, 레위기 18:2~5, 느헤미야 9:29~31, 에스겔 20:11).

이것은 특히 미래의 의학이 재차 가르쳐 줄 것이 틀림없다.

아무튼 그 누구도 최고의 지위에 있더라도 모든 제한과 명령에서 해방되어 그저 제멋대로 살 수는 없다. 신에게 귀 기울여 따르지 않는 자는 대체로 그만큼 인간의 노예가 되는 것이다. 끝으로 살아있는 신앙에는 항상 많은 기쁨이 따르므로 신의 명령은 가벼운 것이다. 그러나 인간의 명령에는 기쁨이 없으므로 무거운 것이다.

그러므로 누구든지 성실한 마음으로 신앙생활을 실행해보면 앞에서 말한 것의 옳고 그름을 자신이 시험할 수가 있다(요한1서 5:3, 마태복음 11:30).

2월 17일

남에게 받은 부당한 일을 언제까지나 생각하는 것은 항상 무익하며 더구나 이로울 게 없다. 그러한 생각은 서둘러 떨쳐 버리고 그로 인하여 원기를 잃지 않도록 하는 것이 가장 좋은 일이다.

정말 정직한 사람이라면 언제나 자신이 가치 이상으로 높이 평가받고 있으며 당연히 받아야 할 고통을 받지 않은 것을 남몰래 고백할 것이 분명하다.

2월 18일

신의 '사랑'이야말로 진정으로 우리에게 존경심을 일으키고 우리의 마음을 사로잡는 유일한 것이다. 신의 '노여움'은 그렇지 않다. 다소 반항적인 사람은 그에 대해 즉시 반발하여 "그렇다면 대체 어째서 당신은 우리를 창조하여 이렇게 어려운 상황에 놓는 것입니까"라고 항의할 것이다. 또 '아버지의 사랑'도 믿음으로 복종할 기분을 일으키지 못한다. 아버지의 사랑에 대해서는 우리는 어린 시절부터 항상 좋은 추억만 가지고 있는 것은 아니다. 구약에서 말한 '신랑의 사랑'도 역시 마찬가지로 우리에게는 이해하기 어려운 관념이다. 이러한 말들은 모두 그 자체가 표현할 수 없는 것에 대한 불완전한 비유에 불과하다. 그러나 위대한 주님의 항상 친절하고 자애에 충만한 사랑과 언제나 크고 넓은 마음과 조금도 꾸미지 않는 온전하고 진실한 태도와 또 모든 것을 관망하지만 작은 선(善)도 인정하여 항상 이것을 도우려고 준비하시는 태도야말로 우리가 신에 대하여 진정으로 구하고 있는 것이며 또 우리에게 주어지는 것이다.

2월 19일

이제까지의 나의 생애에서 나 스스로는 마음이 내키지 않으면서도 남의 권유에 따라 행한 것은 거의 언제나 좋은 결과를 얻었지만 내 발의(發意)로 착수하고 좋다고 생각한 것은 절대로 그 결과가 좋았던 예가 없다.

2월 20일

많은 사람 특히 여성들은 그 천직을 상실하고 있다. 오늘날에는 그것을 상실하는 것도 그럴 수밖에 없다고 생각된다. 왜냐하면 현재의 주어진 상황 속에서는 여성들이 활동할 여지가 없기 때문이다. 이 경우 천직을 대신하는 어떤 대용물로는 어떤 유의 향락 또는 예술이나 예술가에 대한 분별없는 열광, 단체생활, 그밖에 현대적 교양의 어떤 종류도 이 결함을 보충하는 데 도움이 안 된다.

그러한 때에 사람의 영혼을 충만케 하는 것은 진실하고 실익(實益)이 있는 신앙심 외에는 없다. 자신의 생활이 분열로 끝나지 않기를 바란다면 여성들은 그와 같은 신앙에 이르러야만 한다.

2월 21일

이른바 '인간적인' 일 중에서 가장 우리의 마음에 위안이 되는 것은 사람들을 깊이 알게 되면 대부분 그들이 평판보다 좋은 인간이라는 것이다.

2월 22일

어떤 고통이라도 거기에 털끝만큼의 죄도 섞여 있지 않다면 그것은 견딜 수 있는 것이다.

2월 23일

오늘날 순수한 유물주의를 믿지 못하는 교양인 사이에 널리 퍼져 있는 '불가지론(不可知論)'은 괴테의 인생관이었고 일반적으로 그의 각별한 숭배자들의 인생관이었다. 이 불가지론에 대하여 칼라일의 전기에 아주 그럴듯한 말이 기록되어 있다. '불가지론은 그것으로써 빵이 구워질 고운 밀가루처럼 보이지만 체험해 보면 유릿가루에 불과하다'라고.

이것은 정말 진리이다. 사람은 불가지론으로는 살 수 없다. 그것은 다만 보기에 아름다울 뿐이며 자기기만에 알맞을 뿐이다. 그러나 칼라일 자신도 이 사상을 완전히 초월했던 것은 아니었다. 왜냐하면 그는 오직 딱딱하고 냉담한 스코틀랜드의 칼뱅파 형식으로밖에 기독교를 몰랐으며 그것에 만족할 수 없었기 때문이다(요한계시록 21:5~8).

"희망과 사랑은 절대 성취될 수 없는 완전의 영역을 향하여 외친다. 그래도 더욱 단단히 그것을 마음속에 지닌다면 그것은 인생의 소금이 되고 지팡이가 된다."

2월 24일

인간 사이의 우정과 사랑은 이러한 관계의 가장 좋은 여건에서도 종종 일어나듯이 고급스러운 향락에 빠져서는 안 된다. 도리어 서로의 내적 진보를 항상 염두에 두는 것이 중요하다.

급속한 내적 진보는 강렬한 영혼의 동요에 의해서만 이루어진다. 그러므로 내적 진보를 원한다면 영혼의 동요를 너무 두려워해서는 안 된다.

2월 25일

위를 우러르는 순수한 사랑의 눈길로 신을 받아들이는 사람은 틀에 박힌 가장 아름다운 기도보다도 더욱 값어치가 있는 것이다. 우리도 역시 어린 애나 작은 짐승들의 그와 같이 말하는 듯한 시선을 어떤 미사여구(美辭麗句)보다도 사랑하는 것이다.

2월 26일

인간의 모든 성질 중에서 가장 훌륭한 것은 성실이다. 이 특성은 다른 어떤 특성의 부족도 보충할 수가 있다. 하지만 이 특성이 부족할 때 다른 어떤 것으로도 그것을 보충할 수가 없다.

그런데 유감스럽게 '성실'이라는 이 성질은 인간에게는 외려 드물고 도리어 동물 쪽에서 종종 볼 수 있다. 그래서 이 중요한 것에서 인간은 다른 동물보다 우월하지 못하다. 만일 인간이 다른 동물보다 우월하다면 모든 생물의 단계적 진화설의 성립을 나도 인정할 것이다.

또 자기가 입은 은혜에 감사할 줄 아는 점에서도 일반적으로 인간은 다른 고등동물보다 오히려 뒤떨어져 있다. 그러므로 남들에게 은혜를 베풀어도 감사받기를 기대하지 않는 것이 좋다. 그러나 당신은 항상 그 예외가 되도록 노력하라. 은혜를 잊는 가장 흔한 형태는 상대방을 방문한다거나 그 밖의 방법으로 상대방의 은혜를 '표현'하는 것으로 감사의 의무를 다했다고 생각하는 것이다. 이를테면 군주국(君主國)에서는 훈장을 수여하는 형식이 행해지지만 그것으로 감사를 주고받는 관계가 역으로 되어 버리는 경우까지 있다. 우리는 이와 같은 값싼 변제는 되도록 사양하고 외려 그냥 채권자인 상태로 남도록 해야 한다.

2일 27일

어떤 일이 아직 완전히 극복되어 있지 않다는 것은 우리가 그에 대하여 생각하거나 이야기하고 싶어 하지 않는 것으로도 알 수 있다. 그러나 그것을 극복하였다면 처음에는 미움도 노여움도 수반하지 않는 어떤 무관심이 생기고 최후에는 기분 좋은 승리의 감정마저 솟아나는 것이다.

그러므로 당신도 이것을 성실히 해보라. 그렇게 하면 당신의 어려움은 모두 그와 같이 해결될 것이 분명하다.

2월 28일

이른바 '내적 투쟁'이란 흔히 인간의 의지가 그것과 대립하는 신의 의지를 확실히 알면서도 그냥 거역하는 싸움에 불과할 뿐 아무것도 아니다. 이 경우 우리는 신의 의지를 굽혀서 자기 계획에 동의하게 하려고 생각하는 것이다(민수기 22, 33:8, 16).

출항(出港)

드디어 실행했다. 이 세상을 두고!
이 속세의 술잔은 산산조각이 났다.
언덕을 떠난 작은 배의 속 안에서
멀리 물가가 희미한 빛 속에 보인다.

길도 없이 물마루에 어렴풋이 싸여
이제부터는 오직 희망만이 재산이다.
내 자리는 너희들이 차지하려무나

너희들에겐 이 세상이 나에게는 천국이 열리리라.

오랫동안 계획하고 매우 불안할 때
숙고한 것을 드디어 감행했다.
내 순례의 발이 영원의 조국을 발견할 때까지
이젠 절대 육지는 밟지 않으리라.

이 이후의 월계수 가지는 나를 위해 꽃피우지 않고
떡갈나무 관이 내 이마를 장식하는 일은 없으리라.
이 세상의 지나가는 노력은 모두가 허무하니
내가 구하는 것은 오직 영원의 관뿐.

이 높고 높은 목표는 꿈이 아닐까.
저기 가로 놓인 긴 안개는 해안일까.
만일 그렇더라도 나는 고상한 놀이를 하고 있음이 아닌가.
이 거친 바닷속에서 갈 곳이 발견될 것인가.

어두운 나그넷길 뒤에 성도(聖都)를 발견할 수 있을까.
아무리 괴로운 고난의 길일지라도 나는 나아갈 것이다.
그럼, 안녕! 나를 낳은 육지여.
괴로움은 짧고 기쁨은 영원하리.

3월(March)

3월 1일

‘이기주의’는 종교와 일치하지 않는 것 중에서 으뜸가는 것이다. 그래서 우리가 무엇이건 정당하게 마음 편안히 소유하려면 일단 그것을 버리고——적어도 마음속으로만이 아니라 때로는 실제처럼——다시 한번 신에게 돌려받아야 한다. 재산, 명예, 좋은 평판, 건강, 일하는 힘, 가정, 생활의 기쁨 등이 모두 그렇다. 그리고 목숨 그 자체도 예외는 아니다. 그렇게 해두지 않으면 이 모든 재보(財寶)는 우리에게 있어서 파멸의 원인이 될지도 모르기 때문이다. 이것이 이른바 ‘시련’의 의미이다. 우리가 자발적으로 그것을 할 수 있을지 또 그것을 할 수 있을지 없을지를 시험하는 것이다(창세기 22).

시련을 겪고 난 후에 이처럼 단호하고 선한 의지가 우러나지 않는다면 그 시련의 임무가 완전히 수행되지 않은 것이다. 신이 우리에게 은총을 내려주셔도 시련은 거기서 그칠 리가 없다. 그러나 결국 인간이 불평을 그치지 않는다고 해서 신이 시련을 일찌감치 중단하고 그 사람을 평안 속에 놓아두신다면 그것은 대단히 나쁜 징조이다. 그러한 사람들은 신에게 버림받아 확실히 파멸을 향해 줄달음치고 있다. 그런데도 그들은 왕왕 이 세상의 행복한 사람이라 생각하고 때로는 자기 스스로 그렇게 자부하고 있다.

그러나 잠이 깨었을 때는 이미 늦는 것이다.

3월에 내리는 눈

겨울은 갔는데
봄은 아직 오지 않았다.
생명과 빛과 대기(大氣)를
내 마음은 죽도록 갈망한다.

깊은 중압(重壓)에 눌려
내 생각은 아직도 깔려 있고
불안과 근심과
무거운 일의 멍에가 나를 괴롭힌다.

대지는 옛날처럼 비통한 절규로
나를 억누르고 있다.
환희의 봄노래가 들릴 때마다
또다시 새삼스레 흩어지는 눈꽃 송이.

그렇지만 눈 밑에는 이미
파란 새싹이 살포시 고개를 내민다.
주여, 당신의 은밀한 뜻은

반드시 이루어지게 마련입니다.

다시 한번 내려가라(요한계시록 3:1)

높은 산을 넘어 깊은 골짜기로 내려가라.
너는 다시 한번 하산(下山)을 결행해야만 한다.
편력(遍歷)을 위해 네 마음을 다시 연단(演鍛)하라.
아직 안식의 관을 쓰기엔 너무 이르다.

네 용기는 아직 모자라고 지혜도 어둡다.
신은 너의 수련(修練)을 멈추지 않으신다.
아직 행위로써 주어지지 않은 것을
신고(辛苦)하면서 기꺼이 포착고자 힘써라.

3월 2일

꿈은 한 사람의 주된 생활 내용을 이루는 것이 무엇인가를 나타내는 표징이다. 꿈이 다만 육체적인 일에만 국한되지 않고 좀 더 정신적인 것이 되기 시작하면 그것은 좋은 징조이다. 그리고 이 단계까지 이르렀을 때 비로소 신의 작용에 관하여 이야기할 자격이 있다고 할 수 있는 것이며 이 신의 작용을 간과해서는 안 된다.

환상은 꿈과는 전혀 다른 것이다. 이것은 일종의 내적인 시각——또는 청각——으로 완전히 깨어있을 때 아주 선명하게 나타나는 현상이다. 이것은 언제든지 매우 엄숙한 현상이다.

그리고 기분이 전반적으로 기쁨이나 원기에 넘쳐있는 것은 이것과는 또 다른 것이다. 이러한 기분도 우리의 정신이 스스로 빚어낸 것이 아니라 자연적인 억압상태에서 정신을 원상태로 복구시키려는 것으로 인생의 가장 커다란 기쁨의 하나이다. 이런 기분만은 우리의 사상을 내면화(內面化)하고 또 신에게 단단히 매달림으로써 어느 정도 이것을 환기할 수 있다.

3월 3일

인생의 어떤 때도 신의 인도와 도움을 굳게 믿을 수가 있고 요한복음 15:7[1]의 말씀을 현실에서 빈번히 경험한다면 이 세상에서 견디어 내야만 하는 가장 고통스러운 근심과 공포가 저절로 사라져 버린다. 인생의 모든 어려움은 이 신앙을 심화하기 위한 단순한 수련이 될 것이다. 더구나 이 수련은 마침내 승리로 장식된다. 이것이야말로 지상의 가장 생동감 있는 행복이다.

만일 내가 '인생의 중반에' ≪신곡(神曲)≫ 첫머리에 나오는 30세 무렵 생애를 이끌어 주는 아리아드네의 실——미궁에서 구원의 손길——을 결연히 붙잡고 그 후 어떤 상황에서라도 이것을 단단히 쥐고 있지 않았다면 아마도 나의 일생은 태반(太半) 아니 전부가 실패로 돌아갔을 것이다.

---

1) "너희가 내 안에 거하고 내 말이 너희 안에 거하면 무엇이든지 원하는 대로 구하라. 그리하면 이루리라."

3월 4일

'우리는 완벽하게 건강하지 못하면 훌륭한 일을 할 수 없다. 그러므로 무엇보다도 먼저 건강해야만 한다'라는 견해를 옳다고 믿어서는 안 된다. 이것은 오늘날 많은 선량한 사람들이 미신으로 여긴다. 10년 전에는 어느 정도의 병약(病弱)을 천재의 표징이라 생각하고 완벽한 건강을 도리어 '범용(凡庸)'의 탓이라 생각했는데 지금은 역으로 육체에 대한 것을 너무도 마음에 둔다.

병약은 조금도 선한 일을 하는 데에 지장을 주지 않는다. 이제까지 위대한 일을 이룩한 것은 도리어 병약자였다. 더구나 완전한 건강을 지니고 있으면 꼭 그렇다고는 할 수 없지만 정신적 감수성의 섬세함이 모자라는 일이 적지 않다. 당신이 건강의 은총을 입었다면 신에게 감사하라. 그러나 건강치 못하더라도 되도록 애태우지 말고 또 장애받지 않도록 하라. 단지 '건강을 지키기 위해서만 사는 사고방식'은 교양 있는 사람에게 어울리지 않는 것으로 생각하라.

3월 5일

항상 올바르고 선량한 사람이 되도록 노력하라. 세상 사람들은 반드시 그것을 인정하는 것이다. 세상은 절대 사람 보는 눈이 어둡지 않기 때문이다.

이른바 '오해받은 사람들'의 대부분은 실제로 그런 사람이 아니다. 나머지 사람들도 오해가 언제까지나 계속되지는 않는다. 영구히 오해받는 일은 절대 일어나지 않는다. 적어도 나는 역사상으로 그런 실례를 모르며 지금까지의 생애를 통해서도 그와 같은 예를 본 일이 없다.

3월 6일

염세의 감정은 절대 좋은 징후가 아니다. 그것을 지닌 사람은 육체적으로나 정신적으로 틀림없이 뭔가 빠져 있다. 대개 이런 사람은 염세 사상 따위를 절대로 인정치 않으시는 신과 친밀한 개인적 관계를 맺지 않았거나 또는 전혀 신을 믿지 않는 둘 중 하나이다. 그러한 경우 도리어 정신적으로 훌륭한 사람이 이따금 염세 사상에 사로잡히는 것은 아주 당연한 일이다. 왜냐하면 그들은 자신에 대해서도 다른 사람과의 사귐에서도 또한 자기 일에서도 충분한 만족을 발견할 수 없기 때문이다. 더욱이 그들이 정신적으로 뛰어나면 뛰어날수록 그만큼 더 만족을 얻기가 힘든 것이다.

특히 이러한 사람들은 노년에 절대 행복할 수가 없다. 실제로 나는 이러한 사람들이 만년에 우울증이나 조급해하는 성미나 언짢음을 수반하지 않았던 실례를 단 한 번도 본 적이 없다. 하기야 이런 것을 아는 데는 인생의 내면을 간파할 수 있고 또 본인에게 불리한 점을 되도록 삭제하는 것이 관습으로 되어 있는 '전기(傳記)'의 내용을 무조건 믿지 않는다는 것이 전제되어야겠지만.

3월 7일

힘닿는 한 중단하지 않고 유익한 일을 하는 것은 부단히 신 가까이에 있는 것과 같이 인생이 부여받을 수 있는 일체 중에서 가장 좋은 마음을 충족시켜 주는 것이다. 일단 이 원칙을 생활 속에 확고히 받아들인다면 과도하고 불필요하며 너무 조급하게 일하는 태도나 신경질적인 태도를 일찌감치 피할 수가 있다.

특히 사도 바울이 '세월을 활용하라'(에베소서 5:16)고 했는데——이 대목을 성서의 신역(新譯)은 좀 더 어의(語義)대로 하기 위해 '세월을 모조리 쓰라'라는 엉뚱한 말로 고쳐 버렸지만——그 말이 지금까지 종교적인 일상에 성급함이나 초조함을 가져오는 원인이 되었다. 그러나 그와 같은 태도는 그리스도에 의한 인생 해석과는 전혀 일치하지 않는다. 도리어 그리스도는 무슨 일에도 시간적 여유를 가지고 좋은 일에도 서두르는 법이 없었다(요한복음 7:3~9, 11:6, 7, 9, 10).

이처럼 침착하지 못한 활동은 도리어 유대교의 요소로 바울을 통해 기독교에 도입시킨 것이다. 그러므로 이 사도의 편지가 만년의 것으로 보면 훨씬 위안의 힘이 크고 영적 내용과 깊이에 있어서 그 이전의 편지보다도 훨씬 우월하다. 이것은 그 자신도 마침내 신의 인도로 원래 그의 기질에 없었던 평안을 부여받았기 때문일 것이다. 이제 우리에게는 온갖 교회의 사업이나 그리스도의 선전보다도 그리스도의 참된 정신을 몸에 지니는 것이 훨씬 필요하다.

3월 8일

그리스도 교회의 역사를 공정하게 관찰하면 이 교단(教團)은 그 창시자의 사상에 완전히 적합하고 올바른 완성에 도달한 일이 아직 한 번도 없었을 것으로 생각된다. 그리고 또 진실한 그리스도교는 현대에 이르기까지 오직 개개의 사람들——대부분이 세상에 알려지지 않았던 사람들——에게 있어서만 충분한 열매가 맺어졌다고 믿고 싶은 강한 유혹에 빠지는 것이다.

과연 현대의 모든 교회조직이나 온갖 사회적 · 국가적 상황은 예수의 그리스도교에서 꽤 멀리 동떨어져 있다. 그러나 그와 같은 참된 그리스도교를 더욱 훌륭히 실현하기 위한 새로운 시도가 이루어지는 방향으로 우리의 시대가 진보하고 있는 것만은 확실하다.

현대의 그리스도 교회는——예외 없이 모두가——그들이 내걸고 있는 강령이나 요구에 비하면 교회 자체의 가치가 떨어지지만 세상 사람들이 평가하는 것보다 낫다고 할 수 있다.

적어도 예언자 이사야의 말[2)]은 현대에서도 모든 교회에 해당한다. 교회는 다른 것으로써 보충할 수는 없을 것이며 만일 어떤 나라에서 교회를 폐지하는 일이 있으면 그 무엇으로도 채워지지 않는 무서운 공간(空間)이 생길 것이다.

국가와 교회와의 싸움은 결국 교회가 실제로 그 이념상 지켜야 할 도리를 지키지 않기 때문이다. 그리고 또 그 이념상으로는 아주 정당하지만 이념의 실현으로는 부당한 요구를 끄집어내는 데서 일어나는 것이다. 만일 이상적인 교회가 실현되면 그것은 완전히 똑같은

---

2) "포도송이에는 즙이 있으므로 혹자가 말하기를 '그것을 상하지 말라. 거기 복이 있느니라' 하나니."

정신의 인간에 의해서 책임지는 모든 국가도 역시 머지않아 그 가르침의 정신으로써 충만해지는 것이다. 그리하여 양자는 서로 융화하게 될 것이다.

3월 9일

진리와 영원한 생명에 이르는 길은 오늘날 유물론과 미신이라는 두 죽음의 심연 사이를 지나가야 하는 매우 좁은 길이다. 그러나 아직 걸을 수 있는 좁은 길이다. 이 길에 발을 들여놓고 내쳐 걸으면 처음 한동안 아니 대부분의 도정(道程)을 신앙에 의지해야만 한다. 진실하고 유효한 신의 이끄심이 없으면 그 길을 끝까지 걸을 수가 없다——그러한 신의 이끄심에 대한 이와 같은 신앙은 특히 필요하다——그리고 괴테의 불가지론(不可知論)만으로는 물론 걸을 수 없다. 또 위대하긴 하지만 충분한 만족을 주지 못하는 칼라일의 말이나 칸트와 같은 힘찬 합리주의(合理主義)도 그러한 사상이 일반적으로 현실주의에 대항하여 이상주의로 이끌어 주는 처음 한동안만 도움이 될 뿐이다.

이처럼 온갖 분명한 어려움에도 그것과는 상관없이 많은 사람이 머지않아 올바른 길을 구하고 또 그것을 발견할 것이다(요한복음 5:25, 헤른후트 찬미가 719).

3월 10일

이 세상에는 얼핏 보기에 처벌당하지도 않으면서 수많은 부정이

행하여지고 있는 것은 사물을 깊이 생각지 않는 많은 사람에게 살아 계신 정의로운 신의 실재를 믿는 데 방해가 되고 있다. 모든 부정에는 반드시 내적인 형벌이 수반되느냐 않느냐 하는 문제는 간단히 설명할 수 없으므로 여기서는 잠시 미뤄 두고 다만 이렇게 말하는 것만으로 그치고 싶다. 즉 '세상에서 형벌이 가해지지 않는 일을 우리의 견해로 말할 때 외려 이 세상에서 모든 계산이 끝나는 것이 아니라 필연적으로 그다음의 삶이 있음이 분명한 추론(推論)을 정당화할 것이다.' 왜냐하면 만일 그런 일이 없고 또 신도 실재하지 않는다면 모든 부정과 부정에 대한 의식도 이 세상에 없을 것이다. 그리고 인간은 숲속의 맹수처럼 태어나면서——다만 습관화된 것이 아니다——자연적 필연에 의하여 서로 빼앗고 죽이는 행위를 예사로이 할 테니까. 그러나 그와 같은 사실은 분명 존재하지 않으므로 정의가 보상을 구하는 것은 이성의 당연한 요청이다. 이와 같은 신의 정의를 믿으려 하지 않는 사람은 이성에 대하여, 인류에 대하여, 신에 대하여 무거운 죄를 범하는 것이다(예레미야 12:1, 5).

3월 11일

삶을——육체적 생활까지도——건강하고 활기차게 살고 싶다면 생활에 기쁨이 있어야만 한다. 그러므로 뭔가 올바른 기쁨을 갖도록 하라. 당신이 현명한 사람이라면 영속적이고 항상 얻어지는 기쁨과 그리고 절대 부정(不正)하지 않은 자책이나 후회를 수반하지 않는 기쁨을 구하라. 세상의 일반적인 기쁨은 이와 같은 감정을 피할 수 없는 것들이다.

3월 12일

아침부터 밤까지 항상 신의 뜻만을 행하라. 그리하면 당신은 이미 이 지상의 톱니바퀴와도 같은 생활의 미로에서 천국으로 인도해 주는 아리아드네의 실을 손에 쥐고 있다.

신의 뜻을 즉시 분명하게 알 수 없는 경우에도 당신은 그것을 찾고 구하지 않으면 안 된다. 그러나 그 찾는 것 자체 속에 이미 축복이 깃들어 있다는 것을 명심하라.

3월 13일

가장 행복한 생활에서도 시련과 근심이 많은 법이다. 이것을 견디기 힘든 짐이라고 생각하는지 아니면 자신의 생활원칙을 실행하고 수련하기 위한 신에게서 주어진 기회라고 보는것은 생각하는 태도에 따라서 커다란 차이가 있다. 그리고 결국 이 태도에 따라 모든 것이 결정되는 것이다.

이 태도는 물론 신앙이 있어야만 비로소 가능한 일이며 또 그것이 신앙의 가장 분명한 이익의 하나이기도 하다.

희망

십자가는 무겁다. 그러나 이상하게도

네가 그것을 지는 순간 그것이 너를 짊어진다.
처음은 어두운 밤인데 닿는 곳은 대낮처럼 밝다.
이 길을 걷는 자는 '용사(勇士)'라 불린다.

네 힘은 적더라도
네가 귀의한 주님의 힘은 위대하다.
네 별은 어두운 밤하늘에 반짝이고
오늘은 죽음이지만 내일은 생명으로 소생한다.

3월 14일

단테 ≪신곡≫ 〈연옥 편〉 제21곡 58~69행을 보라. 당신이 선한 길을 걸으려 할 때 먼저 눈앞에 있는 당신 자신의 의지를 완전히 자유롭게 하여 이 길을 갈 준비를 하는 일이다. 당신은 그래도 잠깐 한눈을 팔지 않고 진지해지는 것에 어떤 혐오감을 느낄 것이다. 그리고 많은 사람이 종교적 사업과 외적인 의식(儀式)을 하듯이 사람들과의 종교적인 교제로 만족하려 할 것이다. 그러나 적어도 그런 짓은 즉각 깨끗이 포기하라. 실제로 오늘날에는 이러한 일이 착한 일을 하도록 신에게서 선택받은 인간들을 가장 크게 방해하고 있다.

당신이 그것에 아주 성실하다면 결국에는 당신의 의지가 자유롭게 되며 당신이 정말로 선을 바라고 이에 반대되는 것을 기꺼이 버릴 수가 있음을 확실히 자각하게 될 것이다.

그렇게 되면 당신은 달력에 표시한 지나버린 당신의 생일을 지우

라. 이날이 당신의 영원한 생명으로 새로운 탄생일이다.

마음속의 대화(히브리서 6장)

주여, 이제 당신은 내 마음을 사로잡아
싸움 중의 가장 큰 싸움으로 돌리십니다.
그건 당신 뜻을 온전히 이루기 위해서이며
완성에 도달하기 위해서입니다.

그런데 내 마음이여, 알고 있느냐
오로지 신의 영광만 구하는 것이 무엇인가를.
너는 헤아리느냐, 모든 어려움 중에서
이 가장 어려운 일이 얼마나 어려운가를.

3월 15일

이사야 30:15, 18[3]절을 보라. 주(主)는 당신에게 은혜 베푸실 날을 기다리고 계시다. 그러므로 당신은 공연히 근심하거나 여러모로 미래의 계획을 세우느라고 귀중한 시간을 허비할 필요는 전혀 없다. 신을 믿고 신의 길을 성실하게 가려고 노력하면 만사가 저절로 당신

3) "……너희가 돌이켜 안연히 처하여야 구원을 얻을 것이요 잠잠하고 신뢰하여야 힘을 얻을 것이거늘……." "그러나 여호와께서 기다리시나니 이는 너희에게 은혜를 베풀려 하심이요……."

이 예기(豫期)하는 것보다 훨씬 잘 되어 간다. 그리하여 인생은 매우 안락해진다. 왜냐하면 닥쳐올지도 모르는 불행에 대한 근심이 불가불 참아내야만 하는 현실의 불행보다도 한층 더 심하게 사람의 힘을 소모하기 때문이다. 실제의 불행은 왕왕 외적인 수단이나 노력으로 극복할 수도 있지만 근심은 신에 대한 강한 믿음에 의해서밖에 극복할 수가 없다. 이와 같은 경험은 누구든지 가질 수가 있다.

그러나 신앙심이 두텁고 성실한 사람 중에도 부단히 이것저것 근심하면서 생활하는 사람들이 있다. 더군다나 여러 가지 면에서 완전히 세속적인 길을 걸으며 특히 이 지상의 재물을 높이 평가하는 점에서도 다른 사고방식을 갖는 사람들도 있다. 이와는 다른 참된 신앙심을 가진 돈이 많고 신분이 높은 기독교인이 오늘날에도 무수히 많다. 그러나 신은 이러한 사람들에게 은총을 보여주는 것을 잠시 보류할 수도 있다.

그것은 신과 재물을 동시에 의지할 수는 없기 때문이다. 둘 중 어느 하나가 마음속에서 사라져야만 하는 것이다. 거기에는 '타협'이라는 것이 있을 수 없는 것이다.

당신의 근심을 주께 맡기라. 주는 당신을 대신해 근심하신다.

당신 가족에 대한 근심을
우리가 믿는 주께 맡기라.
당신은 헛되이 대책을 강구하고 생각할 뿐이다.

그러나 주께는 갈 길과 미래가 열려 있다.

주께서는 걱정을 싫어하시나, 당신이 바치는
하늘을 향한 기도는 기꺼이 들어 주신다.
당신이 간신히 하나의 대책을 마련하는 동안에
주께서는 천 가지 대책을 가지고 계신다.

아무도 마음 내키는 대로
당신을 해치는 일이 없도록
주께서는 당신에 대한 은총으로
모두의 마음을 시냇물처럼 인도하신다.

주님의 손으로부터 괴로움도 기쁨도
안심하고 받으라, 머뭇거려서는 안 된다.
주님은 당신 운명을 당장이라도 바꿀 수 있다.
그러나 그 운명을 나쁘게 하는 것은 당신의 탄식이다.

공연히 당신을 괴롭히기 위해
고난이 주어지는 것은 아니다.
믿으라, 진정한 생명은
슬픔의 날에 심어짐을.

3월 16일

신앙은 그 자체가 이미 하나의 행복이다. 어떤 것을 드디어 손에 넣을 수가 있다는 충분한 확신은 나무의 꽃을 감상하는 것과 같은 것이다. 나중에 손에 들고 먹을 수 있는 과일보다도 정말 인간 마음의 이상적 요구에 합당한 것이다.

이와 같은 신앙의 행복은 미래에 있어서 생각할 수 있는 모든 행복에 비교하더라도 그에 못지않은 지상 생활의 꽃이다. 내세(來世)에서는 이러한 행복은 없을 것이다. 후회의 탄식은 천국에 어울리지 않으므로 그것을 뒷날에 하지 않기 위해서도 언젠가는 이 행복을 맛봐야 한다.

'그대가 지금 이 순간에서 쫓아낸 것은 영원도 다시 돌려주지 못한다(실러의 시 〈체념〉 중에서).'

모든 행복 중에서 가장 아름다운 순간은 소유의 순간이 아니라 그에 앞선 순간, 즉 소망의 실현이 가까워져서 이미 확실히 보이기 시작할 때이다. 이것을 가장 멋지게 표현하고 있는 것은 이피게네이아의 아름다운 독백(獨白)이다. "가장 위대한 아버지——주신 제우스——의 가장 아름다운 딸 '성취(成就)'여! 이리하여 당신은 마침내 내게로 내려오는구나(괴테 ≪이피게니에≫ 제3막 1장)."

3월 17일

스스로 사물을 생각하고 자기 의견을 가진 사람이 좀 더 많이 있다면 세상은 그지없이 좋아질 것이다. 설령 이와 같은 사람이 반대자가 되더라도 그들의 잘못된 의견을 이해시킬 수가 있으므로 그 생각을 고치게 할 수도 있다. 다만 사람의 흉내만 내고 있을 뿐 전연 스스로 사물을 생각하려 들지 않는 사람은 설복시킬 수가 없다.

존 로크는 이것을 좀 다른 말로 다음과 같이 표현하고 있다. '세상에 그릇된 의견이라는 것은 일반적으로 생각하는 것처럼 그렇게 많지는 않다. 왜냐하면 사람들은 대개 자신의 의견 따위는 전혀 갖지 않고 타인의 의견이나 세상의 소문과 평판을 그대로 받아서 옮기는 것으로 만족하고 있기 때문이다.' 당신은 그런 부류에 끼어서는 안 된다.

3월 18일

기독교가 인간 영혼의 깊은 요구에 적합하지 않았다면 천오백 년 이상의 오랜 세월에 걸쳐서 그 가치가 인정되고 실천된다는 것은 도저히 불가능했을 것이다. 기독교가 그 실천에 있어서 많은 결함을 보이는 것과는 상관없이 지금껏 지속되고 있는 위대한 가치를 그 밖의 종교 또는 이슬람교나 불교나 어떤 다른 세계적인 윤리학이나 철학 등의 문화민족 사이에서 지닐 수 있으리라고는 실제로 아무도 믿는 사람이 없다.

그러므로 기독교의 미래를 걱정하거나 현재의 적을 두려워할 아무런 이유도 없다. 기독교는 이제까지도 아주 격심한 공격을 극복해 왔으며 앞으로도 분명 어떤 철학 체계보다도 긴 생명을 유지할 것이다(마태복음 8:25 · 26, 21:44, 24:35).

3월 19일

매일 아침 눈을 뜨면 오늘도 선을 행할 새로운 기회가 주어진 데 대하여 먼저 신에게 감사하라. 그리고 온종일 그 기회를 놓치지 않도록 눈을 크게 뜨고 있으라(잠언 15:15, 17:22, 4:18, 19, 전도서 2:22, 헤른후트 찬미가 635~638).

3월 20일

나는 이제까지의 생애에서 노여움이나 증오심을 계속 품고 있었던 일이 없다. 절박한 사정에 쫓기다 보니 항상 그와 같은 감정에 젖어 있을 수는 없었다. 또 그렇지 않더라도 이 감정은 갑자기 내 머리에서 제거되었다. 그 결과 나는 마침내 그런 감정을 품는 일도 없게 되고 또 타인의 공격을 거의 마음에 두지 않고 그것에 수동적으로 저항하는 데 그치는 습관을 길렀다(시편 62, 마태복음 5:39~42, 이사야 54:17).

3월 21일

우리가 인생에 있어서 남의 미움을 받을 때 그 대부분은 상대의 질투나 보상받지 못한 사랑 때문이다.

우리가 공공연히 신의 곁에 서려면 그와 같은 증오는 절대로 벌을 면할 수 없으리라 하고 멋대로 상상해서는 안 된다. 반대로 어떤 강한 보이지 않는 손이 사면팔방에서 갖가지 재난을 불러들여 적을 부추기고 지금까지의 친구들도 냉담케 하거나 등을 돌리게 하는 것이 아닌지 생각되는 일도 종종 있다.

그렇지만 주의 곁에 있으면 이익은 그로 인한 손실보다도 훨씬 크다. 그리고 영혼이 충분히 성장하여 '하늘에서는 신 외에 누가 나에게 있으리오. 땅에서는 신 외에 나의 사모할 자 없나이다(시편 73:25)' 라고 고백할 정도가 되면 그 영혼은 이미 '관철'된 것이며 인생의 목표에 도달한 것이다.

3월 22일

자기 주변의 사회적 수준보다 손톱만큼이라도 뛰어난 사람이 인기가 있고 일반적으로 호감을 산다. 그런 사람은 살아 있는 동안에 최대의 영향력과 최고의 개인적 행복을 손에 쥘 수가 있다. 그러나 죽은 뒤엔 사정이 달라진다. 그때는 그들이 받아야 할 대가는 이미 없어진다.

대개의 사람은 일반적으로 그렇게 믿고 또 스스로 인정하고 있는 것보다도 위대하고 선한 사상을 쉽게 받아들일 수가 있는 것이다. 다만 그들에게는 그러한 사상이 어울리지 않기 때문에 그들은 그 훌륭하고 선한 것을 먼저 자기들의 수준으로까지 끌어내리려 한다. 그러나 그 선한 사상이 본분을 지켜 자기를 굽히지 않으면 그들도 마침내 그것을 승인하게 된다. 그렇지만 선하고 올바른 것을 절도와 상식을 알맞게 가미하여 사람에게 받아들여질 만하게 또 속인들의 귀에 들어가기 쉬운 형태로 주장하는 것은 꽤 벅찬 일이다. 이것은 신의 은총으로 이루려 하지 않고 자기 머리로만 이루려는 인간에게는 불가능한 일이다.

3월 23일

이미 어떠한 의욕과 향락도 염두에 없다는 것은 아주 훌륭하고 멋진 경지이다. 그렇게 되면 날마다 새로운 좋은 일이 생긴다. 태어나면서부터의 노여움은 사라지고 구하지도 않는데 내가 원하는 대로 그것을 해준다. 지금까지 오랫동안 극복하려고 헛되이 애쓴 몇몇 결점까지 마치 수액(樹液)이 다하여 지탱할 힘이 없어진 마른 잎이 바람에 흩어지듯 저절로 사라져 버린다(헤른후트 찬미가 685, 686).

3월 24일

탄식

오, 주여! 내 마음의 위안이여
당신의 축복을 내려주소서.
길을 재촉하여 나를 인도하고
숭고한 종말로 데려다주소서.

이 세상은 내게서 사라져 버렸습니다.

그 기쁨은 너무도 작습니다.
그러나 나의 상념은 사로잡히고
활동은 고통을 줍니다.

'이 세상 나그넷길은 너무도 괴롭습니다.'
마음의 근심은 그치지 않습니다.
주여, 모습을 나타내옵소서.
언젠간 끊어야 할 고비를 풀어주소서.

당신의 사랑은 너무도 격렬하고
당신의 우정은 너무도 강합니다.
그러나 두 주인을 섬길 수는 없습니다.
이 세상은 이제부터 나의 적입니다.

이 길을 나는 버릴 수가 없습니다.
또 하나의 길은 벌써 잃어버렸습니다.
그런데도 새로운 세계의 힘을
아직 나는 붙잡을 수가 없습니다.

앞으로 나아가는 데는 걱정이 따르지만
되돌아가고 싶진 않습니다.
나의 간절한 소망은

새벽과 당신의 은총의 빛입니다.

오랜 즐거움도 없이
아직도 얼마나 어둠 속을 가야만 합니까?
오, 주여! 나의 탄식을 들어주소서.
그리고 밝은 낮을 이루어 주소서.

3월 25일

거짓 평화와 참된 평화(타울러 설교집 136장)

주여, 당신의 어린것들이
마음 깊이 지닌 평화는
황금의 잔처럼 보이지만
알맹이는 고통에 차 있습니다.

우리는 이 세상 나그넷길에서
그저 쉬도록 태어나진 않았습니다.
이 세상에서 평안을 구해도 얻지 못하며
여기서 쉬는 자는 멸망해 버립니다.

인생은 애초부터 엄숙한 것

빈둥거리며 놀기만 할 여유는 없습니다.
이 세상에 있는 평안은 오직 하나
커다란 목표의 확신뿐입니다.

주여, 앞으로도 내게 귀를 기울이게 해주신다면
더 평화를 당신에게 기원하지 않겠습니다.
평안에 마음을 기만당해선 안 되니까요.
바라건대 오직 용사의 힘을 내려주소서.

지상에선 적진의 한복판에서
고된 일의 전쟁을 시켜주소서.
하늘의 구원받은 사람들이 집에 간 다음
나는 평화의 야자수 그늘에 쉬고 싶습니다.

3월 26일

내 생애에 있어서 마치 몽유병자 같던 적이 수없이 있었다. 위험한 일에 대하여 눈을 뜨고 있었으면 절대 가지 않았을 그런 위험하기 짝이 없는 좁은 길을 마치 보이지 않는 손에 이끌린 것처럼 나도 모르는 사이에 빠졌다.

다만 이따금 누가 나를 부르는 소리에 깨어난 것처럼 갑작스레 내 사고방식이 다른 많은 사람의 사고방식과 크게 판이하다는 것을 깨닫는 일이 있었다. 실제로 마음의 안정을 잃고 싶지 않다면 절대 그것을 스스로 승인해서는 안 되는 것이다.

어느 심술궂은 비평가가 아주 정당하게 내게 고했다. 나는 살아 있는 사람보다 오히려 죽은 사람들과 정신적으로 사귀는 일이 많으며 동시대인보다 수백 년 전 사람들을 더 잘 이해해 왔다. 내가 가장 잘 이해했던 것은 그리스도 · 요한 · 단테 · 토마스 아 켐피스 · 타울러 · 크롬웰과 최근 사람 중에는 칼라일 · 블룸하르트 · 부스 부인 · 톨스토이 등이다. 하지만 톨스토이는 보류해야 할 점이 꽤 있다.

3월 27일

내적 진보를 보이는 가장 좋은 증거는 극히 선량하고 마음이 고상한 사람들 속에 있으면 기분 좋게 느끼지만 범속한 사람들 속에서는 항상 불쾌함을 느끼는 것이다.

이것이 우리의 내세 생활도 결정한다. 대개 그러한 생활이 있다고 하면 사람들은 저마다 자신의 정신적 본성과 그 진보 단계에 따라서 그에 상응한 곳까지 갈 수가 있으며 그렇게 될 것이다. 그렇지만 자기 능력에 없는 그 이상의 것을 구하여 분기하는 사람도 그와 같은 간절한 동경으로 인하여 그보다 높은 세계에 속할 수가 있으며 거기에 영접하여 수련받는 은총을 입게 될 것이다(아가 6:11).

3월 28일

'세상에는 너무도 완고하고 너무도 외곬으로 미래에만 소망을 걸고 있는 사람이 있다. 절대 찾아오지도 않는 그런 미래를(레키).'

이 말은 전적으로 사실이다. 우리는 미래에 대한 걱정이나 계획의 고심을 모두 그만두어도 된다. 그러나 항상 그 전제로 우리가 올바르고 똑바른 길에 있어 새삼스레 그것을 찾을 필요도 없다. 다만 그 길을 나아가면 된다는 뜻이어야 한다. 창세기 17:1[4]에서 말씀하신 것도 바로 이것이다.

3월 29일

다소 게으른 젊은이들은 대개 종교적 진리나 최상의 처세법을 짧은 말과 격언으로 표현하기를 바라고 있다. 우선 처세법을 간단히 말로 나타낼 수가 있을는지 몹시 의심스럽다. 인생에는 여러 가지 단계가 있어서 그것이 정상적으로 진전된다면 차츰 높은 목표와 식견으로 나아가는 것이기 때문이다. 그러나 인생의 초보를 위해 그러한 짧은 말을 바라거든 마태복음 6:33[5]을 선택하라. 이것이야말로 세상에 있는 가장 확실한 것으로 진지하게 그것을 시도하여 성취하지 못한 사람은 아마 한 사람도 없을 것이다. 또 종교적 진리를 짧은 문장으로 표현하는 것은 신앙개조(信仰箇條)가 의도하는 바로서 그중에서도 '사도신조(使徒信條)'는 오늘날에도 모든 기독교회에 공통되는 것이다.

또한 요한복음 17:3[6]은 그리스도로에서 유래하고 있는 신조로 이

---

4) "나는 전능한 하나님이라. 너는 내 앞에서 행하여 완전하리라."
5) "먼저 그의 나라와 그의 의(義)를 구하라. 그리하면 이 모든 것을 너희에게 더하시리라."
6) "영생은 곧 유일하신 참 하나님과 그의 보내신 자 예수그리스도를 아는 것이다."

것만으로도 충분하여 논쟁의 근원이 되는 일도 적었을 것이다.

3월 30일

우리도 거인 크리스토포로스[7]처럼 이 지상의 가장 위대한 주인만을 섬기고자 굳게 결심해야 한다. 그러나 지금은 그와 같은 주인이란 물질적 진보와 향락일까, 과학일까, 예술일까, 조국과 그 대표자——국민 또는 군주——일까, 인도(人道)일까 교회일까, 아니면 신과 그리스도일까.

이에 대해서는 당신 스스로 결정하라. 그러고 나서 마음과 정신을 바르게 하여 그를 섬겨라.

3월 31일

사람은 오직 성실하기만 할 게 아니라 사랑할 만한 데가 있어야 한다. 이러한 성질은 아주 충직한 사람에게 있어서 왕왕 만년에 나타나거나 전혀 나타나지 않을 수도 있다.

그러므로 세상에는 성실하지는 않더라도 사랑스러운 사람이 위대한 덕(德)의 본보기가 될 만한 인물보다 도리어 사람들의 호감을 사는 일이 많은 것이다.

---

7) 가톨릭의 14명의 구난성인(救難聖人)의 한 사람. 전설에 의하면 그는 나루터지기로 있으면서 이 세상에서 최대의 주인을 찾고 있는 동안에 어린이 모습을 한 그리스도를 그분인 줄 모르고 냇물을 건너 주고 그 도중에 냇물로 세례를 받고 그를 따랐다고 한다.

4월(April)

4월 1일

위대한 사상은 오직 모진 고통으로 인하여 깊이 파헤쳐진 마음의 바닥에서만 성장한다. 그와 같은 고통을 모르는 마음에는 천박함과 범용(凡庸)만이 남는다. 아무리 디딤돌에 올라 발돋움한다 해도 헛수고이기 때문이다.

그 디딤돌이 종교적이든 과학적이든――아니면 철학적 성질이든――또는 인간적인 특징일지라도.

그러나 도저히 피할 수 없는 상황에 몰린 사람이 아니고는 그 누가 결실은 풍성하나 동시에 무서운 이 길에 자진해서 뛰어들 용기를 가질 것인가. 또 신의 이끄시는 손이 없다면 그 누가 터럭만큼이나 좁은 심연(深淵)의 좁은 길을 빠져나갈 수가 있겠는가.

깊은 밑바닥에서

바야흐로 다가온다, 바다의 큰 물결과 비참한 죽음이
정녕 너는 지옥의 문 앞에 왔다.
늙은 사람은 단말마의 고통 속에 있고
막 태어난 새로운 생명은 고통스러운 숨을 토한다.

나의 길은 이상한 나라로 나 있었다.
아니, 막다른 저쪽 무서운 곳으로
어둠에 싸인 채 말하기 힘든 생각에 잠겨서
우리는 심연의 변두리를 더듬어갔다.

심판이 내려졌다, 내가 아는 건 그것뿐
이 길이 미칠 것 같은 망상의 경계를 지나기 때문이다.
이 세상은 이미 저 멀리 나의 등 뒤로 돌아섰고
나는 지금 월계관이 아니라 가시면류관을 받았다.

가슴의 신음만이 나의 구원입니다.
구세주여, 당신께 나를 맡깁니다.
싸움은 당신의 것, 영광 또한 그렇습니다.
나를 죽게 하여 당신의 생명으로 소생케 해주소서.

4월 2일

언제나 될 수 있으면 얼마간의 애매함에 몸을 숨기고 미덕의 가면까지 쓰려고 하는 것이 악의 술책이다. 자신의 향락욕(享樂欲)에 대해서는 인색해지고 싶지 않기 때문이라 변명하고 증오나 질투에 대해서는 진리를 사랑하기 때문이라고 변명한다. 야심을 활동욕이라 얼버무리고 태만을 영달욕(榮達欲)에 대한 반감이라고 한다. 아니, 심지어는 신의 뜻에 완전히 맡겨버렸기 때문이라고 변명한다. 다만 때때로 대담하기 짝이 없는 철학자와 현실주의 정치가가 나타나서 그들의 진짜 악의 얼굴을 드러내며 '모든 가치 전도(니체)'를 꾀한다. 그러나 그와 동시에 이미 건전한 회귀(回歸)가 시작된다. 온갖 선에 대한 이 같은 뻔뻔스러운 도전에 대해 한때는 망연자실했던 일반 대중도 결국은 그와 같은 기도를 바라지 않게 된다. 그렇게 되면 악도 당분간은 가면을 다시 쓸 수 없게 된다. 그래서 가면은 이내 벗겨지고 사람들은 적나라한 추악한 모습을 그대로 샅샅이 눈앞에 볼 수가 있다. 우리는 바로 그런 시기에 사는 것이다. 어떤 철학이나 윤리로써 기독교를 대치하려고 하는 모든 시도가 실패한 것으로 결정이 난 후에야 비로소 기독교는 본격적인 재생을 향해 나아가게 될 것이다.

4월 3일

잠언 16:32[1)]을 보라. 우리는 단순히 자기감정이나 기분에 무턱대고 따라서는 안 된다. 감정이나 기분은 우리가 따로 손을 쓰지 않더라도 스스로 존재하는 것이므로 우리의 생활 전체에 영향을 미치는 것이다. 그러나 그것은 마치 날씨와 마찬가지로 우리가 이것을 바꿀 수는 없을지라도 그것에 대비할 수는 있다. 이렇게 함으로써 성격은 차츰 견고함을 더하여 드디어 감정은 한낱 부차적(副次的)인 것으로 되고 생활의 단조로움을 깨는 변화로만 소용될 뿐이다. 마치 계절이나 날씨의 변화 또는 낮과 밤의 교체와 마찬가지이다.

---

1) "노하기를 더디 하는 자는 용사보다 낫고 자기의 마음을 다스리는 자는 성을 빼앗는 자보다 나으니라."

특히 어린이는 어릴 적부터 감정에 따르지 않고 도리어 그것을 지배하도록 엄격히 가르쳐야 한다. 어린이의 기분에 조금이라도 양보해서는 안 되며 그것을 중대하게 받아들여도 안 된다. 그렇지 않으면 오늘날 흔히 볼 수 있는 쓸모없는 불행한 인간이 되는 것이다.

이같이 하면 마침내는 이사야 25장, 61장, 그리고 헤른후트 찬미가 732에 기술되어 있는 것처럼 일정하고 지속적인 기분이 생기는 것이다.

우리 내부의 악이나 범속(凡俗)은 우리가 강하게 선을 원하자 한 때 뒤로 물러서는 것이다. 그러나 그것은 후일을 위해 공격의 손을 멈추었을 뿐으로 우리가 지치기 시작하거나 내적 성공을 확신하여 최초의 기쁨에 마음을 늦추면 즉시 공격해 온다. 그때 악은 실지(失地)를 만회하기 위해 안간힘을 쏟으면 그것이 실제로 왕왕 성공하는 것이다.

4월 4일

신앙의 일시적인 동요에서 완전히 벗어날 수 있는 사람은 아무도 없다. 그렇지 않다면 그것은 곧 신앙이라고 할 수 없을 것이다. 그러나 신앙을 통해서 경험을 쌓는 동안에 신앙이 차츰 일종의 지식으로 된다. 그러므로 사도 베드로는 정당하게도 다음과 같이 말할 수 있었다. "우리는 우리가 알고 있고 그리고 본 것에 관해서만 이야기한다. 그저 교묘하게 만든 이야기를 따르지는 않았다(베드로후서 1:16 참조)."

현대에서도 모든 복음 설교자는 자신에 대하여 이와 똑같이 말할 수 있어야 한다. 그렇게 말할 수 없는 한 그의 설교는 별로 도움이 안 된다.

바그너의 아름다운 오페라로 우리에게 한층 더 친밀해지게 된 로엔그린의 전설은 이런 점에서 사람을 잘 설득하게 된다.

무릇 인류의 참 구세주는 그 독자적인 정신적 본질을 갖추고 미지의 세계에서 찾아온다. 그래서 많든 적든 간에 어딘지 이상한 데가 있다. 그와 동시에 그는 '어둠과 고통'에서 오는 것이 아니라 '빛과 기쁨'에서 찾아오는 것이다.

사람은 그 빛과 기쁨에 접하면 무엇보다도 먼저 이 구세주 자신이 그와 같은 새로운 삶에 깊이 통하고 있음을 틀림없이 느낄 것이다. 오늘날의 예언자에게서 보듯이 인간의 비참에 대한 단순한 탄식의 노래나 서술 또는 자연과학이나 사회주의에 대해 단순하면서도 빈약한 비판은 사람들에게 전혀 감명을 줄 수 없다. 애당초 그것은 예언자의 이름에 어울리는 것이 아니다.

4월 5일

아무리 올바른 사람이라도 그 생애 중 한 번은 틀림없이 '죄인의 한 사람으로 인식'되기 마련이다(마가복음 15:28). 만일 이와 같은 일이 안 생기면 좋은 징조라고는 할 수 없다. 이럴 때는 신을 위안으로 삼는다면 온갖 인간의 비판을 초월하여 힘을 불어넣어 주는 신의 위안과 도움을 확신하는 데서 생기는 깨끗한 양심——참으로 깨끗한 양심은 이밖에는 없다——을 부여받는다면 세인(世人)들의 비판에도 쉽게 참고 견딜 수 있다. 그리고 실제 상상하고 있던 만큼 그것이 나쁜 것도 위험한 것도 아님을 깨달을 것이다.

사람은 이와 같은 경험을 겪어야 비로소 용기 있는 인간이 되며 신이 싸움에 쓸 수 있는 인물이 된다. 그러기까지는 모든 사람이 다 겁쟁이로서 신의 편에 서기를 두려워하는 것이다.

4월 6일

오늘날과 같은 인간사회에서 가장 필요하다고 생각되는 것은 진실한 것을 분별하는 어떤 확실한 '본능'이다. 그것은 무수한 기획·조직·단체·당파·선동·문학·정치적 흐름 또는 종교단체·종파 따위에 휩쓸리지 않기 위해 필요한 것이다.

이들의 움직임은 매일매일 모든 교양인에게 엄습해 오지만 참으로 생명이 있는 것은 그중 극히 일부에 불과하다. 대부분은 생명이 짧은 존재로 취지서나 연보(年報)를 두셋 낸 뒤 이듬해는 사라지거나 지속력이 없는 작은 분파로 나뉘든가 한다. 이런 것들과 되도록 멀리 떨어져 있는 것이 좋다.

현대의 최대 문제는 아니지만 적어도 우리에게 가장 가까이 있는 문제인 '사회주의'는 내적으로 참다운 기독교에 의해서만 극복될 수가 있다. 그 밖의 대책은 모두가 선의(善意)의 사람들이 자기기만에 불과하다. 오늘날 사람들이 몽상하고 있는 그런 사회주의 국가가 광범위하게 실현된다고 할지라도 일반 사람들은 만족을 얻을 수 없을 것이다.

당신이 어떠한 형태의 무익한 인도적 사업에 종사하여 당신의 생애를 헛되게 하고 싶지 않다면 참다운 기독교를 촉진하고 이에 반대하는 갖가지 편견을 물리치는 데 힘쓰는 것이 좋다. '먼저 인간을 개조하라. 그리하면 인간의 환경은 자연 변화한다.' 그러나 현재는 사회주의의 성실하고 선의 있는 지도자들도 기독교에 대하여 반감을 품는다. 그것은 그들이 대개 참된 기독교를 전혀 모르는 까닭이다. 더구나 '기독교적' 사회주의의 시도도 지금까지 아주 신통치 못한 성과밖에 거두지 못했다. 단 구세군만은 유일한 예외로 어느 정도 좋은 의도를 지니고 있다.

4월 7일

죽은 후에도 그 인품의 인상을 길이 남기는 사람은 극히 드물다. 대부분 사람과 중요한 지위에 있던 사람이라도 대개 몇 해 안 가서 잊혀 버린다. 가장 오래 마음에 남는 것은 그 사람의 성실함에 대한 추억이며 또 여성의 경우는 부드럽고 다정한 사랑에 대한 추억이다.

4월 8일

"너 자신을 위하여 어떠한 우상도 만들지 말고 ……아무런 형상도 만들지 말라(출애굽기 20:4)." 이 말씀은 지상에 신과 닮은 모습의 사람에게도 합당한 것이 아닐까? 그래서 모든 초상 · 사진 · 자서전 등도 이에 포함되는 것이 아닐까. 아무튼 이런 것들은 다른 효용보다도 우선 인간의 허영심에 소용되는 것이다.

가장 위대한 인물들 중에 아브라함 · 모세 · 사도들——그리스도는 물론——에 대해서 우리는 그들의 인품을 나타내는 어떤 상(像)도 가지고 있지 않다. 이 사실은 아마도 그들에게는 이익이 될 것이다. 왜냐하면 오늘날에도 어떤 인간에 대한 우리의 관념은 그 사람의 초상이나 전기에 의해서 높아지기보다는 도리어 낮아지는 것이 보통이기 때문이다.

4월 9일

뭔가 당신에게 해로운 일이 뜻하지 않게 닥치거든 이를 방지하기 위해 먼저 상식의 규범에 따라 직접 할 수 있는 것을 하는 것이 좋다. 다음에는 정신적으로——만일 그렇게 함으로써 마음이 가라앉는 것이라면 육체적으로도——우리 주님 앞에 몸을 던지고 요한복음 15:7[2]이나 16:24[3]를 외우면서 바른 통찰력을 주도록 기도하고 다음에는 당신을 위해 어느 것이 진짜로 필요한가에 따라서 인내력이나 신의 도움을 기구(祈求)함이 좋다.

그것이 끝나거든 다시 편안한 일상으로 돌아가서 쓸데없이 무익한 근심에 빠지지 않는 게 좋다.

---

2) "너희가 내 안에 거하고 내 말이 너희 안에 거하면 무엇이든지 원하는 대로 구하라. 그리하면 이루리라."

3) "지금까지는 너희가 내 이름으로 아무것도 구하지 아니하였으나 구하라. 그리하면 얻으리니 너희 기쁨이 충만하리라."

4월 10일

선에 대한 태만은 큰 결점이다. 아마도 모든 결점 중에서 가장 큰 것인지도 모른다. 왜냐하면 거기에는 그 사람의 좋은 면이 눈에 띄지 않기 때문이다. 그런데도 사람들은 자기 자신과 타인에 대해서도 이 결점을 별로 중요하게 생각하지 않는 사람들이 많다. 그렇지만 이 결점은 아주 소극적이며 보통 남의 눈에 쉽게 드러나지 않기 때문이다.

일반적으로 우리는 선행할 기회를 피하지만 참으로 총명한 사람이라면 되도록 그 기회를 희구할 것이다. 그러므로 우리는 천국을 그지없이 선을 행하는 기회와 그것을 행하는 무한한 힘과 의욕이 주어지는 장소라고 생각한다. 이것과 다른 천국은 적어도 사물을 생각하는 인간에게 있어서 적합한 것으로 생각되지 않는다. 우리가 이따금 느끼는 안식(安息)을 바라는 마음은 전 생애 또는 영원한 삶을 통하여 충족할 수는 없다. 그것은 오직 찰나의 감정에 불과하다.

이와는 반대로 눈앞에 행할 만한 선의 기회가 없고 또 그것을 할 의욕과 힘이 없다는 것은 이미 이 세상에서부터 지옥이다. 그런데 많은 사람은 더욱 훌륭한 인생을 살 수 있는데도 헛되이 하는 일도 없이 지내고 있다(학개 1:6~8, 2:4~9).

항상 금전에 관하여 편안한 생활을 하고자 한다면 비록 소액일지라도 그 수입의 일정한 비율을 선행을 위한 목적으로 사용하는 것으로써 시작해야 한다. 이것은 누구든지 할 수 있는 것이다. 그로 인해 그만큼 가난해진다고 생각하면 당치 않은 그릇된 생각이다. 실제로는 그 반대이다. 그런데도 한편에는 그만한 수고마저도 싫어할 만큼 게으른 부자가 많이 있다. 그들은 넘치는 돈 중의 일부를 잘 생각하지 않고 별다른 선의마저 없이 무슨 단체나 시설에 기부하면 그것으로 대단한 선행을 한 거로 여기는 것이다. 이것이야말로 그릇된 생각으로 고린도전서 13:3[4]에 나오는 사도 바울의 유명한 말에 해당하는 것이다. 그러나 오늘날에는 특히 고대나 중세의 유명한 사례처럼 전 재산을 가난한 사람들에게 베풀라고는 누구에게도 권할 수가 없다. 오히려 재산을 보존하고 잘 관리하여 그 수입을 신의 뜻에 따라 사용해야 할 것이다. 만일 자신이 그런 일에 소질이 없으면 믿을만한 사람을 찾아서 대행시키면 된다. 모든 부자가 다소라도 이런 방법으로 살면 세상은 지금까지보다 훨씬 좋아질 것이다. 그리고 자신도 지금보다 더 행복해질 것이다.

4월 11일

허영심을 막는 최상의 수호신은 그것을 경멸하는 오만이다. 그러나 허영심보다도 훨씬 위험한 적인 오만은 오직 신 곁에 가까이 있는 것으로서만 막을 수 있다. 신 앞에서는 모든 인간적인 의의가 무(無)와 같고 어떤 인간적 차별도 차츰 소멸하여 하찮은 것으로 되어 버린다.

세상 사람들이 가장 많이 상대를 칭찬하고 싶어 하는 것은 그들의

4) "내가 나에게 있는 모든 것으로 구제하고 또 내 몸을 불사르게 내어줄지라도 사랑이 없으면 내게 아무 이익이 없느니라."

칭찬을 바라지 않는 것이다. 그리고 그것을 경멸하지 않고 허영심도 없고 침착하고 확고한 자아를 가진 사람에게 부딪쳤을 경우이다. 칭찬을 재촉하거나 경멸하면 다 같이 그들의 반감을 유발하고 칭찬을 억제하게 한다.

수양으로 겸손의 미덕을 지닌 사람은 명예로운 표창을 사양한다. 하지만 속마음은 그것을 기쁘게 생각하고 그것이 주어지지 않을 때는 서운함을 느낀다. 좀 더 겸손한 사람은 자신의 진정한 행복을 지키기 위하여 조심스럽게 그것을 피한다. 더욱 겸손한 사람은 이미 그런 것에 마음이 안 움직이므로 전혀 관심이 없다.

자신의 명예로운 행위가 세상에 널리 알려지는 것을 거부하면서 그것이 알려지기를 열렬히 소망하는 사람은 조금도 겸손하다고 할 수 없다. 그런 사람들 대개는 그런 저의를 세상에서는 알 수 없다는 안이한 생각을 하는 것이다.

4월 12일

타인에게 받는 부정 · 박해 · 굴욕은 자기 수련을 위해 필요하다. 그러나 선과 평화적 관계에 있는 사람은 모두 마지막에 이사야 60:14, 15, 32:17, 18, 33:22, 23에 기록된 것을 체험할 것이다. 원칙적으로 이런 것에 대해서는 침묵을 지키는 것이 최선책이다. 그렇게 하면 자기를 모멸한 사람 중에 조금 나은 사람들은 우리가 말하고 싶은 것을 자기 자신에게 더욱 엄하게 타이를 것이다. 그리고 다른 사람들은 우리가 응수할 때마다 자기들이 취했던 태도에 대한 구실을 찾고 변명할 것이다.

세상에 흔히 있는 '은밀히 질투하는 자'에 대해서는 거듭 선의를 보이는 것이 그들의 공격을 막는 최선책이다. 그리하면 그들은 마침내 스스로 자신의 칼날 위에 쓰러지거나 적어도 조용히 퇴각할 것이다. 마치 욥기의 악마가 그 갖가지 흉계가 헛되이 끝남을 보고 완전히 행방을 감춘 것처럼.

그렇지만 그들의 비판을 염두에 두지 않으면 피할 수 없는 단 한 가지의 일이 생긴다. 그것은 오만하다는 비난을 받는 것이지만 거기에는 적으나마 진리가 내포되어 있다.

4월 13일

인간의 생애에는 신을 안개처럼 무한히 겹겹으로 층을 이루어 에워싸고 있는 것처럼 보이는 덮개를 뚫고 영혼이 신에게 다가가는 순간이 있다.

이때는 모든 종교(宗教)가 그저 조잡한 상징에 불과하다는 기분이 들며 또 모든 신앙고백이나 예배는 아무래도 인간 냄새가 물씬 나는 것 같다. 그것들은 신의 뜻에도 그리고 인간의 가능성이나 본래의 사명에도 전혀 적합하지 않은 것으로 생각된다.

그러나 그때도 현재의 기독교가 이러한 진정한 신의 실감을 외적으로 교리화(教理化)한 최상의 것으로 생각하는 것도 또한 사실이다. 실제로 지금까지 말로 표현된 그리고 앞으로 말로 표현될 신에 대한 어떠한 표현도 분명 이보다 더한 것은 없을 것이다.

4월 14일

'달리 어떻게 할 수 없는 자만이 위대한 것을 행한다.' 이것은 정말 놀라운 진실이다. 그러므로 우리는 때때로 이와 같은 '그것밖에는 할 수 없는' 상황에 몸을 두어야 한다. 즉 어떤 커다란 결심을 하기 전에 잘 생각하고 다음에 해야 할 일과 또 해야 하는 것이 분명하면 단호히 그것을 행해야 한다. 왜냐하면 이와 같은 인생의 최대 순간 뒤에는 자칫하면 일종의 후회나 원래의 상태로 되돌아가고 싶은 심정이 생기기 때문이다.

이것은 하나의 반작용으로 어떤 일이 있더라도 반드시 그러한 심정은 요지부동한 사실에 부딪히면 둑이 터지듯 무너지지 않을 수 없다. 그래야 비로소 승리가 쟁취되는 것이다. 사실 그것은 그와 같은 곡절을 거쳐야 도리어 쉽게 이룰 수 있다.

4월 15일

오늘날에는 아무도 남에게 속박받는 것을 원치 않는다. 먼저 신에게 다음에는 도덕적 세계 질서 · 국가 질서 · 교회 · 가족의 고삐에서 자유로워지기를 원한다. 그러나 이것이 어느 정도 이뤄지면 다음에는 공허감이나 야비한 향락욕이나 또는 염세주의(厭世主義)에 빠져 마침내는 파괴욕으로까지 진행될 수가 있다.

그래서 반대로 먼저 자기 자신의 기분이나 습관부터 자유로워지는 것에서 시작하여야 한다. 그런 다음에 자진해서 신과 신의 위대한 사업에 봉사해야 할 것이다. 이것이 곧 행복에 이르는 길이다.

이미 자기 자신의 개선을 마음 쓰지 않고 타인의 복지를 위해 자기를 바치라는 명령을 받는다면 그 사람은 이미 인생 학교의 최상급으로 나아간 것이다. 우리가 상상하는 미래의 삶도 항상 이와 같은 것이리라.

성취(로마서 6:22, 요한복음 7:38, 단테 ≪신곡≫ 〈연옥 편〉 제28, 29곡)

괴롭고 험한 좁은 길, 달과 해를 거듭한 불안한 나그넷길이여
드디어 너를 다 올랐다.
그리스도 피의 은총을 내 몸에 경험하지 않았다면
나는 일찌감치 되돌아갔을 것이다.

그렇다, 피에는 피다. 지옥은 나를 방면해 주지 않는다.
이 세상도 자기 수확물을 쉽게 놓아주지 않는다.
몸값은 치를 수 없을 만큼 거액이다.
그렇다면 그 누가 여기서 자유를 여전히 보전할 수 있겠는가.

진정한 자유의 대가는 이 세상의 자유의 죽음이다.
너는 몸을 바쳐서 신의 종이 되어야만 한다.
그 보상은 여기서는 나날의 빵이며
저세상에서는 영원한 영혼과 영원한 생명이다.

그리하여 너는 자유로우면서도 멍에를 썼다.
강한 사랑의 고삐로 매어져 있다.
생각도 못 했던 일이지만——그래도 역시 너는
인생의 행복과 목적을 발견했다.

이제 길은 밝고 완만한 오름길.
어떠한 회의도 지나간 시간도 걸음을 막지는 못한다.
험한 길도 깊은 낭떠러지도 두렵지 않고
안개도 네 목표를 엇갈리게 막지는 못한다.

태양은 찬란하게 떠올라
환희의 빛으로 너를 비춘다.
주여, 구세주여, 당신에게 감사합니다.
일찍이 나를 위해 피 흘리심을.

성업(聖業)은 이룩되었습니다. 내 마음은 모두 당신 것입니다.
스스로 택하여 내 마음을 바치나이다.
은총의 성업을 계속하시어 주님 뜻대로
내게 이 세상의 삶을 마치게 하여 주소서.

진리와 힘의 불같은 성령을
지금 이 텅 빈 그릇에 부어주소서.

당신이 만드신 불의 성령이
온 인류 위에 넘치게 하여 주소서.

4월 16일

'회의(懷疑)'의 유혹은 언제든지 이론에 의해서가 아니라 먼저 신앙에 의해서 극복되어야 한다. 그러한 경우 지성만으로는 절대로 충족되지 않는다. 그와 같이 의혹이 극복되면 마태복음 3:17[5]에 있는 천상의 소리와 여운 같은 것이 영혼에 남는다. 만일 우리에게 한층 더 용기가 생긴다면 그런 것을 경험하는 기회를 도리어 기뻐할 것이다. 그러나 그것이 거듭 겹쳐 일어나면 이와 같은 기회는 다시 찾아오지 않는다. 왜냐하면 그것은 이미 목적이 없어지기 때문이다. 신은 그저 즐기기 위해 이러한 기쁨을 주시는 것이 아니다.

4월 17일

인간은 선함과 진실을 건강에 유익한 것으로 느낀다. 반대로 악과 거짓과 불순함이 아무리 아름다운 모습일지라도 울적하고 불건전한 것으로 느꼈을 때 비로소 그 사람은 인간으로 또 최선의 경우에 있을 수 있는 그대로의 인간이 된 것이다. 그러기까지는 아무리 훌륭한 원칙에 따라서 살더라도 여전히 악의 영향에 있는 것이다. 유대인들

5) "하늘에서 소리가 있어 말씀하시되 '이는 내 사랑하는 아들이요 내 기뻐하는 자라' 하시니라."

의 큰 모순으로 해석했던 그리스도의 그 말씀(요한복음 6:53~56)[6] 은 이것을 의미하는 것이다. "육체가 모든 일의 끝이다"라는 한 독일의 어느 신비가(神秘家)의 난해한 말도 이와 같은 뜻으로 받아들이면 이해할 수 있을 것이다.

봄

환한 봄이 골짜기를 타고 올라왔다.
겨울은 이미 지나간 것이다.
언덕의 목장은 그 어디에나
선명함의 푸름을 예쁘게 입고 있다.

하늘은 부드럽고 푸르게 빛나고
태양은 따사롭게 비치고 있다.
엊그제까지 잿빛이었던 세계가
지금은 이렇게 기쁨에 넘치고 있다.

묵은 나무의 연한 가지에서
새싹이 트고 있다.

---

6) 예수께서 이르시되 "내가 진실로 너희에게 이르노니, 인자의 살을 먹지 아니하고 인자의 피를 마시지 아니하면 너희 속에 생명이 없느니라. 내 살을 먹고 내 피를 마시는 자는 영생을 가졌고 마지막 날에 내가 다시 살리리니 내 살은 참된 양식이요 내 피는 참된 물이로다. 내 살을 먹고 내 피를 마시는 자는 내 안에 거하고 나도 그 안에 거하나니……."

아, 늙은이여, 그대도 마음만은
정말 언제까지나 젊구나.

4월 18일

예로부터 철학 · 신학 등으로 불리는 모든 것들이 진실 같은 말을 늘어놓았을 뿐 참으로 보잘것없는 것으로 여겨지는 일이 흔히 있다. 왜냐하면 그것들은 표현하고자 하는 것의 근저(根柢)까지는 이르지 못했기 때문이다.

그런데 이 인간적 지식의 어두움 속에 어떤 말로도 표현할 도리가 없는 저쪽에 있는 위대하고 진실한 신에 대한 우리의 생활에서 얻은 경험적 사실이 존재하고 있다. 마치 온갖 인간적 해석을 초월하여 숭고하고 영원하고 움직이지 않는 진리의 별처럼 찬연히 빛나고 있다.

이와 같은 경험에서 확고한 신앙이 생기고 또한 깊은 신비주의도 생긴다. 이것은 체험하지 못한 사람에게는 바르게 이해되지 않으며 또 다른 사람에게는 '어리석은 일'이지만 우리에게는 참된 '신의 힘'인 것이다.

4월 19일

기독교적 세계관의 확고하고 참된 기초는 이러하다. 이 세상의 악과 제각각 지닌 개인의 내적인 악은 이미 '법리상(法理上)'으로 정복되었다. 그래서 중요한 것은 '사실상' 이 승리를 각각의 경우에도 유효하게 만들고 밀고 나가는 것이다. 이것이 그리스도를 통하여 오직

한 번만 행하여진 '구원'의 비의(秘義)이다. 이것을 신봉하는 모든 사람에게 있어서 의심할 수도 부정할 수도 없는 진리이다.

만일 그렇지 않다면 선의 승리에 대하여 절망하는 일도 틀림없이 있을 수 있을 것이다. 그러나 이 같은 절망은 항상 개인적 용기의 결핍에서 오는 것이므로 만일 그것이 사실로 나타난다면 인류대사(人類大事)에 대해 심상치 않은 반역을 뜻한다.

4월 20일

연극인들이 흔히 '훌륭한 은퇴'라는 말을 쓰는 것은 인생의 지나가 버린 시기에 대하여 회고하거나 또 우리의 생애에서 깊은 관계를 맺고 스쳐 간 사람과의 일을 상기할 때 의의가 있는 일이다. 우리는 좋든 나쁘든 모든 사건에서 바르고 품위 있는 태도로 작별을 고하고 마지막에는 인생 그 자체에서 훌륭한 작별을 하도록 노력해야 한다.

그런데 우리 자신이 훌륭한 은퇴를 찾지 못하면 종종 우리의 적들이 도리어 그것을 부여해 주는 일도 일어난다.

슬픔은 기쁨과 같이

슬픔은 기쁨과 같이
당당하게 흔들림 없이
침착함이 있는 것이어야 한다.
그것은 마음을 확고하게 하고 맑게 하고 아주 자유롭게 만드는 것이어야 한다.

슬픔은 조그만 걱정 따위는 태워 버릴 만큼의 힘을 가지고
위대하고 진지한 사상, 영원의 사상을 찬양할 만큼의 힘이 있어야 한다.

—오브리 드 비어

4월 21일

다른 사람에게 아무것도 얻으려 하지 않는다면 전혀 다른 눈으로 그들을 볼 수가 있다. 대게 그 같은 경우에만 인간을 올바로 판단할 수가 있다.

사귐이 적은 친구와 오래 교제하고 싶거든 그에게 많은 것을 구하지 않도록 조심해야 한다.

4월 22일

인간의 사고라는 것은 그 최상의 것마저도 기계적으로 하려고 하는 경향——내용을 공식적인 말로 표현하려는 경향——이 있다. 이 같은 공식적인 표현은 끊임없이 힘이 드는 사고 활동을 하는 대역(大役)으로 적어도 후대(後代) 사람들에게 문제를 쉽게 풀 수 있게 하는 효과가 있다. 이것은 특히 종교나 철학에서 두드러진다. 그러므로 이러한 공식적인 표현은 그 시대에 있어서 이에 대한 반대로 환기되고 그것을 갱신하여 그때의 세대가 이해하기 쉽게 하려는 움직

임에 따라서 변화되어야 한다.

이것이 이른바 기독교의 개혁 목적이며 그 공적이기도 하다. 그렇지 못하면 그것은 다만 일시적인 현상에 불과할 것이다.

4월 23일

기독교의 성직자나 신학자에 대해서는 사도들이 우리에게 남겨준 척도를 가지고 측정함이 좋다. 그들 중에 그리스도의 부활을 믿지 못하는 자는——그 밖에 아무리 훌륭한 장점이 있다고 하더라도——성령을 소유하지 못한 것이다. 아직 그들 자신의 인간적인 영(靈)밖에 가지고 있지 않으므로 그로 인해 그리스도의 부활이라는 사실에 늘 반항하는 것이다. 마찬가지로 이 인간적인 영은 원래 진실한 신에 대한 신앙에 대해서도 반항하지 않고는 못 견디는 것이다. 이러한 신에 대한 믿음이 부활의 신앙보다 쉽기는커녕 오히려 더 어려울 것이다. 왜냐하면 부활한 그리스도는 많은 사람이 동시에 그것을 보았지만 일찍이 신을 본 사람은 없기 때문이다(고린도전서 15:6, 사도행전 1:8, 22, 2:32, 4:2, 10:20, 41, 42, 17:31, 32).

4월 24일

시련과 축복은 밀접하게 관련되어 있다. 시련은 그것을 통과하지 않으면 축복이 주어질 것 같지 않은 바로 그 시점에 찾아온다. 왜냐하면 특히 자기 자신의 힘을 방패로 삼는 자신감(自信感)과 오만이 있어 축복이 찾아오는 것을 거부하기 때문이다. 그래서 다시 마음의 문을 열어 마음을 부드럽게 하고 솔직하게 만드는 것이 시련의 역할이다. 이 목적이 이루어지면 곧바로 축복이 찾아온다.

4월 25일

우리는 신을 기쁘게 해야 한다. 신이 기뻐하실 수 있는 사람이 되어야 한다. 미천한 벌레와도 같은 우리가 그것을 실천할 수 있다는 것이 신기한 생각이 든다. 그러나 우리는 그것을 완전하게 할 수 없다. 그 방법이 욥기 속에 여실히 묘사되어 있으니 그것을 참조하라. 그리고 한 번 그것을 시도해 보라. 신을 기쁘게 하려는 생각을 단단히 간직하라(시편 132:14, 역대 하 7:18, 이사야 62:5, 스바냐 3:17, 헤른후트 찬미가 573).

4월 26일

신의 뜻을 완전하게 따르고 더욱더 그것을 펼치려고 결심했으면 먼저 꾸준히 일하고 인간에게 허용된 모든 수단을 충실히 적용하며 쓸데없는 걱정을 해서는 안 된다. 왜냐하면 신에게서 주어지는 참된 지혜는 그것을 실제로 사용하기 전에――즉 활용하지 않고 보존하기 위해서라면――절대로 주어지지 않기 때문이다. 또한 그 이전에 우리는 그 지혜를 올바로 이해할 수 있을 만한 마음의 준비가 전혀 되어 있지 않기 때문이기도 하다.

그러나 이 지혜는 우리가 진지하게 그것을 구하고 또 붙잡으려고 준비하면 확실한 때를 맞춰 주어진다. 그래서 우리는 언제나 정신을 똑바로 차리고 있기만 하면 된다. 순간적인 향락에 게으름을 피우고 휴식만을 바라거나 무턱대고 조급하게 굴거나 세월을 허비해도 안 된다. 하지만 신의 길을 나아가는 데는 항상 활기차고 열심히 일해야 하지만 절대 억척스레 일할 필요는 없기 때문이다.

다음으로 우리는 바른 일을 행하기 위해 온갖 기회를 정신 차려 놓치지 말고 뜻밖의 일을 당하여 놀라거나 침착성을 잃지 않도록 조심해야 한다. 그리고 무엇보다도 말을 삼가야 한다. 쓸데없는 말을 하는 것이 난처한 상황으로 휩쓸리는 원인이 되는 것이다. 그러는 동시에 미래의 일을 메모해 두고 미리 준비하는 것도 대단히 좋은 일이다. 그리고 그것을 확고히 실행하려면 그 메모를 사용하기 직전에 이루어져야 한다.

무슨 일이든지 지나치게 오랜 시간 번거로운 '기본 준비' 같은 것을 하지 말고 곧바로 힘차게 착수해야 한다. 그리고 목표로 하는 중심적 사상을 향해 곧바로 돌진해야 한다. 그럴 때 생기는 중요한 사상은 극소수에 불과하다. 또한 부수적인 사상은 일을 진행하는 사이에 저절로 머리에 떠오르는 것이다.

4월 27일

다른 어떠한 향락도 구하지 않는 것이 인생에서 얼마나 큰 낙인지 사람들이 스스로 시험해 볼 것도 없이 믿을 수 있다면 누구나 이와 같은 생활방식으로 바꾸면 이 세상은 단번에 변혁될 것이 틀림없다.

인생의 중대한 갈림길에 있어서는 먼저 모험을 감행하는 것이 중요하다. 그리하면 저절로 힘이 생기고 마침내 그 행위가 올바르다는 통찰이 생기게 된다.

새로운 나라

항해는 끝났다. 이 모험을 통하여 검푸른 파도를 건너왔다.
어두운 뱃길에 다리가 놓였다.
영혼의 배에 실려 나는 무사히
새로운 나라까지 왔다.

그것은 이상한 나라, 다른 별
지상의 낙원이라고도 불리리라.
아주 가까우면서 아주 먼 나라
이 나라를 아는 자는 많지 않다.

옛 생활의 세속적 무거운 짐은
아득한 저쪽에 두고 왔다.
자기를 버림이 여기선 '행복'이라 불리고
삶이란 '신의 영광을 위한 존재'라 불린다.

내 마음이여, 이제 여기가 네 조국인가.
너는 이것이 네 나라라 감히 말하겠는가.

이제까지 너를 밖에서 묶고 있던 것을 버리겠는가.
과연 자유로운 대기(大氣)에 견디겠는가.

오, 이제 이 땅을 떠나선 안 된다.
여기서 너는 완전한 구원을 얻으리라.
이제까지 빛이 되어 인도한 성자가
걸어간 발자취가 확실히 눈앞에 보인다.

아침마다 새로운 체념을 통한
새로운 승리를 기뻐하라.
이제 괴로운 시기는 지나갔다.
어둠은 사라지고 먼동이 튼다.

4월 28일

인생의 중요한 일은 항상 자기의 의무를 행하고 이에 반대하는 마음의 경향이나 이론을 별로 마음에 두지 않겠다는 단호한 결의를 지니는 것이다.

그다음에 이것을 실행하기 위한 신을 믿고 신과 항상 결부되어 있어야 하는 신념이 더해지면 이미 이루어진 것이다. 그래서 마음은 확고해지고 길은 똑바로 열리게 된다.

그러나 이 두 가지 조건이 갖춰지지 않으면 종교나 도덕에 대하여 아무리 도도하게 말해도 그것은 단순한 사설에 불과하다.

4월 29일

천재적 소질은 일종의 정신병이라는 설(說)을 종종——다소 역설을 좋아하는 사람들에 의해서——주장하지만 천재는 인류의 가장 큰 자랑이므로 우리는 인류의 명예를 위해서 이 설을 승인할 수는 없다. 그러나 천재적 소질이 그 주인에게 미치는 영향이 때로는 병적 요소가 내포되어 있음은 확실하다.

천재적 인간이 자기 위에 지배자를 인정하지 않고 어떤 의무에도 속박되지 않는 절대적 권리를 주장하면 그 병적 요소는 더욱 악화하게 된다. 이 같은 경우는 이미 광기(狂氣)에 가까우며 또 실제로 광기에 빠진 예도 적지 않다.

신의 명령에 대한 심한 의식적인 반항이나 또는 도전적 무신론은 항상 정신적 질병의 시초라고 보아야 한다. 또 사실상 그렇게 생각하더라도 절대 잘못은 아닐 것이다.

칼라일의 전기에 의하면 황제 나폴레옹 3세가 그를 미친 사람이라고 생각했다는 이야기가 기록되어 있다. 칼라일이 평소 지니고 있었던 그 강한 신의 관념이 없었더라면 의심할 여지 없이 그는 틀림없이 미쳤을 것이다. 그러나 그가 단순히 그와 같은 추상적인 이상주의자가 아니라 현실적인 기독교인이었다면 그의 생애는 자신과 가족과 국민에게 어느 모로든 더 유익하게 되었을 것이다(로마서 1:22, 예레미야 10:6, 14, 15).

현대의 많은 천재는 좀 더 축복받은 처지에 있지만 그 역시 같은 결단 앞에 세워져 있다. 오직 기독교만이 그 천재나 그 자손을 위험한 정신적 · 육체적 퇴폐(頹廢)에서 지킬 수가 있다. 강대국들에서 이와 같은 퇴폐의 사례는 이미 세계사에 누누이 제시되어 있다.

심술궂은 '시간'의 퇴화력(退化力)을 피할 자가 있을까.
조상만 못 한 부모 뒤에
더 못한 우리가 이어지고
우리 자식들은 더 못나게 이어지리라.

—호라티우스 〈송가(頌歌)〉

4월 30일

고대의 지혜를 가장 아름답게 표현한 것은 로마 황제 마르쿠스 아우렐리우스의 유명한 일기의 한 구절에 내포되어——이 일기는 황제가 급사했을 때 그 두루마기의 주름 속에서 발견되었다고——전해진다. '꾸준히 뭔가 사람들의 소용이 되는 자가 돼라. 그리고 이와 같은 부단한 관용을 너의 유일한 낙으로 삼아라. 더욱이 이따금 신성(神性)을 우러러보는 의무가 있음을 잊지 말라.'

가장 높은 지위에 있는 사람이 전적으로 철학적 견지에서 이보다 더한 것을 말하고 또 실행한 예는 일찍이 없었을 것이다. 프리드리히 대왕 정도가 겨우 이와 견줄 수 있는 유일한 인물일는지 모른다.

그러나 이와 같은 '신성(神性)'을 마음에 지닌 생활 또는 전혀 신성이라고 하는 것과 관련이 없는 생활은 얼마나 가난한 것일까.

5월(May)

5월 1일

신은 그 자식들을 위해 시련의 도가니를 너무도 뜨겁게 하시는 일은 절대 없다. 도리어 그 반대로 이미 결정된 것에서 항상 얼마쯤은 경감시켜 주신다. 다른 인간들도 역시 그들이 해야 하는 것 이상으로 털끝만큼이라도 신의 자식들에게 해를 입히는 것은 용납되지 않는다.

내 생애의 괴로웠던 시기가 지난 뒤에 그 고통이 좀 더 오래 계속되고 엄하게 나 자신이 증명할 수 있는 명확한 감정을 가졌다. 그러므로 “자, 힘차게 뛰어들라. 별로 깊지는 않을 것이다(사무엘 하 24:16, 역대 상 16:21, 22, 사무엘 하 16:11, 12).”

5월 1일에

5월이 음울한 날씨로 시작된다고
내 영혼이여, 언짢아하지 말라.
영혼의 연약한 덮개는 두려워 떨더라도
영혼은 오로지 하늘을 향해 성숙해 가는 것이다.

끝이 좋아야 모든 것이 좋고
언젠가는 죽어야 할 몸이다.
수고를 아낀다면 피로 대가를 치러야 한다.
내 마음이여, 미련 없이 속세와 작별하라.

언젠가, 언젠가는, 인생의 황혼에
너는 신의 빛을 우러러볼 것이다.
길은 아직 아무리 멀지라도
신에 대한 신뢰가 종말(終末)로 이끄리라.

네가 걸어 온 순례의 길도
벌써 절반을 지났다.
그러나 너는 그 수고의
보상을 아직 받지 못했다.

네가 머리를 들면
네가 당도할 꼭대기가 보이고
또 너를 맞이할 성도들의
합창 소리도 들릴 것이다.

한탄을 그치고 여행을 계속하라.
이미 주어진 것을 단단히 지켜라.

아직 오후일 때 계속 더 걷는다면
저녁에는 평화가 손짓할 것이다.

5월 2일

종교적 성향을 보인 사람들이 흔히 빠지기 쉬운 어리석음의 하나는 신에게 뭔가를 '주려고' 생각하거나 그들의 '덕(德)'으로 신의 마음에 들려고 하는 것이다. 원래 우리는 진실로 있는 그대로 신을 절대로 알 수 없는 것이다. 단지 진실한 '신'에게서 멀리 동떨어진 극히 '인간적인' 신의 관념을 가졌을 뿐이다. 또한 이 관념마저도 말로는 표현하지 못하거나 겨우 불완전한 비유로 표현하려고 애쓰는 도리밖에 없다. 그러나 다음의 사실만은 우리도 확실히 알 수가 있다.

즉 신은 우리의 사고나 직관(直觀)보다 헤아릴 수 없이 '위대한 주'이시다. 우리가 신에게 부여하는 명칭이나 비유적 표현으로는 오히려 신의 위대함을 끌어내릴 뿐이고 또 신의 안목으로 보면 인간들의 '덕(德)'의 차이도 있을까 말까 하는 아주 작은 것이다. 신의 기뻐하심은 아마도 신에 대한 일사불란한 동경과 신을 향하여 손을 뻗치는 것뿐이다.

그리고 가장 신의 마음에 들지 않는 것은 부족함이 없고 돈이 많고 독선적인 인간일 것이다. 마치 이것은 어린아이를 살펴볼 때 태어나면서 사람을 잘 따르는 귀여운 아이가 있는가 하면 아무리 예의가 바르더라도 친근감을 못 느끼는 아이가 있는 것과 흡사하다(마태복음 21:31, 23:13~15, 이사야 55:8, 9).

5월 3일

어떤 일이 '의무'라면 그것을 해야 하는지 아닌지 물을 필요가 없다. 이것을 묻는 것은 이미 믿음을 배신하는 것이다. 그리고 의무를——가장 명백한 의무마저도——다하지 않으려 하는 이유는 항상 '검은 딸기처럼 값싼' 것이다.

그 가장 좋지 않은 이유로는 이미 그리스도가 엄히 물리친 '믿음을 빙자한' 것이다(누가복음 11:52, 마태복음 15:3~8).

신이 커다란 의무를 우리에게 명백하게 알게 하지 않는 것은 공연히 그러는 것이 아니다. 그 의무를 수행할 힘을 갖지 못한 사람들에게는 그것을 의심하는 것이 외려 은총이 되기 때문이다.

5월 4일

신의 도움을 경시하는 자는 결국 인간의 도움을 구하지 않을 수 없게 되는 것이 보통이다. 그러나 실제로는 후자가 훨씬 불유쾌한 것이다. 나는 이 같은 예를 많이 보아왔다(예레미야 17:5~8).

5월 5일

"좋은 계획이라도 파멸로 가는 길이 열려 있다"라는 격언은 대체로 맞는 말이다. 그런데 그것은 왜 그럴까. 그것은 반드시 인간의 마음이 심한 변덕이나 우리를 사방에서 둘러싸고 있는 반대 세력 때문만은 아니다. 때로는 우리의 계획이 좋은 계획일지라도 그 자체가 사실상 수행할 수 없게 되는 수도 있으며 우리의 힘이나 시간이나 외적 사정에 적합하지 않기 때문에 그렇게 되는 예도 있다.

그러나 신의 '이끄심'에 있어서는 이와는 전혀 다르다. 그 경우에는 그 사람이 할 수 없는 것이나 시기에 맞지 않는 것 또는 그것을 이룰 힘이 아직 주어져 있지 않은 것을 그 사람에게 무리하게 요구하지 않는다.

당신이 신의 이끄심에 몸을 맡긴다면 여러모로 '계획'하는 일을 보류하는 것이 좋다. 모든 것이 아주 명백한 요구나 또는 기회라는 형태로 잇따르고 올바른 순서로 당신을 찾아오는 것이기 때문이다. 이것을 이스라엘의 한 예언자는 "사랑의 줄에 이끌린다(호세아 11:4)"라고 말했다. 즉 젖먹이 아기가 줄을 잡고 따라가며 걸음마를 하듯이 인도되는 것이다. 이것은 인간의 계획보다도 훨씬 우월하다(호세아 11:4, 누가복음 1:6, 78, 79, 요한복음 1:51, 3:27).

5월 6일

자칫하면 마음에 의혹을 불러일으키는 가장 큰 유혹의 하나는 세상에 있어서나 우리 자신 안에서나 대체로 선이 악만큼 눈에 띄기 쉽지 않다는 것이다. 즉 악이 선보다 훨씬 더 날뛰고 선은 좀처럼 잘 드러나지 않는다는 것이다. 그래서 사람들은 아주 바른길에 있으면서도 자신의 내적 진보를 의심하거나 또는 신의 정당한 걸음을 역사상으로나 자신의 인생 경험으로 눈앞이 분명한데도 의심한다.

우리는 꽤 오랫동안 자기가 내적으로 전혀 진보하지 않는 것처럼 생각되는 일이 왕왕 있다. 그런데 어느 날 갑자기 자기가 예전과 다른 사람이 되어 있음을 깨닫는 날이 문득 찾아오는 것이다(에스겔 11:19, 36:25~27, 예레미야 24:6, 7).

비평 같은 것은 지나치게 하지 않는 게 좋다. 비평하는 일을 열심히 한 사람은 세상에 넘칠 정도로 많지만 잘하는 것을 인정하고 그것을 고무하는 사람이나 진리를 차분하고 완전하게 말할 수 있는 사람은 드물다. 그러나 진리가 유효하게 작용하기 위해서는 불가불 그렇게 설명한다.

말하지 말라. '싸움은 하등 보람도 없고
상처 입은 활동도 헛수고였다.
적의 기세는 수그러들지도 물러나지도 않고
여전히 모두가 원상태로다'라고.

왜냐하면 힘이 다한 물결은 헛되이 강변에 부서지고
한 치의 땅도 얻었다고 보이지 않으면서도
아득한 저쪽 협곡이나 포구 속으로
조수가 조용히 채워 들어오기 때문이다.

—A. H. 클라프

5월 7일

인간의 내적 진보도 물론 아주 단계적으로 이루어지는 것이다. 천재적 소질을 가진 소수의 사람을 제외하고는 눈부시게 급속한 진보를 이룩하지는 못한다. 오히려 우리는 자기 자신에 대하여 참을성 있게 하는 것을 배워야 한다. 자기 일만을 생각하거나 자기도 모르는 사이에 자신의 모든 쾌락이나 만족의 척도로 재는 것을 별로 힘들이지 않고 자연스럽게 단념할 수 있어야 한다. 자기를 오직 위대한 이념의 종으로 생각할 때 그 사람은 이미 확실한 정상에 이르렀다고 할 수 있다. 성서는 이것을 '신의 종'이라 부르고 있다(이사야 49:1~6, 50:4~9).

실제로 이와 전혀 다른 생활 원리에 따라서 사는 사람들일지라도 앞에서 말한 것과 같은 별종의 사람이 틀림없이 이 세상에 있다는 것을 느끼고 또 그러한 신념의 진짜와 가짜를 식별하는 정확한 본능을 지닌 예도 흔히 있다. 그런데 도리어 종교적 경향이 같은 사람 중에는 아직도 에고이즘——이기주의——에 깊이 빠진 사람이 '지존자(至尊者)의 종'으로 간주하는 예(例)가 종종 눈에 띈다. 이에 반하여 일반 세속 사람들이 이런 가짜에 기만당했다는 실례를 나는 단 한 번도 들은 적이 없다.

그러므로 세속적이 아닌 두드러진 현상에 대해서도 세상 사람들의 판단을 매우 중시하는 것이 상책일 것이다.

5월 8일

신의 은총으로 인하여 마음 깊이 느끼는 기쁨을 경험했다면 우리는 즉시 우리의 적이나 우리에게 부당한 짓을 한 사람을——이런 사람은 반드시 있는 것이다——용서해 주어야 한다. 이렇게 하여 비로소 그 기쁨을 갖는 것이 신의 눈에도 참으로 정당하고 흔들리지 않는 것이 된다(마태복음 18:21~25).

5월 9일

인생의 도상에서 가끔 만나는 가장 불쾌한 것의 하나는 질투이다. 이것은 참고 견딜 수밖에 없다. 시기하는 사람들의 마음은 여간해서 달랠 수가 없기 때문이다. 그러나 우리는 꾸준하고 착실한 활동으로 이에 대항할 수가 있다. 괴테가 한 말로 기억되는데 약간 가슴을 때리는 격언이 이것을 다음과 같이 말하고 있다.

"사람의 질투를 박살 내고 싶거든
어이없는 재담(才談)을 하지 말라."

—괴테 〈침착한 풍자시〉 역자 주

그러나 또 우리는 자신의 장점이나 소유물 따위를 일부러 과시하여 남의 질투심을 자극하지 않도록 삼가야 한다. 그런 짓을 하면 이웃 사람의 마음을 크게 상처 입히는 발단을 만들고 나아가서는 '분노'의 저주를 받게 된다. 특히 여성은 이 점에서 잘못을 범하는 일이 많다. 왜냐하면 그녀들은 약혼자 · 남편 · 아이들 · 옷 · 장신구 · 방문 · 즐거운 가정생활 등 이것들을 전혀 갖지 못한 사람들 앞에서 과시하고 싶기 때문이다. 이것은 여성의 성격 중 가장 추한 면의 하나이다.

5월 10일

종교의 비밀은 이론상으로는 아주 간단하다. 즉 신을 진정으로 믿고 이에 따라서 생활하는 것이다. 그러나 그것을 실행하려 들면 훨씬 어렵다. 기독교 세계는 이미 1900년 동안이나 그것을 연구해 왔지만 아직도 충분히 그것을 이룩하지는 못했다. 이미 무수한 학자들이 그것을 해석하려고 시도했는데 좀처럼 성취하지 못했다(누가복음 10:27).

시편 제1편 및 제2편에서 신에 대한 신앙을 거부하는 것은 신앙을 스스로 강하게 느낀 일이 없는 사람들의 경우는 지극히 쉽다. 일반적으로 알려진 인류 역사의 시초부터 쇼펜하우어나 니체에 이르기까지 많은 사람이 신을 부정함으로써 일시적인 인기를 누려 왔다. 왜냐하면 그와 같은 신의 존재를 부정적으로 받아들이는 대중은 어느 시대에나 존재하기 때문이다. 그러나 그들의 단순한 부정적인 증명으로――그것은 원래 증명이라고는 할 수 없으나――자신의 경험으로 신을 아는 사람들을 설득할 수는 도저히 없었다. 또 마찬가지로 그들은 유대교나 기독교를 무너뜨리고 그 뒤에 그에 못지않은 영속성을 가지고 현명한 사람이나 어리석은 사람에게 유익하고 그 밖에 또 다른 경우에도 충분히 사람들을 위로할 수 있는 세계관을 세우기도 역시 어려울 것이다. 그들의 대다수는 그와 같은 새로운 건설을 시도하려 하지 않고 다만 파괴하는 것으로 만족했다. 실제로 이 같은 파괴가 다가올 시대에 있어서 영속적인 성과를 낳는 일은 절대로 없을 것이다. 그러므로 세계는 지금 건설적인 기독교를 절실히 요하고 있다(마태복음 24:35, 22:44).

5월 11일

로마의 철학자 보이티우스는 그의 유명한 책 ≪철학의 위안(562년)≫에서 '인간은 신의 생명을 얻어야만 진정으로 행복해질 수 있다'라고 논하고 있다. 그 후 약 1500년이 지났으나 그 누구에게도 이 사정은 변함이 없다.

그 점에서 특히 다행인 것은 신은 인간처럼 속는 법이 없다는 것이다. 그러므로 다만 형식적으로 신에게 다가가려 해도 어두운 마음에 햇빛을 불러들일 수는 없다. 그리고 또한 종교적 열광이나 자극으로도 이 목적을 이룰 수는 없다. 신 곁에 가까이 있다는 것은 그것들과는 전혀 다른 것으로 오히려 아주 독특하고 조용하며 평화에 충만한 감정이다(출애굽기 34:6, 열왕기 상 19:12).

그리고 이 감정──즉 신 가까이에 있는 기쁨──은 온갖 인간적 감정 중에서도 가장 강렬한 것이다. 또 이 감정은 그것이 사람의 마음을 완전히 만족시킬 뿐만 아니라 모든 제한에서 정신을 해방하고 고양하는 효과가 있다. 그래서 이것은 우정이나 그 밖의 감정과는 도저히 비교가 안 될 만큼 강한 것이다. 가끔 인용되는 성(聖) 아우구스티누스의 말도[1] 진실하기 위해서는 이 점에서 좀 더 중요한 보

1) "당신은 인간을 그가 기쁨으로 당신을 찬양하듯 그렇게 만드셨습니다. 당신은 우리를 당신의 소유이도록 만드셨기 때문입니다. 우리의 마음은 당신께서 쉴 때까지는 평안을 얻을 수 없습니다."

충이 필요하다.

이와 같은 강한 힘을 가진 감정은 반드시 실재(實在)에서 나올 것이 분명할 것이다. 스스로 이 감정을 알고 있는 사람들에게는 그 이상 아무런 증명도 필요치 않은 것이다. 그들로서는 이 감정을 미처 몰랐던 과거의 나날을 유감스럽게 생각할 뿐이다.

5월 12일

인간은 신에 대해 자유의지를 가지고 있으므로 신을 거부할 수 있다. 우리는 신과의 관계를 의식적으로 또는 고의로 끊을 수 있다(욥기 2:9). 그러므로 '은총의 선택'도 신을 거부하는 것이 불가능하다는 것은 아니다.

가장 선한 사람들마저 그것은 가능하다. 구약의 다윗이 만일 그가 왕자로서 권력 의식을 가지고 예언자 나단의 질책을 물리쳤다면 신을 거부할 수가 있었을 것이다. 또 우리 그리스도도 누가복음 제4장이 현실적 의의가 있다면 역시 그와 같은 가능성을 가정하지 않을 수 없다. 이처럼 한 번 가졌던 신을 다시 잃는 것이 가능하다는 것은 인생의 가장 이해할 수 없는 일의 하나이다. 그리고 인간의 삶에 있어서 많은 수수께끼 같은 현상 특히 신경질환이나 광기의 상태는 여기에 그 근원을 갖는 것이다.

이 점에 대해서는 너무 지나치게 생각하지 않는 것이 좋다. 도리어 신과 맺어진 끈을 어떤 사정이 있더라도 절대로 놓지 않겠다고 결심하는 편이 훨씬 나을 것이다.

5월 13일

킹즐리의 아름다운 말 중에 "사람의 마음을 보고 자비를 가져라. 행동만을 보고 꾸짖지 말라"라는 말이 있다. 이것은 신의 가르침과도 같은 올바른 인간 지식을 나타내는 가르침이다. 이 말은 어느 법정에나 걸어놓아야 할 것이다.

그러나 이와는 반대로 "올바른 마음에서 나온 것이 아닌 행위를 높이 평가하지 말라"라는 말도 역시 진실이다. 이것은 역사 교실에 써 붙여야 할 것이다.

"인간의 몸 전체가 밝아지면——즉 순수하게 동물적인 것이 없어지면——정신까지도 밝게 하고 강하게 만들 것이다"라는 말은 일찍이 육체에 관하여 말씀하신 가장 의미 있은 것이다. 그러므로 이 말은 앞으로 도래할 미래 의학에서 그 기본적 신조가 될 것이다(누가복음 11:36).[2)]

이에 반하여 그 성구(聖句) 앞 35절[3)]은 철학에서의 주도적 사상이다.

5월 14일

종교적인 일에 있어서는 오직 무한한 성의와 진실만이 중요하다. 그래서 아무런 정신이 깃들지 않은 온갖 형식주의와 건성으로 하는

---

2) "네 온몸이 밝아 조금도 어두운 데가 없으면 등불의 광선이 너를 비출 때와 같이 완전히 밝으리라."
3) "네 속에 있는 빛이 어두워지지 않도록 조심하라."

식탁에서의 기도, 마음이 내키지 않으면서 교회에 다니는 일, 마지못한 가정 예배 등은 신앙에 유익하기는커녕 오히려 해롭다. 사람들이 흔히 말하는 신앙심이 깊은 가정에서 자란 수많은 아이의 경험이 이것을 증명하고 있다.

5월 15일

사람과의 사귐에 있어서 가장 해로운 것은 허영심이다. 누구나 가장 단순한 사람마저도 상대의 허영심을 냄새 맡는 정확한 본능을 가지고 있다. 그들은 상대의 허영심과 그늘이 보이지 않는 때만 기꺼이 복종하는 것이다.

허영심은 누구에게나 보이기 마련이다. 게다가 다른 악덕(惡德)은 그래도 숭배자를 찾아볼 수 있지만 허영심만은 누구의 마음에도 들지 않는다. 그래서 허영심은 절대 그 목적을 달성하지 못하기 때문에 악덕 중에서도 제일 바보스러운 것이다.

5월 16일

사람과의 사귐에 있어서 가장 기분 좋고 가장 유효한 것은 차분하고 항상 변함없는 친절이다. 아주 어린 아이들이나 온갖 짐승들까지도 그와 같은 친절에 민감한 것이다. 특히 상대의 친절이 우연적인지 순간적인 동기에서 나온 것인지 그렇지 않으면 영속적인 성질의 것인지도 구별할 수 있다.

5월 17일

한 사람의 영혼을 올바른 길에서 등을 돌리게 하기란 몹시 힘든 일이다. 악마도 고상한 동기의 도움을 받지 않으면 그것을 성취하지 못한다. 악마의 모든 장난을 수포로 하는 데는 단 한 번 신을 우러러보거나 신께 호소하는 것만으로 충분하다. 이것은 굉장한 사실이며 괴테의 ≪파우스트≫ 제1부에 이것을 감동적으로 표현하고 있다. 그러나 악마의 함정에 빠지더라도 그것을 피하는 것은 아주 쉬운 것이므로——일반적으로 함정에서 벗어나기보다도 쉽다——이 근소한 노력마저 하지 않는 무기력한 사람이나 염세주의자가 따끔한 비판을 받는 것도 당연하다(요한계시록 21:8, 22:17).

당신이 무엇인가에 사로잡혀 있다고 느껴지거든 그 사슬을 끊어버리도록 하라. 사슬이라는 것은 오직 당신 자신의 힘만으로 끊으려고 하면 단단하지만 신의 힘에 의지한다면 절대로 그렇지 않다. 더구나 신의 도움은 언제든지 원하면 얻어지는 것이다. 만일 신이 도와주지 않으면 그것은 당신이 스스로 바꿀 수 있는 무언가가 아직 당신 안에 남아 있기 때문이다. 그래도 아직 이해되지 않는다면 그것까지 신은 당신에게 가르쳐 주실 것이다. 그러므로 당신은 그것을 지나치리만큼 잘 알고 있을 것이리라.

5월 18일

커다란 내적 진보가 이뤄지기 전에는 항상 절망으로의 유혹이 따르기 마련이다. 그리고 커다란 고난이 닥쳐오기 전에는 대단한 내적 환희와 힘을 느끼게 되는 것이다. 즉 신은 그것으로써 우리를 고난에 견딜 수 있을 만큼 강하게 만들려고 하시는 것이다. 나는 굉장한 성공을 거두기 전만큼 불행했던 때는 없었으며 또 가장 어려운 일에 부닥치기 전만큼 기쁨과 굳센 힘에 충만한 일도 없었다.

간혹 당신이 우울하거나 불안하거나 기분이 언짢을 때는 즉시 진지한 일을 시작하도록 하라. 만일 그것이 하기 어렵거든 누군가에게——복음서에서 말하는 '이웃'에게——조그마한 기쁨을 선사하라. 이것은 언제든지 할 수 있을 것이다.

이것은 누구나 하듯이 무슨 향락이나 기분 전환으로 음울한 영(靈)을 떨쳐버리는 것보다 훨씬 유효하다. 그런 속임수를 쓰더라도 이 영은 이내 또 되돌아오는 것이니까.

다른 사람에게 엄한 훈계나 설득보다는 약간의 선물이라도 해주는 것이 음울한 영을 쉽게 떨쳐 버릴 방법이 된다.

5월 19일

'높은 존경'을 받는 것이 때로는 자기 개선의 길에 장애가 된다. 부스 부인은 자신의 편지에서 이것을 '지금 기독교계의 저주'라고 부르고 있다. 세상의 화제가 되거나 논란의 씨가 될 만한 이상한 말이나 별난 행동을 일절 하지 않는 것이 좋다. 실제로 세상의 구설은 날카로운 메스같이 이것에 걸려들면 우리가 모처럼 얻은 좋은 평판이 흔적도 없이 사라지는 일이 많다. 그러한 경우에는 명예를 회복하는데 한층 더 큰 힘이 필요하게 된다. 그리고 우리들의 일상에서 두 번째로 명예를 회복하는 데에 중요한 것은 새로운 신의 도움이 가해져야 한다는 것이다.

이에 반하여 높은 존경을 받는 데 대한 보상은 범용(凡庸)에 빠지고 도리어 다른 사람보다 뒤처지는 것이다. 이것만은 조금도 과장 없이 말할 수 있다(헤른후트 찬미가 282, 343, 1167).

5월 20일

우리 내부에서 실제로 일어나는 일들은 모두 '사실'로서 우리의 단순한 '관념'이 아니다. 지금까지 존재하지 않았던 것이 그대로 생기는 것이다. 이와 같은 사건을 이끄는 길은 그것이 일어날 것이라는 확신이다. "너희 믿음대로 너희 몸이 돼라(마태복음 9:29)." 믿음이 많은 사람은 많은 것이 주어질 것이다.

모든 고난은 그것이 나중에 현실로 나타났을 때보다도 그 전에 상상하던 때가 더욱 곤란하게 생각된다. 그리스도마저 그가 제사장이나 로마의 법관 앞에 나아갔을 때보다——모르긴 해도 십자가에 못 박혔을 때보다——아니 붙잡히기 전 겟세마네에서 기도하던 때에 가장 큰 괴로움을 느꼈으리라. 만일 그리스도가 망설이고 양보와 굴복할 가능성이 있었다면 그것은 아마도 겟세마네에서 일어났을 것이다.

5월 21일

진정한 성심(聖心)이란 신의 뜻을 항상 기뻐하고 소탈하게 더욱

자명한 일처럼 행하고 또 참고 견디는 일이다. 그 밖의 성심은 모두 진짜가 아니다.

신앙에 있어서 곤란한 것은——아니, 좋은 일인지도 모르지만——가장 강력한 신앙 체험을 전연 사람에게 이야기할 수 없다는 것이다. 또는 그것을 이야기했다 하더라도 타인에게는 시시하게 생각하거나 믿기 어려운 것으로 생각된다는 것이다.

5월 22일

프리드리히 니체는 〈방랑자와 그의 그림자〉에서 "부자와 빈민이라는 인간의 두 계급은 소멸해야 한다"라고 말하고 있다. 이것은 니체의 기이한 논법으로 너무도 과격한 말이지만 그러나 그 목적에 완전히 도달한 국가——지금으로서는 그것은 아직 '이상국'에 불과하다——에 있어서는 잘못된 생각은 아니다. 오늘날의 경우 이 두 계급에 태어나는 것은 불행하다고 평정(平靜)하게 주장함이 좋다. 이들 계급은 어느 쪽도 개인의 도덕적 · 정신적 발달을 저해하고 그 결과 그들은 사회 전체에서도 당연히 있어야 할 그대로의 유용한 인간으로 되어 있지 않은 것이다. 그래도 부자에게 있어서 부(富)는 질곡과도 같은 것인 만큼 당연히 그것에서 빠져나오려고 결심하거나——이것은 대부분 쉬운 일이며 인생의 참된 기쁨을 잃지 않고 실행할 수 있다——또는 그들이 스스로 그 부를 관리하려고 생각한다면 적어도 자기 생존에 그 부를 되도록 바르게 사용하려는 결심쯤은 할 수 있을 것이다. 그러나 실제로 그와 같은 부자는 거의 없다. 정말로

부는 그들을 포로로 만드는 힘이 있다(헤른후트 찬미가 372, 374).

부와 축복은 전혀 다른 두 가지의 것으로서 축복이 깃들지 않은 부는 별로 가치가 없는 것이다. 축복은 그것을 얻으려고 애쓰더라도 손에 넣을 수가 없다. 그것은 하나의 신비적인 힘이며 하사품이다. 또 축복은 특히 어느 개인에게 그 하나의 특질과 같이 가는 곳마다 따라가고 그 사람에게 호의를 보이거나 친절을 베풀거나 하는 사람에게까지 그 힘이 미치는 것이다. 그러므로 현명한 사람이라면 항상 그와 같은 축복 있는 사람과 관계를 맺고자 애쓰고 반대로 축복이 깃들지 않는 사람은 되도록 피할 것이다(창세기 27:27~29, 민수기 23:19~22, 욥기 42:7~9, 열왕기 하 4:8~10 마태복음 10:13~15).

5월 23일

사랑은 다른 어떤 것보다도 사람을 현명하게 한다. 오직 사랑만이 사람들의 본질과 사물의 실상(實相)에 대한 통찰과 또 사람들을 돕기 위한 가장 바른 길과 방법에 대한 진짜 투철한 통찰력을 부여해 준다.

그러므로 우리는 모든 일에 대하여 무엇이 가장 현명한 방법인가를 타진하는 대신 무엇이 가장 사랑의 깊은 방법인가를 타진하는 편이 확실한 상책이다. 그것은 후자 쪽이 전자보다도 훨씬 알기 쉽기 때문이다. 무엇이 사랑의 깊은 방법인가에 대해서는 재능이 부족한 사람도 자신을 속이려 들지 않으면 쉽사리 자기기만에 빠지는 일이 없다. 그런데 재능이 가장 풍부한 사람이라도 단지 현명함으로는 미래의 온갖 사건을 바르게 예견하고 판단할 수가 없다.

5월 24일

겉으로 보이는 일시적인 성공보다도 사물의 결말에 주목하는 것이 인생에서 더욱 높은 지혜이다. 이에 대하여 영국의 한 종교개혁 선구자가 "나는 마지막에 진리가 승리를 차지하리라는 것을 확신한다"라고 말하고 있다.

이와 같이 비근한 예로 이상주의가 눈에 보이는 성공을 초월하여 사물을 본다는 의미라면 그것이 종교에 근거를 두고 또 적당한 양식(良識)과 결부되더라도 그것은 반드시 최후에 승리를 거두는 유일하고 효과적인 인생관이다.

5월 25일

"나의 기름 부은 자를 만지지 말며 나의 선지자를 상하지 말라 하셨도다(역대 상 16:22)." 이 말씀은 보통 글자 그대로 풀이되고 있다. 그러나 이 말씀은 신에게 헌신하는 사람들을 다만 세속적인 생각밖에 갖지 못한 사람들의 우정이나 악영향에서 지키는 경우를 암시하고 있다. 이 같은 우정이 신에게 봉사하는 사람을 온갖 적의나 박해보다도 더 손상하는 일이기 때문이다(창세기 12:10~20).

외적인 위험에 대해서는 시편 91, 욥기, 이사야 마지막의 여러 장(章)이 가장 강력하고 항상 도움을 주는 위안의 수단이다.

5월 26일

우리가 마음에 슬픔을 느낄 때는 항상 '자아(自我)'가 그 책임을 나누어 맡고 있다. 자아를 버리는 것은 항상 그만큼 정신력을 높이는 것이다.

'호소'는 원칙적으로 도울 수 있는 사람에게 해야 한다. 인간을 향해 호소할 것이 아니다. 인간은 때로 타인을 도울 수가 없으며 또 그것을 하고자 하지 않는 일이 많다. 더구나 거의 언제나 사람을 돕는 일에 다소간 두려움이나 혐오를 느끼는 것이다.

5월 27일

이 세상에 신이 있다면 필연적으로 선인에게는 정의가 있고 악인에게는 형벌이 존재하게 된다. 이것을 의심하는 것은 신을 모독하는 것이다. 그러나 신이 없다면 그래도 단순한 이성적(理性的)인 근거에서 사람은 역시 악한 행위보다는 선한 행위를 하는 편이 안전할 것이다. 그러나 그렇게 되면 되도록 빨리 이 세상을 떠나는 것도 물론 좋을 것이다. 그렇게 되면 오래 살아 보았자 별로 가치가 없는 것이기 때문이다.

5월 28일

"영혼의 밑바닥에 닿지 않고 다만 양심을 달래기 위해서만 존재하는 외면적이고 가식적인 종교를 갖기보다는 종교를 아예 갖지 않는 편이 나을 것이다." 이 말은 프랑스 혁명 시대의 말이지만 이와 같은 말을 이미 그리스도가 가장 통렬한 말씀으로 이야기하고 있다(마태복음 21:31).

단지 외면적인 신앙만을 가지고 완전히 자기만족에 빠진 사람들이 신자가 아닌 사람들보다 오늘날 기독교의 커다란 장해이다. 실제로 기독교도가 아닌 사람 중에도 진리를 갈망하고 있는 사람이 극히 많다. 그들은 일찍이 역사적으로 이 기독교의 진리가 확실히 담겨 있던 그 그릇——교회적 형식——그 담당자들을 두려워하여 이에 접근하지 못했다.

그러나 좀 더 깊이 생각해 보면 '앞의 말은 모두 개인에 관해서만 해당한다'라고 해야 할 것이다. 대체로 사람에게 있어서는 비록 표면적인 기독교 존재와 실천일지라도——실제로 현재 기독교는 모두가 그러하며 또 과거 1900년 동안 대체로 그러했다——만일 그것이 없다면 그 대신에 나타났을 다른 것에 비하면 그래도 낫다. 이 점에 대해서 프랑스 혁명은 하나의 분명한 사례를 남겨 놓았다.

개개인에게 있어서는 강력한 내적 혁명이 최상의 방법일 경우가 아주 많다. 낡은 옷에 새 천을 깁더라도 별 소용이 없다. 이에 반하여 사회 전체로 생각하면 과거와의 완전한 단절에 의해서보다는 점진적 개혁에 의하는 쪽이 항상 일이 쉽게 진척될 것이다. 그리스도 자신도 그 당시 그와 같은 단절을 피하기 어려운 것을 개탄하고 있었다. 이 단절이 언젠가는 치유되리라는 희망은 버리지 않았지만(마태복음 23:37~39).

'개인적 혁명이냐 사회적 혁명이냐'는 언뜻 보기에 분명한 이율배

반(二律背反)이라 생각되는 것도 다음과 같은 사실에 의해서 해소된다. 즉 실제로는 사회 전체가 단번에 개혁되는 것이 아니라 각 개인이 그 시대에 일반적으로 인정되고 있는 진리보다도 우월한 진리를 먼저 자기의 안에 명확히 느끼고 나서 이것을 가르침과 실천으로서 개인적으로 표명함으로써 전체의 개혁이 추진되는 것이다(이사야 46:11, 49:1~3, 예레미야 1:5~10 · 17~19, 15:19~21, 마태복음 12:18~21).

이 사람들은 그리스도의 말씀에 의하면 "밀가루 서 말에 든 누룩(마태복음 13:33)"이며 또 루터의 표현을 빌리면 '신이 그들을 통하여 세계를 지배하시는 영웅이며 위인'인 것이다. 지금은 분명히 과장이라 생각되는 칼라일의 '영웅 숭배'나 니체의 '초인주의(草人主義)' 또는 독일의 비스마르크 숭배와 괴테 찬양 등의 근저에도 역시 이 세상의 최대의 힘이란 국민의 수와 병력과 부가 아니라 성령으로 완전히 채워진 개개의 인격이며 한 나라에 있어서 그 무엇에도 견줄 수 없는 가치를 지닌 올바르고 위안을 주는 사상이 담겨 있다.

5월 29일

기도와 사색은 절대 대립하는 것이 아니다. 오히려 이 두 가지 다 진리를 완전히 파악하는 데 필요한 것이다. 즉 사색은 스스로 진리를 탐구하기 위하여 그리고 기도는 신의 계시를 받기 위해서는 필요하다. 어느 한쪽만으로는 양쪽 다 갖추어졌을 때 가능한 만큼의 완전한 작용을 할 수 없다.

오늘날에도 신은 신의 진실한 자손 모두에 대하여 그들 생애의 결정적인 순간에 옛날 이스라엘 자손을 향하여 레위기 18:2~5에서 계시하여 말씀하신 대로 일러 주신다.

5월 30일

전체적으로 큰 잘못 없이 선한 생활을 했을 때도 그것이 무너지는 가장 위험에 빠지는 시기가 있기 마련이다. 그때는 이따금 생활이 다소 지루해지기 시작할 무렵이다. 그러한 때 어떤 사람은 더욱 큰 목표를 정하지 못하기 때문에 한도를 넘지 않지만 정신을 마비시키는 관능주의에 빠지기도 한다. 또 어떤 사람은 일상생활에서 야심과 당파심과 탐욕 속에서 느낄 수 없는 자극을 구하려고 한다. 그리고 또 다른 사람들은 신앙을 밑천으로 삼거나 그것을 낙으로 삼기도 한다.

인간 생활의 모든 일에서 오직 진실에만 의미를 둔다면 너무도 단순한 것이다. 그래서 사람은 자기를 좀 더 바쁘게 만들고 흥분시켜 주는 뭔가 다른 것을 구하게 되는 것이다.

그러나 신은 그 사랑하는 자손들에게 그들이 이 위험한 인생의 단계를 넘어설 때까지 생활의 양념으로서 고뇌와 어려운 과제를 내리시는 것이다.

5월 31일

우리는 기쁨보다도 도리어 고통을 사랑하고 드디어는 기쁨을 두려워하는 것을 배우는 그러한 경지에까지 도달할 수 있다. 여기까지 도달하면 인생 최대의 고난은 끝난 것이다.

우리가 고통을 되도록 빨리 제거하려 하거나 수동적인 스토아주의처럼 되도록 무감각한 태도로 이것을 참고 견디려 하는 것은 올바른 태도가 아니다.

오히려 고뇌를 씨 뿌리는 시기로 이용하면 축복의 곡식이 결실을 볼 수 있다. 더욱이 씨 뿌리는 시기는 일단 지나가 버리면 쉽게 같은 형태로 되돌아오는 것은 아니다.

신이 주신 가장 큰 은총의 하나는 선한 일의 승리가 거의 쟁취되었을 때 비로소 그 일의 어려움을 알게 된다는 것이다. 그렇지 않으면 그 누구도 싸움을 시작할 용기를 갖지 못할 것이다.

6월(June)

6월 1일

신의 신중하고 서둘지 않는 인도(引導)는 자기 자신이 스스로 그것을 경험하지 않는 한 그 누구도 믿기 어려운 가장 불가사의한 경험의 하나이다.

그것은 언제나 고통과 불안을 통하여 이루어지는 것이므로 사람은 꾸준히 자기가 소유하는 모든 것을 바쳐야 한다.

특히 이것만은 진정으로 자기만의 것이라고 할 수 있는 의지까지도 완전히 신에게 위탁할 각오를 해야 한다.

그렇게 하면 갑자기 새로운 단계가 열린다. 이 단계에 들어서면 자기가 과거에 걸어온 길이 분명해진다.

또한 자기가 행복한 길을 택했다는 것과 그리고 이제는 하나의 새로운 자유가 영원히 곁들여 주어졌다는 것이 명백해진다.

왜냐하면 신이 인도하는 길에 있어서 한 번 지나가 버린 것은 재차 되풀이되는 일이 없기 때문이다.

이것이 인간이 스스로 택한 자기 개선의 길과는 큰 차이다. 그래서 자기가 택한 길에서는 부질없이 뛰어오르려 발버둥 치다 결국 지쳐서 다시 일반적인 사고방식으로 빠져들 뿐이다. 그러므로 종교라는 것은 가르칠 수도 배울 수도 없는 것이다.

라에타레(사순절의 네 번째 일요일)

내 마음이여, 네가 사로잡혀 있는
고뇌를 벗어나 일어나라.
네 위에 덮어 씌워져 있던
고통의 날은 이미 끝났다.

오늘 온 세상이
새로 태어난 것처럼 아름답다.
너는 이 푸른 언덕 위에서
지금까지도 많은 무거운 짐을 벗었다.

아침 이슬은 풀잎마다
밝은 아침 해를 받아 반짝이고
성모 마리아의 은관(銀冠)이
밝게 개인 창공에 빛난다.

가지마다 새들이 휴식을 취하고
즐거운 듯 예쁜 날개를 다듬는다.
마지막에 남아 있던 검은 까마귀도
오지(奧地)로 날아가 버리고 돌아오지 않는다.

조금만 더 참아라.
이젠 가슴을 태우지 마라.
봄의 폭풍우가 지나간 뒤에는
그지없이 아름다운 여름의 기쁨이 찾아오는 법이니.

6월 2일

우리의 삶에 영향을 주는 초감각적인 힘들이 존재하는 것에 대하여 요지부동한 확신을 내게 안겨 준 것은 언제나 내 의지와 상관없이 내 의지에 역행하여 일어났다는 경험이다.

6월 3일

진정으로 신을 믿는 사람들은 원래 보통 사람들과는 다른 인간이며 때로는 세상과 어울려서도 스스로 이상하게 느끼는 때도 있다. 그것은 이미 그리스도께서 말씀하셨듯이 진정한 신앙은 세상의 보통 신앙과는 다른 것으로서 '산을 옮길(고린도전서 13:2)' 뿐만 아니라 한층 더 힘든 일로 인간의 마음이나 사상까지도 움직이기 때문이다. 물론 이와 같은 신앙은 신을 사랑하는 영혼에 신이 적극적으로 다가가는 일이 없이는 생길 수가 없다. 이 신의 접근은 아주 유례가 없는 기적으로서 이에 비하면 거기서 생기는 이상한 작용이나 정신력은 당연하고 자연스러운 것처럼 생각되기도 한다. 그러나 이러한 것들이 일찍이 가능했었다면 오늘날도 마찬가지로 틀림없이 가능할 것이다. 그리고 지금 우리가 바라고 기다리는 것은 다름 아닌 구원이다(창세기 49:18, 마태복음 21:21~22).

6월 4일

요한계시록 3:20에 있는 '신의 성령이 마음의 문밖에 서서 두드릴 때 우리가 그 문을 열 수 있다'라고 기록되어 있다. 이것은 '신이 우리의 소원에 따라 성령보다 나은 생활의 문을 여는 것은 아니다'라는 뜻이지만 이것은 인간의 '자유의지'에 대한 중대한 견해이다. 그러나 우리가 문을 열 수 있는데도 열지 않는다면 그만큼 우리의 책임은 커지는 것이다. 왜냐하면 이 경우에는 '할 수 없는' 것이 아니라 다만 '하려고 하지 않을' 뿐이기 때문이다. 즉 눈앞에 현존하여 당장이라도 손에 넣을 수 있는 구원을 거절하는 것이기 때문이다.

6월 5일

기독교계는 완전한 사람들의 사회가 아니라 약한 사람들의 사회이며 자신의 약함을 알고 신앙의 길을 따라 나아가 바른 생활로 들어가고자 하는 선한 의지를 갖춘 사람들의 사회이다(헤른후트 찬미가 395, 400).

6월 6일

현대의 도착(倒錯)된 종교 교육은 신을 사랑하는 것을 가르치지 않고 도리어 신을 두려워하는 것밖에 가르치지 않는다. 그 이면에는 '신에 대한 두려움에서 해방될 수 있다면 그편이 고맙다'라는 생각이 숨어 있는 것이다. 왜냐하면 '공포는 고통'이기 때문이다. 유감스럽지만 우리는 유일신을 갖는 행복을 인생의 만년에서야 비로소 알게 되는 것이다. 이미 구약에서 약간 비통한 어조로써 말씀하고 있는 탄식——즉, 유일신——은 '이전에 신 이외의 온갖 신들——때로는 몹시 불순한 신들——이 가지고 있던 성질들을 일단 받아들이지 않을 수 없었다'라는 탄식은 오늘날도 역시 완전히 살아 있는 진실이다(예레미야 30, 호세아 2).

그리고 복음서는 특히 그리스도가 말씀하셨다고 전해지는 말은 모두가 영이며 생명이다. 그러므로 그런 것으로써 설교하고 이해되어야 한다. 영이 담기지 않은 설교나 형식적으로 교회에 소속하는 것은 어떤 방법보다도 사람들을 진리에 대하여 더 무감각하게 만드는 것이다. 그러한 것이 민중을 기독교에서 등을 돌리게 하는 것이다(요한복음 6:63, 68).

6월 7일

우리가 인간의 갖가지 일의 동정을 가지고 볼 수 없다면 세상과의 접촉은 우리의 내적 인간을 반드시 해친다. 이것이 수도원 생활을 정당화하는 이유이다. 그러나 그것은 상대적인 정당화를 의미함에 불과하다. 그 밖에도 그것을 면할 길이 있기 때문이다. 우리는 항상 실제적인 교훈에 대하여 솔직하게 마음을 열고 누구에게나 그것을 감사하는 마음을 가지고 받아들여야 한다.

이에 반하여 일반적인 인생관에 관해서는 우리는 역시 꾸준히 사색과 경험으로 그것을 자신의 내부에서 심화하고 또 순화하도록 노력해야 한다. 또한 이 점에 대해서는 '어떤 사람에게 영향을 받더라도 항상 마음을 연다'라고 생각해서는 안 된다. 그뿐만 아니라 또 만일 우리가 시대정신과 서로 융화하지 않고 대립하고 우리의 인격을 희생하면서까지 그에 따를 만큼의 가치가 있는 것은 여간해서 찾기 어렵다. 오히려 반대로 지금까지 '개인이 시대정신에 전과 다른 방향을 부여했다'라고 하는 사실도 적지 않다.

민중이나 노예나 정복자는
어느 시대에나 이렇게 고백한다.
'지상 인간들의 최고 행복은
오직 인격을 갖는 것이다'라고.

사람은 자기를 잃지 않는다면
어떤 생활을 영위해도 좋다.
자신의 본성에 머문다면
일체를 잃은들 어떠하랴.

—괴테 〈서동시집〉

'세밀한 관찰에 지나치게 마음 쓰는 사람이 어찌 위대한 일을 생각해낼 수가 있으랴.'

—베이컨

6월 8일

마태복음 18:6, 7, 10, 12:36, 25:40, 17:27, 누가복음 6:45, 9:54, 55, 56, 10:5, 12:15, 29, 14:13, 16:9, 10, 17:3절을 보라. 이것들은 한결같이 일상생활에 대한 그리스도의 말씀이다. 우리는 매일 이에 따르기도 하고 따르지 않으며 생활하고 있다. 이것은 우리 자신의 행복——즉 우리 가족이나 우리와 사귀는 모든 사람의 행복——과 깊은 관계가 있는 말이다. 신의 나라에 속하는 어떤 사람과 우연한 만남으로 뜻하지 않게 신의 나라에 들어가기도 하고 들어가지 못하는 사람이 적지 않다. 어느 영국 여류 작가는 이에 대하여 다음과 같이 말한다.

"모든 만남, 모든 이별, 온갖 인사를 할 기회, 온갖 약속의 회합, 이것들은 우리에게 있어서 열린 기회이며 그것을 어떻게 이용하느냐는 우리의 책임이다. 우리의 자식들, 하인, 친구, 친지들, 이들 각자에 대해 우리는 매일——때에 따라서는 온종일——이 세상의 최선일 수도 또는 최악일 수도 있는 것에 영향력을 행사하고 있다."

6월 9일

오바댜 1:12, 미가 7:7~11, 나훔 1:7~12절에 나오는 이 고대 예언자들의 말은 자기 직업상 이러한 책을 읽을 기회가 없는 일반 사람에게 잘 알려지지 않을지도 모른다. 그러나 거기에는 위대한 진리와 수난기를 위한 진실한 위안이 내포되어 있다.

"그들의 신은 어디 있느냐(요엘 2:17)"라는 질문은 현재 많은 나라의 '실리주의 정치'에 빈번히 제기되고 있다. 그에 대한 대답은 반드시 주어지지 않고는 안 될 것이다. 마치 고대 세계의 여러 대국에 대해서도 역시 그 대답이 주어지지 않고는 안 되었듯이 그러한 나라들은 지금 어디에 있는가. 오직 유대의 소수 민족만이 남아 있을 뿐이다. 이 민족은 온갖 결점과 불신에도 개의치 않고 더구나 그 당시 그들이 지은 더할 수 없이 무거운 죄——그리스도를 십자가에 못 박은 죄——에도 얽매이지 않고 역시 앞으로도 존속할 것이다(마태복음 27:25, 사도행전 3:14, 15, 7:52).

왜냐하면 '신의 은사와 부르심에는 절대 후회하심이 없기(로마서 11:29)' 때문이다. 우리가 사실상 신을 포기했을 때마저도 그 약속은 바뀌는 일이 없다. 우리가 실제로 신을 버릴 때는 틀림없이 벌이 내려지지만 그저 불완전할지라도 신을 믿는 자는 영겁의 벌——신에게서의 거부——을 받는 일은 없다(예레미야 1:19, 15:11~13, 29:11, 12, 3, 30:16, 31:31 이사야 55:6, 7, 57:17~21, 41:8~13, 40:27~31, 30:18~22, 28:24~29).

6월 10일

블룸하르트와 그 밖의 역사적으로 확증된 기적을 행한 사람들의 '힘'의 근원을 이루고 있는 것은 십중팔구 '사욕이 없는' 사랑이었을 것이다. 이와 같은 형용사를 덧붙여야 하는 것은 유감스럽지만 그러나 어쩔 수 없다. 또 이와 같은 이인(異人)들의 무수한 모방자는 물론이고 그들 자신에게도 마음의 동요가 일어나거나 때로는 이상한 힘이 감퇴하는 이유를 설명하는 것이다. 왜냐하면 이러한 사랑은 그 것과 불가분으로 결부된 신앙과 마찬가지로 성서의 이른바 값진 진주(마태복음 13:45, 46)로서 그것을 손에 넣으려면 다른 모든 것을 버려야 한다. 또 이 사랑은 꾸준히 시험당하고 쓰이는 것이므로 언제 어느 때든지 현존해 있어야만 하기 때문이다. 또한 이 사랑은 불과 같이 부단히 강해지기도 약해지기도 하여 어느 정도의 수준으로 유지될 수는 없다. 그리고 절대로 속이거나 할 수도 없다.

신앙에 관해서라면 스스로 그것을 가지고 있는 것처럼 자부하고 또 남을 설득하여 그렇게 생각하도록 할 수 있다. 그러나 사랑에 대해서는 그렇게 할 수 없다. 여기서는 오직 진실만이 문제가 된다.

무릇 가식적인 것은 시련의 날을 만나며 그때 무서운 대가를 받는다. 사랑이라는 이 인류의 성스러운 보배를 위조하는 날에는 반드시 벌을 받고 말 것이다.

신앙의 열쇠는 원래 사랑이다. 신이나 그리스도에 대한 반감의 흔적이 조금이라도 마음에 남는 한 신앙은 어렵다. 그러나 뒤에 일단 이 반감이 완전히 해소되면 그것은 쉬워진다. 이 장애를 뛰어넘는 데는 신학 같은 것은 전혀 도움이 안 된다. 참된 신앙에 이르는 길은 오직 하나뿐인 이 반감을 떨치는 것밖에 없다. 만일 누군가가 자기를 믿을 수가 없다고 하면 아무리 그럴듯한 구실을 붙여도 그 근본 이유는 그리스도에 대한 반감이 있는 것이므로 그 사람에게 정면으로 그 점을 비난해도 좋다.

성령 강림 대축일 전야(사무엘 하 5:24)

"너희는 이미 정결해져 있다." 이제 하루만 더 참아라.
나의 오래전부터의 신뢰여! 다시 한번 견뎌내라.
이미 조짐은 보이기 시작했다. 어느새 신의 은총은
넘치는 흐름이 되어 네 위에 쏟아질 것이다.

이제 잠시만 더, 오, 마음이여! 낙심해서는 안 된다.
뽕나무 속에서 벌써 소곤거림이 들린다.
주여! 이제 말씀을 내려주소서. '빛이 있으라'라고.
그러면 날이 새고 악몽은 모두 사라져 버릴 것입니다.

6월 11일

히브리서 10:30, 신명기 32:36을 보라. "주께서 그의 백성을 심판하리라." 이 말씀은 우리가 고통에 처했을 때 특히 전 민족의 고난에 즈음하여 우리가 가질 수 있는 최대의 위안이다. 왜냐하면 주의 심판을 받을 때 우리는 주의 백성임을 확실히 알기 때문이다. 주는 다른 백성에게 그 그릇된 길을 가는 대로 버려두시고 마침내는 그들 자신의 행위의 가차 없는 논리적 귀결에 따라서 파멸케 버려두신다. 또 주는 그러한 나라들은 때를 놓치지 않고 좀 관대하게 심판하시거나 또는 좀 더디지만 가혹하게 심판에 맡기시는 일도 있다. 신은 항상 그곳에 사는 주의 종들을 긍휼히 여기신다. 이것은 특별히 확인할 것까지도 없는 일이다(히브리서 10:35~39).

6월 12일

인간이 겪는 일생의 역정(歷程)은 그야말로 커다란 환상에 불과하다. 그 매끈한 표면 밑에 숨겨진 것을 아무도 보지 못하며 또 보려고도 하지 않는다. 다만 이따금 이 겉껍질에 갑자기 틈이 생겨 신이 보시는 대로 내부의 실상이 나타나게 된다. 그러므로 거의 모든 사람의 판단이나 전기(傳記) 등은 절반밖에 진실이 아니다. 그리고 그것마저도 피상적인 것에 불과하다.

그렇다고는 하나 인간적인 정의(正義)마저도 19세기 문명의 '성과'를 일방적으로 찬양한 반대급부로 생긴 정치적 염세주의의 영향 때문에 오늘날 일반적으로 생각하는 것보다 훨씬 우월한 것이다. 그러므로 널리 세상에 알려진 인물이 죽고 난 후 그 사람에 대해 이루어지는 평가는 절대로 전설이 아니며 대체로 바른 의견으로 소리 높이 훤전(喧傳)되지 않을지라도 언제까지나 길이 존속된다.

악한 인간이면서도 길이 명성을 유지했다는 사례를 나는 역사상 단 하나도 생각해 낼 수가 없다. 도리어 그와 반대편이 많다면 그것은 분명히 무엇보다도 먼저 선한 인간도 왕왕 약점을 가지고 있으며 또한 중대한 잘못을 범하기 쉽다는 것에 입각한다. 그래도 역시 그 사람들의 근본적 성질이 선한 것이라면 그와 같은 잘못도 특별히 용서받는다. 이른바 성직자에서 종교개혁자에 이르기까지 교회의 모든 유명한 교사가 그 좋은 실례이다. 비스마르크 · 괴테 · 프리드리히 대왕도 역시 마찬가지다.

이로써 분명히 알 수 있는 것은 인간의 가슴속에는 정의를 향한 깊은 요구가 존재한다는 것이다. 더욱이 이 요구는 그야말로 실재하고 있으며 또 우리가 생사를 걸고 신뢰하는 신이 가지고 있는 정의의 여운이며 그 작용이다(잠언 10:7).

6월 13일

"우리가 스스로 행복하다고 느끼려면 머리가 늘 계획에 충만하고 사랑이 마음에 차 있어야만 한다"라는 말은 옳은 말이다. 그러나 클레르보의 성 베르나르의 말이 더 실행하기 쉬우므로 한층 더 옳다고 하겠다. "진실하고도 최대의 기쁨은 피조물에서 받는 것이 아니라 조물주에게서 주어지는 것이다. 당신이 일단 이 기쁨을 차지하면 그 누구에게도 빼앗기는 일이 없다. 이에 비하면 어떤 쾌락도 고뇌이며, 어떤 환희도 고통이며, 어떤 단맛도 쓰며, 어떤 영화도 시시한 것이 되고, 또 어떤 환락도 천한 것이 된다."

"신이 어떤 사람에게 자신을 사랑한다는 은총을 내렸다면 그 사람은 충분한 축복을 받은 것이다." 성 보나벤투라의 이 말은 종교 또는 신학이라 불리는 것의 가장 간결한 요약이다. 이 영역에서의 가장 뛰어난 학식도 이 이상의 것이나 이 밖의 것을 암시하지 않는다. 이 밖에 암시하는 모든 것은 축복에 이르기 위해 필요한 것은 아니다.

신에 대한 사랑만이 우리를 철저하게 이기주의에서 빠져나오게 하는 참다운 자기 개선의 시작이다. 이 신에 대한 사랑이 특히 강해지지 않으면 인간애 · 인도주의 · 윤리 등도 그 속에 아무런 힘도 들어 있지 않은 빈말에 불과하다(고린도전서 13:1~3, 헤른후트 찬미가 238, 501, 534, 591).

6월 14일

이른바 양서나 극히 종교적인 책이라도 지나치게 많이 읽는 것은 자기 생각이 굳어 있지 않은 사람에게는 좋지 않을 수도 있다. 왜냐하면 그런 사람은 남의 의견이나 기분을 쉽게 받아들인다. 그러한 의견이나 기분은 완전한 진실이라고 할 수 없으며 또한 자신의 상황에 적합하지 않을지도 모르기 때문이다. 그로 인하여 그 사람은 자신의 참된 요구를 놓치고 자기 신념에 대하여 때로는 그 생애의 사명에 대해서마저 방황하게 된다.

이와 반대로 소수의 좋은 책을 읽고서 그에 대하여 많은 사색을 거듭하는 것은 그 사람을 향상하는 것이다.

6월 15일

미약한 신앙이라도 전혀 신앙이 없는 것보다는 훨씬 낫다. 신앙의 마지막 작은 불씨라도 완전히 꺼버리는 일이 없도록 하라. 그리하면 남은 불씨를 불러일으키기 쉽다. 그러나 처음부터 새로 불을 붙이기는 훨씬 어려운 것이다.

"용기를 잃지 말고 용감한 사람이 돼라. 그리하면 위안은 필요한 때에 당신에게 주어질 것이다." 용기는 모든 인간적인 성질 중에서 가장 쓸모 있는 것이다. 용기는 아주 짧은 기간만 필요한 것으로서 그때 잠깐만 용기를 발휘하면 일이 전보다 잘 풀린다. 그러나 금방 지나가 버리는 중대한 순간에 용기를 잃는다면 그로 인하여 일생의 노력이 물거품으로 되는 수가 있다.

그러므로 어떤 일이 있더라도 용기를 버려서는 안 된다. 만일 어떤 일을 그만두는 것이 분명히 신의 뜻이라면 그 일에서 잠시 손을 놓고 신의 강력한 도움을 굳게 믿고 기다려야 할 것이다. 실제로 신의 도움은 그 무엇에 의해서도 가로막히는 일이 없으며 또 어떤 손실도 보상할 수 있다(요엘 2:13, 21, 25~27, 누가복음 22:61, 62, 잠언 10:29, 히브리서 10:35, 헤른후트 찬미가 686, 660, 661).

이런 의미로 보면 다음과 같은 붓다의 말도 또한 좋다. "마음이 바른 생각으로 채워져 있으면 어떤 재난도 절대 파고들 틈이 없다." 그러나 우리는 항상 바른 생각만을 지니고 있을 수는 없다. 그것은 왕왕 바람에 날려버리듯 사라져 버리는 일이 있다. 물론 즉시 그와 같은 생각을 다시 불러올 수는 없다. 그러나 용기는 얼마쯤 노력하면 항상 가질 수 있는 일종의 기분이며 머지않아 도움을 주어 사정이 호전되게 한다. 전쟁에서도 그러하다. 인생은 전쟁과 흡사한 데가 있어서 비슷한 전술적 원리에 따라서 영위되는 것이다.

6월 16일

처음부터 사람에게 위안을 구하지 말고 신에게 그것을 구해야 한다. 먼저 침착해진 다음에 사람에게 향해야 한다. 이처럼 하기만 하면 사람은 우리에게 유익한 영향을 주고 우리도 그들의 조언을 올바르게 받아들여서 그것을 쓸 수가 있다.

14세기 독일의 신비가 하인리히 조이제의 교제(交際)에 대한 네 가지 주의사항은 지금도 극히 유익한 말이다. "누구든 친절히 맞이할 것, 이야기는 짤막하게 할 것, 위로해서 돌려보낸 것, 언제까지나 그 사람의 일을 마음에 두지 말 것."

6월 17일

출애굽기 2~4, 시편 110:1~2절을 보라. 한 사람의 생애에 있어서 꽤 오랜 기간에 걸쳐 시편 110편의 '기다리라'라는 요구가 부단한 신의 인도(引導)로 소용되는 일이 왕왕 있다. 그러나 그 후 갑자기 그것과는 반대인 다음의 명령이 내려진다. "오라, 내가 그대를 애굽——이집트——에 보내리라." 이에 대하여 "주여, 다른 사람을 보내주소서" 하고 대답하는 것은 용납되지 않는다. 이 두 가지 명령에 기꺼이 따르고 양쪽의 때를 선용할 수가 있는 사람은 가장 신속히 내적 진보를 이룩한다. 그러나 일반 사람들은 그 어느 쪽도 따르지 않는다.

악인이 더 이상 깊은 후회를 느끼지 않는다면 그것은 그에게 내려진 가장 무거운 벌을 뜻한다. 자신이 지은 악을 알면서 후회를 느끼지 않는다는 것은 이미 이 세상부터가 지옥이다. 그러한 경우 마침내 광기에 이르는 것도 극히 이해할 만한 사항이다.

이에 반하여 악인이 구원의 욕구를 통감한다면 그러한 이유로 인하여 흔한 의미의 선량한 사람들보다 도리어 구원에 가까이 다가설 수도 있다(누가복음 5:32, 7:47, 18:13, 마태복음 21:31, 헤른후트 찬미가 564).

6월 18일

인간들의 사귐에 있어서 내적 확신은 매우 큰 의미가 있다. 왜냐하면 보통 사람들은 그들을 지도해 줄 만한 사람을 원하고 그러한 자신에 찬 사람들의 아주 몹쓸 이기주의도 감수할 정도이기 때문이다. 이러한 예는 일부러 찾지 않아도 오늘날 우리 주변 어디에나 널려 있다. 과거에 있어서는 나폴레옹 1세가 그 가장 두드러진 사례였다.

가장 큰 내적 확신은 강렬하고 동시에 끈기 있는 기질에서 생기거나 신에 대한 굳은 신앙에서 생긴다. 이 신에 대한 신앙을 적어도 일시적으로는 강한 운명이 대신할 수도 있다. 그러나 신에 대한 신앙이 없을 때는 확신이 크게 흔들리므로 그렇게 생각하게 된다. 이에 반하여 기질과 신앙의 양자가 결합하면 큰일을 지도하는 데 가장 적합한 성격의 기초가 이루어진다.

6월 19일

인간의 공동생활을 매우 수월하게 만드는 기분 좋은 성질은 될수록 타인의 소망에 기꺼이 응할 수 있는 친절한 호의와 소탈함이다. 그런데 사람에 따라서는 눈과 혀에 모두 영원한 '노(NO)'를 지니고 있다. 심지어는 아무래도 좋은 상황에서마저 타인의 의견에 즉시 따르지 않고 언제나 끈질긴 간청이나 설득, 나무람이나 재촉, 몰아세움의 과정을 거친 후가 아니고는 동의하지 않는 사람들이 많이 있다. 이런 일 때문에 극히 선량한 사람이면서도 왕왕 남들의 반감을 사는 일이 있다. 이 같은 나쁜 습관에서 완전히 해방되는 것이 절실히 필요하다.

무슨 일이든 신에게 강요받지 않으면 고치려 하지 않는 고집스러운 종이 신에게 크게 환영받지 못하리라는 것이 수긍이 간다. 구약의 예언자들도 실제로 누누이 그와 같은 말을 하고 있다(예레미야 7:22~27, 31:31~33).

6월 20일

내적 생활에 있어서는 쇠를 담금질하는 경우와 그 과정이 아주 흡사하다. 내적 인간도 되풀이해서 이따금 불 속에 던져지고 망치로 급히 두드려서 연단해야만 한다. 이로 인하여 그는 차츰차츰 신이 바라는 형태를 갖추고 신의 목적에 소용되는 인간으로 된다.

또한 다음 사실도 쇠를 연단하는 것과 아주 흡사하며 더욱더 대단한 위안을 준다. 즉 이와 같은 작열(灼熱) 속에서 연단한 것은 언제까지나 단단하고 잘 휘어지는 것이다.

이에 반하여 무릇 자신만의 계획이나 노력에는 뭔가 굳건함이 갖추어져 있지 않다.

신은 자신의 성령을 중요하게 쓰고자 하는 사람에게만 그것을 내려주는 것이며 그것을 소유하고 즐기기 위해서는 주어지지 않는다.

성령 강림 대축일의 노래

성스러운 영혼이여, 은총에 충만한 영혼이여
당신을 부여받아 언제까지나 가슴에 품는 자는 누구입니까?
아, 속세에 도취한 자들에게는
당신의 평화를 전혀 찾을 수 없나이다.

당신은 아주 깊숙이 숨어 계시어
뜨거운 진심을 가진 자에게만 알려집니다.
더욱이 당신은 영혼의 고향에서 찾아오는
화창한 봄날의 아침과 같습니다.

6월 21일

고통은 사람을 강하게 만들고 기쁨은 대체로 사람을 약하게 할 뿐이다. 용감하게 견디는 고난과 고난 사이의 휴식은 해롭지 않은 기쁨이다. 그렇지만 모든 고난은 그것을 완화하는 데 필요한 만큼의 기쁨을 속에 숨기고 있는 것도 사실이다.

당신이 신에게서 당신을 멀어지게 하는 기쁨보다도 당신을 신에게로 달려가게 하는 고난 쪽을 좋아하게 된다면 당신은 바른길에 있는 것이다.

나는 신의 아들이 완전히 절망한 끝에 죽었다는 역사상의 실례를 하나도 모른다. 그러나 아무리 선한 사람에게도 이와 같은 절망으로 유혹이 왕왕 눈앞에 다가오는 일이 있다.

6월 22일

훌륭히 인생을 살고 평범하게 생활을 유지하는 것이 아니라 더 위대한 인생의 목적을 놓치지 않기 위해서는 아무래도 모종의 감격이 필요하다. 인생을 허무한 것으로 만들고 싶지 않다면 불가불 인생을 그와 같은 위대한 목적에 바쳐야만 한다. 그러나 이와 같은 감격에는 얼마간의 건전하고 냉정한 양식이 결부되어야만 한다. 이 양자의 혼합과 협력에서 세상에 소용될 만한 인간의 성격이 태어나는 것이다.

6월 23일

"우리 모두를 구속하는 천한 풍속은 그의 아득한 저쪽 실체 없는 가상 속에 존재하고 있었다."

괴테가 실러의 죽음에 바친 이 추도사는 사람이 무릇 교육의 이상 또는 '문화의 이상'을 수립하고자 하는 한 칼라일의 단순한 영웅 숭배나 니체의 '초인주의' 따위보다도 그와 같은 이상을 훨씬 잘 표현하고 있다. 니체의 이른바 '금발의 야수(野獸)'——어떤 문화의 끊어진 조각도 갖지 않고 우리를 새로운 민족이동 시대로 되돌리려고 하는 조야(粗野)한 힘에 넘치는 게르만 정신——는 힘을 위해서는 다른 모든 것을 희생하려고 하는 신경쇠약 자의 망상이거나 완전히 순수한 독일 민족이 일찍이 존재한 적도 없는 나라에 대한 가공적인 이상에 불과할 것이다.

이와 반대로 이 민족은 원래 아주 위대한 이상을 지니고 있으며 그 문화가 열린 최초의 시대 이후로 다음과 같은 민족성의 두 가지 특성을 항상 유지해 왔다. 다른 어떤 민족도 갖지 못할 성실을 사랑하는 선천적인 정신과 로마인 타키투스가 당시 독일인을 보고 경탄했던 남녀의 순결을 존중하는 마음이다. 세계정치에 대한 독일인의 사명도 다름 아닌 이 두 가지 특성과 결부되어 있으며 세계정치에 독일인이 소용될지 아닐지 이러한 특성의 유무에 의해 결정되는 것이다.

6월 24일

만약에 당신이——스스로 구하지 않았는데——당신의 기독교 신앙 때문에 공격받기 시작했다면 크게 기뻐하라. 왜냐하면 그때 당신은 이미 이 세상의 노예에서 해방되고 충실한 기독교 전사의 군세(軍勢)에 확정적으로 채택되어 편입되었기 때문이다.

이제 악의 영혼도 이것을 취소할 수 없는 사실이라고 믿는 것이다. 지금까지는 악의 영혼이 당신을 분노하게 하지 않았지만 반쯤 자기 수하의 한 사람으로 생각하여 당신을 단념한 것이다(요한복음 14:30, 15:19, 12:31, 7:7, 누가복음 10:20, 4:13, 야고보서 4:7, 헤른후트 찬미가 698, 670).

그러나 만일 당신이 싸움에 임하여 악의 영혼을 두려워한다면 처음부터 싸움을 단념하는 것이 좋다. 왜냐하면 두려움은 패배의 전조이며 전사로서는 도저히 용서받기 어려운 결점이기 때문이다(헤른후트 찬미가 908, 909, 735).

6월 25일

큰 위기를 넘기고 나면 왕왕 인간의 생각 속에 전혀 구애받지 않는 인간적인 것을 초월한 평가로써 자기 삶의 과거와 미래에 걸쳐서 바라보는 그런 순간이 찾아드는 일이 있다. 이러한 때 자기의 과거를 돌이켜보고 하마터면 사도(邪道)에 빠질 뻔했다가 기적이라 할 수 있는 신의 배려와 보호로 간신히 그것을 모면했던 수없이 많은 순간이 있었다는 것을 깨닫는다. 이미 주어진 이 은총에 대한 감사 때문에 가슴이 부풀고 또 미래의 인생 행로도 축복에 차 있을 것이라는 강한 확신이 높아진다. 아마 전 생애의 종말에도 이와 같은 감회를 느낄 것이 분명하다.

베아트리체는 말했다.

"당신은 눈을 밝게 날카롭게 해야 할 만큼 이미 최후의 구원에 다가서고 있는 것입니다. 그러니 구원의 나라로 들어가기 전에 하계(下界)를 보고 내가 얼마나 많은 세계를 인도했는가를 보십시오.

그것은 이 둥근 모양의 대기 속을 즐거운 듯이 찾아오는 승리의 무리와 만났을 때 당신 마음이 기쁨에 넘치기 위해서입니다."

—단테 ≪신곡≫ 〈천국 편〉 제22곡 124행 이하

6월 26일

신앙이라는 것은 말할 것도 없이 스스로 자기에게 줄 수는 없다. 1527년의 ≪준주성범(遵主聖範)≫에 기록되어 있듯이 신앙은 '우리에게 과분한 신의 은총(恩寵)'이다. 그래서 제삼자의 어떤 신앙의 권고나 명령도 결국은 무익하다. 그런데 오늘날 가정이나 교회나 학교에서 이루어지는 종교 교육은 대체로 이런 것들이다. 그러나 우리는 여느 실재론의 세계와는 별도로 더 나은 세계를 동경하고 추구할 수가 있다. 그리고 이 동경이 신앙이라는 큰 은총을 내리기 위해 신이 내미는 손이다. 아이들은 이와 같은 동경을 지니도록 이끌어야만 한다(요한복음 6:37, 44, 65, 헤른후트 찬미가 176).

우리는 그리스도를 우리의 주이시며 구세주로서 받아들임으로써 신 앞에서 인정되는 의(義)를 손에 넣을 수가 있다. 더욱이 그 경우 우리에게는 그 의가 신의 은총으로서 그 이상 아무런 조건도 없이 주어지는 것이다.

6월 27일

우리는 플라톤 · 아리스토텔레스 · 사도 바울 · 단테 · 괴테 등의 사상을 완전히 나의 것으로 만드는 데까지 도달할 수 있을까. 또한 그렇게 하는 것이 어디에서 보더라도 바람직할까. 그리고 이들 사상이 우리의 현대 사고방식이나 생활 경험보다도 뛰어난 것일까. 당연히 그러한 점에 의문을 던질 수가 있다.

이에 반하여 우리는 그리스도의 말씀에는 완전히 동의할 수 있으며 그 말씀의 진실함에 완전히 마음을 충만케 할 수 있다는 것은 의심할 여지도 없는 사실이다. 나는 바로 여기에 '기독교란 무엇인가'라는 종종 제기되는 질문에 대한 간단명료한 답이 있다고 생각한다.

6월 28일

단지 기독교에 불과한 것을 '신비주의'라 부르고 있는 사람들이 많다. 그러나 그 신앙을 구하는 마음이 있느냐 없느냐 또 그에 대한 감수성을 가졌느냐 아니냐에 상관없이 누구에게나 이해될 수 있을 만한 완전히 '합리적'인 기독교는 대체로 존재하지 않는다. 또 그와 같은 것을 만들어내려고 하는 어떠한 시도도 끝이 없는 것이며 마침내는 기독교 진리에 관한 완전한 불신으로 끝날 수밖에 없다.

그리스도 자신이 바랐던 기독교의 독특한 점은 무엇보다도 모든 광신을 배제한 아주 명료하고 냉정한 양식과 초감각적인 것과 표현하기 어려운 경험――이것을 신비주의라 부르고 싶거든 불러도 되지만 이 호칭은 반드시 적당한 것은 아니다――을 받아들이기에 적합한 섬세한 마음의 결합이다. 이 결합의 여하에 따라 많은 사도(邪道)가 생기고 그 하나하나가 끊이지 않고 나아간다면 그리스도가 바랐던 기독교와는 전혀 반대의 것으로 빠지지 말라는 보장은 없다.

만일 우리가 아주 많은 문제를 해결하고 있는 명백한 사례를 눈앞에 가지지 못하고 구약에서 유래된 진실을 스스로 경험 했으리라 생각되는 많은 독자도 신의 확약을 우리 것으로 할 수 없다면 언제나 좁고 바른길을 발견하기는 어려울 것이다(출애굽기 23:20~22, 여호수아 21:45, 헤른후트 찬미가 396, 399번, 400번).

6월 29일

정신적인 투쟁에 있어서 절대로 우리는 중립을 지켜서는 안 된다.

적에게 호의를 보이고 이해하는 것은 거의 언제라도 할 수 있는 일이다.

신과 밀접한 개인적인 관계에 있다는 확신이 서면 틀림없이 타인에게 동정심을 가지지만 그들의 판단에 대해서는 냉정해진다.

신과 완전히 벗이 된 사람에게는 그 이후의 인생에 있어서 반드시 행복한 사건밖에는 일어나지 않는다.

6월 30일

유물론 · 일원론(一元論) · 범신론(汎神論) 그 밖의 신에 대한 불신을 학문적으로 표현하기 위한 이본들이 제기하고 있는 문제는 너무 진지하게 대하지 않는 것이 좋다.

오직 감각적으로 인식할 수 있는 것만이 존재한다는 사상은 멋대로 하거나 진실하지 못한 사상이며 더구나 일상의 경험으로 끊임없이 부정하는 생각이다. 또 길바닥의 돌덩이나 나뭇조각이 모두 신이라는 사상도 마찬가지로 터무니없고 반발을 일으키는 생각이다. 지각(知覺)되는 세계의 배후에는 반드시 하나의 예지적(叡智的) 존재가 있어야만 한다――그것은 인간의 모든 산물(産物)의 이면에 그와 같은 존재가 있는 것과 마찬가지다――우리는 이 예지적 존재를 바로 신이라고 부르는 것이다. 그러나 이것은 인간의 사색으로서는 구명(究明)할 수 없는 것이다. 만일 유물론이 오직 이것만을 주장한다면 그 점은 옳다고 하겠다.

그래서 괴테도 다음과 같이 말하고 있다(에커먼 ≪괴테와의 대화≫

1827년 4월 11일).

"자연 속에는 우리가 접근할 수 있는 것과 접근할 수 없는 것이 있다. 이 둘을 구별하고 그것을 잘 생각하며 존중해 나가야만 한다. 그 한쪽 영역이 어디서 끝나고 다른 영역이 어디서 시작되는가를 식별하기는 항상 곤란하지만 모든 경우에 그 구별을 알고 있는 것만으로도 우리에게 도움이 되는 것이다. 이 구별을 모르는 사람은 아마도 평생을 도달할 수 없는 것을 위하여 헛되이 고생하지만 진리에는 접근할 수가 없다. 그러나 이 구별을 알고 있는 현명한 사람은 언제나 도달할 수 있는 것만을 상대할 것이다. 그리고 이 영역 안에서 온갖 방향으로 탐구를 진행해서 자기 생각을 확립한다. 이에 따라 더더욱 이 길에서는 도저히 할 수 없는 것에서도 상당한 이해를 얻을 것이다. 그렇지만 이 경우에도 결국은 어느 정도까지 밖에 접근할 수 없는 것이 이 세상에 적지 않다는 것과 자연의 배후에는 항상 불가해한 것이 있어서 이것을 규명하는 것은 인력이 미치지 못하는 것임을 고백하지 않을 수 없을 것이다."

현대에도 합리적인 모든 자연과학은 적어도 이 선까지는 진행될 것이다. 그리하면 진리를 구하는 많은 영혼을 괴롭히고 있는 자연과학과 신앙 사이의 풀기 힘든 갈등에 대해서는 절대 문제가 되지 않을 것이다.

분명 실제로 그렇게 될 것이다. 순수한 유물론이나 범신론은 그 누구도 충분히 만족시키지 못하며 더구나 단순한 무지와 무신앙으로 사람의 마음을 충족시킬 수는 없다. 그러나 사려도 없이 다만 찰

나적 향락에 빠지는 것만으로는 고귀한 정신은 절대 만족할 수 없을 것이다. 모든 종교는 본래 말로써 표현할 수 없는 것을 얼마만큼이라도 표현하여 그로서 일반에게 그것을 서로 이야기하도록 하는 시도일 따름이다——그렇지 않다면 그에 대해 이야기하는 것도 불가능할 테니까——그리고 기독교는 조금도 의심할 여지가 없이 이 목적에 가장 알맞은 표현이다.

하지만 당신이 복음서를 주의 깊게 읽는다면 곧 짐작이 갈 일이지만 실제로 그리스도 자신은 신의 '본성'이나 '속성'에 대해 오늘날 모든 어린이가 종교 수업 시간에 배우는 것보다도 조금밖에 말씀하고 있지 않은 것이다.

7월(July)

7월 1일

"뚫고 나오라." 이 짧은 말은 내적 생활의 많은 위기에 거의 마술적인 효과가 있는 것이다.

이 말은 아직 완전히 무력해지지 않은 이성에게 그 권능을 단념하지 말도록 타이르고 육체적인 것에 불과한 기분에 굴복해서는 안 된다는 것을 가르쳐 준다. 동시에 아직 남아 있는 선한 의지에 자극을 주어서 무기력한 염세주의와 육체적 또는 정신적 인상에 굴복하는 것에 반발을 일으키게 한다.

말하자면 하나의 급격한 움직임이 생기고 고귀한 영혼은 또다시 자유로워지고 진실하고 올바른 것을 향해 나아가게 된다.

이와 같은 순간은 전 생애에 있어 결정적인 중대한 시기이다. 그러므로 만일 당신이 그러한 것에 묶여 있다고 느꼈다면 뚫고 나가라 (헤른후트 찬미가 393, 676, 698).

7월 2일

오늘날 교양 있는 사람들에게서 볼 수 있는 가장 한탄스러운 현상의 하나는 그들이 건강에 너무도 지나치게 큰 가치를 두는 것이다. 실제로 그 많은 사람에게 있어서 건강을 유지하고 싶다는 관심이 온갖 다른 관심을 완전히 능가하고 있을 정도이다.

그들은 세계 역사상 많은 병약자가 때로는 병약함으로 인해 가장 큰 사업을 이룩하고 고난에 견디었다는 사실이 있음을 까맣게 잊고 있는 것 같다(고린도후서 4:16, 7:10, 10:10, 12:10, 골로새서 1:24, 이사야 53:10, 11).

그러나 건강과 체력에 관한 진짜 배경을 이루고 있는 것은 병약해서는 훌륭한 일을 해낼 수 없다는 걱정이 아니라 오히려 삶의 향락에 대해 억제하지 못하는 갈망이 저지당한다는 염려이다. 이 사실이 때로는 실제로 병자에게 그것도 병고에 몹시 시달리는 사람에게 충분히 위로하는 것을 어렵게 만드는 것처럼 생각되기까지 한다.

건강이 의심할 여지 없이 큰 선물임은 틀림없으나 그것을 너무 귀중하게 여겨서는 안 된다. 오히려 건강의 손상이나 상실까지도 품위 있게 참아나가는 것을 배워야만 한다. 왜냐하면 건강은 절대로 불가결한 최고의 선은 아니기 때문이다.

7월 3일

'병적인 상태'는 우리가 지나치게 걱정하지 않으면 저절로 사라져 버릴 수가 흔히 있다. 더구나 병약한 사람이 충분한 치료를 받을 만한 형편이 되지 못하기 때문에 도리어 다년간에 걸쳐서 그들의 의무를 충실히 하는 사람들도 있다. 이에 반하여 각지의 요양소를 전전하며 마음의 위안도 없는 무익한 생활을 보내는 사람도 있다. 이런 사람들의 대다수는 무언가 해야 할 임무를 가르쳐 주기만 하면 구원받을 수 있을 것이다. 병약한 사람들에게는 정당한 직무와 사명 등이 실제로 부족한 경우가 많이 있다. 그들에게 체력에 맞는 의무나 과제를 정해 주면 어떤 치료나 안정이나 간호에 의하는 것보다도 훨씬 건강해질 것이다. 마부(馬夫)라면 누구나 자기 말을 어떻게 다루어야 한다는 것을 잘 알고 있다. 그런데 병자를 치료해야 할 많은 의사나 간호사는 그것을 모른다.

특히 건강에 소용되는 것은 대부분 정직하고 진실한 사랑이다. 사랑이라는 것은 천한 이기주의를 당연히 거부하기 때문이다. 그러나 이 신비한 약은 어떤 길거리에서도 팔지 않으며 또 누구나 자신에게 적용할 수 있는 것도 아니다. 더구나 그것을 서툰 흉내로 만족하고 있는 사람에게는 특히 적용하기 힘든 약이다.

7월 4일

현실에 있어서 철학은 대체로 수학과 비슷한 사고의 훈련으로서 정신을 사유 활동에 익숙해지게 한다는 것 이상으로 인생에는 하등의 목적도 효과도 갖지 못한다. 또 철학은 어느 한 사상가의 사상 안에서 형성된 일반적 세계관의 수립이라는 데 불과한 것이다. 그럴 때 철학이라는 것은 플라톤 · 아우구스티누스 · 헤겔 · 쇼펜하우어 등 그들의 시대가 역사적으로 보면 매우 흥미 있는 세계관이 될 것이다. 그러나 과연 이 세계는 이들 사상가의 생각 그대로의 것이었던가. 그리고 지금도 그러한가. 이를테면 세계는 쇼펜하우어의 '의지와 표상(表象)'으로서 그 밖의 아무것도 아닌가 또는 어떤가 하는 것은 전혀 다른 문제이다.

이들 철학 체계는 각 개인의 인생 행로에 대해 그것을 명료하게 해 주고 그의 성격을 개선하여 선으로 향하는 힘을 높인다. 또한 그 사람의 행복을 증진하는 목적에는 일반적으로 소용되지 않거나 간접적으로밖에 소용되지 않는다. 만일 그렇지 않다면 이들 철학의 창시자들은 인간 중에서 가장 훌륭하고 행복한 인간이었음이 틀림없지만 반드시 그렇지는 않았다. 그래서 철학은 주로 앞에서 말한 문제와 씨름하지 않는 한 인간 형성에 대하여 전체적으로나 개인적으로나 극히 미미한 정도밖에 영향을 주지 못하는 것이다.

그러나 현대의 세계는 좋은 철학을 위하여 칸트 이래 어느 때보다도 더 성숙해 있는 것 같다. 이 같은 요구에서 독일 국민이 현재의 '실재론'에 충분히 만족했다면 아마도 그들 가운데서 칸트의 업적을 계승하여 그것을 진실한 결론으로 이끌 만한 철학자가 다시 태어날 것이다.

7월 5일

신의 성령이 존재한다는 것에 대해서는 달리 실증적인 증거가 없더라도 다음 사실은 역시 그 증거라 하겠다. 즉 우리 자신이 정신과 의지를 다 하여 신과의 결합을 노력해도 만일 신이 그것을 거부한다면 우리는 목적을 달성할 수가 없으며 또 열렬한 신앙에 의해서도 걱정이나 슬픔을 면할 수가 없는 것이다. 이에 반하여 성령이 때때로 불쑥 찾아들어 그 생명과 기쁨으로써 우리의 전 존재를 충만 시키고 일순간에 모든 무거운 짐을 우리의 마음에서 제거하는 일이 있을 수 있는 것이다. 그런데도 인간에게서 완전히 독립하여 자주적으로 작용하는 이 같은 힘이 존재하지 않는 것일까. 아니면 절대로 실재(實在)하지 않는 것일까. 대체 힘보다 이상으로 실재하는 것이 달리 있는 것인가. 아무튼 인간의 단순한 사상은 절대로 힘은 아니다. 이것은 스스로 위안을 얻으려 해도 얻지 못했던 경험을 자주 되풀이한 사람이라면 누구나 알고 있는 사실이다. 그렇지 않은 이런 힘은 대체 무엇일까——단순한 '심리학'은 이때 우리를 완전히 버리고 만다——무릇 심리학은 그 자체에 아무런 힘도 갖지 못한 것이며 불행에 빠진 사람을 도와준 일이 없는 하나의 학문체계에 불과하다.

7월 6일

당신은 대체 무엇을 바라는가. 마음이 가라앉았을 때 당신은 자신에게 그것을 묻고 정직하게 대답하라. 당신은 일할 필요도 없고 걱정도 없는 그런 향락의 호사한 생활——물론 그것을 누릴 만큼의 욕망과 힘을 항상 갖춘 상황에서 일이지만——이를테면 이슬람교도들이 공상하는 그러한 천국에 가까운 것을 바라는가. 그러나 그런 생활은 현대의 문명사회에는 어디에도 존재하지 않을 것이다. 아무튼 당신의 경우에는 그런 생활은 도저히 바랄 수 없는 것이리라. 그렇다면 왜 차라리 고생스럽지만 확실한 인도 속에서 큰 걱정 없이 거의 변동 없는 마음의 깨끗함과 침착성을 가지고 계속할 수 있는 생활을 바라지 않는 것인가. 이러한 생활이라면 누구든지 가질 수가 있다. 다만 그것을 간절히 바라고 주어진 그 길을 걸어가기만 한다면 말이다.

세상의 많은 사람은 자기가 무엇을 바라는지를 자신도 까맣게 모른다. 또 그것을 잘 생각해 보지도 않는다. 반대로 일부 사람 중 어떤 사람은 되지도 않는 것을 바라며 헛되이 힘을 소모하고 있다. 또한 그렇지 않은 사람도 그 의욕이 끊임없이 흔들려 아무것도 이루어지지 않는다. 그러나 가능한 것——즉 자신의 힘과 현실의 세계 질서에 상응한 것——을 확고하고도 참을성 있게 바라는 사람들은 항상 그 목적을 달성해 왔다.

또 철저하게 주의해 주었으면 하는 것이 있다. 우리의 의지는 단계적인 것으로서 절대로 인생의 모든 단계를 멋대로 뛰어넘을 수 있는 것이 아니라는 것이다.

인생의 하급 단계에 있으면서 상급 단계에 속하기를 바라서는 안 된다. 그리하면 원래 하급 단계에서 해야 할 일을 충족하지 못하기 때문이다.

그러나 만약 당신에게 병이 생기고 낫는 것이 신의 뜻이라면 그것을 위해 바른길을 찾기를 원하라. 그러나 신의 뜻이 그렇지 않다면 차라리 병을 견디는 길을 찾기 원하라. 그렇게 함으로써 건강해지는 것이 좋다. 그렇지 않으면 병의 상태에 순응하도록 하라.

당신은 그 때문에 꽤 오랫동안 당신의 온 의지력을 바쳐야만 할 것이다. 그중의 하나가 이루어지면 그다음에 당신의 눈앞에 확실히 나타나는 당신이 바라는 다른 과제를 시작하라. 그렇게 하면 당신은 진보할 수 있지만 그렇게 하지 않으면 그것은 불가능하다.

7월 7일

세상에 거의 알려지지 않은 영국의 성녀 노리치의 율리아나(1342년생)가 일찍이 말했듯이 올바른 기도는 원래 그 자체가 신이 듣고 계신 기도이다. 왜냐하면 그것은 신의 은총과 사랑에서 우리에게 하사하는 것이기 때문이다. "신은 그 뜻에 맞는 기도를 손수 일깨워 주십니다. 더욱이 이 기도와 선한 의지는 신께서 주신 것인데도 그에 대하여 신은 우리에게 한없는 보답까지 내리십니다." 이 같은 경지에 이르면 우리의 종교 교육은 완성된 것이다(요한복음 15:7, 16:24, 이사야 65:24).

7월 8일

우리가 자신을 개선하고자 노력할 때 온갖 악을 피하려고 하는 것보다도 모든 추한 것이나 비속한 것을 피하고자 결심하는 것이 좀 더 효과가 있을 수 있다. 왜냐하면 후자의 방법이 우리의 힘에 알맞기 때문이다.

생활의 욕구로서 또는 자기 성격상의 특질로서 참으로 아름다운 것에 친숙해지는 것은 젊은이가 인생을 출발시킴에 있어 가질 수 있는 최상의 호신용 무기의 하나이다.

7월 9일

어떤 한 영국의 저술가가 이렇게 말했다. "내 생애에 한 번도 겉으로 거짓말을 한 적이 없다고 하는 사람도 실상은 자신이 머리끝부터

발끝까지 마음과 몸이 온통 하나의 거짓 덩어리일 수 있다.”

이와 같은 새빨간 거짓 인간을 경계하라. 유감스럽지만 ‘믿음이 깊은’ 사람 중에도 그런 사람이 있다.

7월 10일

신의 곁에 있는 것이야말로 진짜 인간 행복의 진수(眞髓)이지만 만일 그것을 바란다면 얼마만큼의 슬픔은 감내해야 한다. 왜냐하면 인생의 경험을 쌓은 사람이라면 누구나 다 알고 있다. 다른 어느 때보다 또 어떤 방법보다 슬픔에 젖어 있을 때 신에게 한 발 더 접근하기 때문이다(단테 ≪신곡≫ 〈천국 편〉 제7곡 58~60행).

7월 11일

부득이한 사유로 오래 사귄 친구나 친척과 교류를 끊어야만 한다면 아무 말도 말고 그렇게 하는 것이 좋다. 그전에 의논 따위를 나누면 반드시 불쾌함이나 추함이 더하거나 헤어지는 것보다도 더 나쁜 뒷맛이 개운치 않은 거짓 화해로 그치게 된다.

7월 12일

우리는 인생을 훌륭한 것으로 할 수 있다. 그것은 무릇 인간의 상상력이 그려낼 수 있는 가장 멋지고 완전히 자유롭고 성품이 아주 고상한 인간이기 때문이다. 분명히 거기까지 도달하는 것이 인생의 목표이다. 그 밖의 모든 것은 오직 그 볼품없는 대용물에 불과하다.

그리고 진정으로 이 목표에 도달하고자 염원하는 사람에게는 어떤 운명도 반드시 그 목표 달성에 도움을 준다.

그러나 그러기 위하여 확실히 알아 두어야 할 것은 단순한 동물적인 행복 따위는 조금도 가치가 없을 뿐 아니라 하나의 속임수에 불과하다는 것을 알아야 하고 신에게 봉사하는 것이 목표 달성을 위한 전부라는 것을 깨달아야 한다.

7월 13일

아무리 큰일이라도 그것을 작게 나누어 항상 가까이에 있는 것만을 염두에 둔다면 그것은 작은 일을 처리하는 힘밖에 들지 않는다.

7월 14일

마태복음 6:33, 34[1]을 보라. 우리가 신이 명령하신 길을 걷는다면 날마다 그 의무와 힘을 저절로 준다.

그래서 그것을 얻고자 애태울 필요는 없다. 오직 그것을 받아들여 실행하기만 하면 된다.

이것은 세속적인 생활방식에 비하면 아무리 투쟁과 고통이 따를지라도 그래도 평안한 생활이다.

또 누가복음 22:35[2]에서 그리스도가 제자들——그들도 우리 못

---

1) "먼저 그의 나라와 그의 의를 구하라. 그리하면 이 모든 것을 너희에게 더하시리라. 그러므로 내일 일을 위하여 염려하지 말라. 내일 일은 내일 염려할 것이요, 한 날의 괴로움은 그날에 족하니라."

2) "내가 너희를 전대와 식량 주머니와 신발 없이 보내었을 때 부족한 것이 있더냐."

지않게 걱정 많은 성품이었다——을 향해 던졌던 그 대담한 질문은 오늘날도 역시 진심을 가지고 그리스도에 따르는 모든 사람에게 해당하는 질문이다.

모든 길 중에서 이것이야말로 가장 확실한 길이다. 나 자신도 아주 미미한 정도이기는 하지만 그것을 경험해 왔으므로 그 확실한 것을 밝힐 수가 있다(헤른후트 찬미가 949).

7월 15일

신앙이란 신을 향하여 전심전력으로 노력하는 것이 아니라 신에게 자기를 내맡기는 것이다.

그러므로 우리가 신의 문을 두드리는 것이 아니라 도리어 신이 우리의 문을 두드리는 것이므로 우리는 그것을 열어야만 하는 것이다.

그리하면 만사가 순서에 따라서 저절로 이루어진다. 먼저 파릇파릇한 밭, 다음으로 결실을 약속하는 이삭, 어느새 잘 익은 훌륭한 곡식, 그리고 생애를 헛되지 않고 알차게 보낸 다음에 최후에 안식을 위한 수확이 온다(이사야 45:2~5, 요한계시록 3:20, 누가복음 12:36).

"신을 사랑하는 자는 모든 것이 협력하여 선을 이루느니라(로마서 8:28)." 이것을 믿는 사람에게는 일반적인 의미로서의 '행복'이지만 '불행'의 관념은 이미 존재하지 않는다.

그는 '쾌락의 갈망과 고뇌에 대한 두려움에 속아 넘어가는' 그런 자들의 패거리는 아니다(스바냐 3:14~20).

7월 16일

세상에는 다른 사람들이 하고자 하는 대로 내맡겨 두어도 좋은 일이 얼마든지 있다. 결국 그것은 아무래도 좋은 일이기 때문이다. 그렇게 하면 서로가 모든 생활이 매우 편해진다. 그런데 세상에는 남의 의견이나 제안에는 언제나 이것저것 트집을 잡고 시비를 거는 버릇을 더하는 사람들이 있다.

그 결과 사람들은 그러한 사람의 의견에 따르지 않게 되는 것이 보통이며 그들의 생각을 더 물으려고도 하지 않게 될 뿐이다.

7월 17일

오늘날 널리 만연하고 있는 신경쇠약증을 살펴보면 그 가장 성가신 점은 그것이 자칫하면 본인의 의지력을 약화할 뿐만 아니라 도덕적 판단력까지도 쇠퇴하게 하는 것이다. 그로 인하여 이 병에 걸린 사람은 아무런 거리낌도 없이 추악한 것을 생각하거나 행하거나 할 수가 있는 것이다.

그리고 이것은 영국인이 '도덕적 광기'라고 부를 정도로 진행하는데 불행하게도 현대의 '미국 문학'의 적지 않은 부분이 이것에 침범당하고 있다. 지금도 이러한 생활을 영위하는 자는 이따금 평범한 광기로 끝나기도 한다. 그래도 이 유물론적 문학의 대홍수는 아직도 당분간은 전성기를 구가할 것이며 그것이 쇠태(衰頹)한 후에야 많은 사람이 구원의 신이 나타날 산을 향해 또다시 눈을 돌릴 것이다.

그러나 적어도 각각의 개인이 그동안 이 병에 걸렸다고 느꼈다면 문학이나 미술이나 사교계에 나타나는 신경적 질환과 접촉을 신중히 피해야 할 것이다. 신경적 질병은――신체의 병과 마찬가지로――전염하기 때문이다. 이 병에 대한 외적 수단으로는 정당하고도 충분한 양의 일을 가지는 것과 가정적으로 좋은 환경에 있는 것이 최상의 보호이다. 내적인 방법으로는 모든 건전한 생활의 근원인 신에 대한 진심에서의 귀의(歸依)가 중요하다.

그러므로 신과의 관계는 조금이라도 공상적인 요소를 내포하고 있어서는 안 된다. 적어도 종교 소설에서 흔히 볼 수 있는 그런 경건함과 관능적 공상의 혼합물이 개입해서는 안 된다. 이것은 치료 방법을 스스로 속이는 것이므로 이 병의 경우에는 특히 해롭다(단테 ≪신곡≫ 〈지옥 편〉 제3곡 103~108, 제5곡 34~39).

특히 신경쇠약증의 원인의 일부는 유전적이며 일부는 현대 세계의 환경 전체 속에 있다. 이 시대적 병에 대하여 세 가지 육체적 수단과 두 가지 정신적 방법이 있는데 그것들이 공동으로 작용해야만 한다. 먼저 수면과 신선한 공기와 육식을 적게 하고 알코올을 전연 포함하지 않는 영양식과 함께 굳은 신앙과 지상에서의 신의 나라를 위한 봉사가 그것이다. 이 외에 유효한 치료법은 없다. 언제든지 이런 방법은 필요하다면 가정에서도 이용할 수 있다.

7월 18일

아무리 아름다운 현대시(現代時)라도 병자나 고민하는 사람을 위해 그것들이 이바지하는 것은 너무도 사소하다. 그들은 대개 이러한 시로는 위안을 받을 수가 없다. 특히 독일에 오늘날의 세대는 전혀 사람들에게 만족을 주지 못하는 사실주의 문학에서 떠나 진정한 시의 세계인 더 밝고 숭고하고 구명할 수 없는 심원함을 지닌 문학으로 되돌아가고 싶다고 본능적으로 원하고 있다.

단순한 '상징주의' 시로 순수한 시를 대신하게 하기는 불가능하다. 마찬가지로 국가 생활에서도 학문에서의 '사실주의' 시에 대응하는 '실리주의'를 떠나 진리와 정의에 의한 참된 생활로 되돌아가고 싶다고 원하고 있다. 그러나 일단 순수한 진리나 진정한 위대성에 대한 열정을 지닐 만한 천진성과 동심을 잃은 뒤에 재차 되찾기는 절대로 쉽지 않다.

일찍이 우리는 이와 같은 천진성과 동심을 비속(卑俗)한 이득이나 생의 향락을 위해 어리석게도 생소한 본보기를 흉내 내어 선뜻 버리고 말았다. 이것을 되찾기 위해서는 불행을 헤쳐나가는 과정이 필요하다. 오직 불행을 경험하는 것만이 거짓된 시와 철학 그리고 그릇된 정치가 이끄는 결과와 또 그것들에 의해서 손상된 인간의 모습을 명료하게 인식시키는 것이다(시편 79:10~12).

7월 19일

동정심은 단지 마음이 약해서가 아니고, 또는 몹시 낙담하고 있는 사람에 대한 심술궂은 기쁨이나 우월감에서가 아니다. 그것은 신에게 받은 것이며 매우 향상된 영혼의 표징이다(하박국 2:15).

사람에게서 동정을 받고 싶어 하는 것은 하나의 약점이며 훌륭한 사람에게는 절대로 있을 수 없는 일이다(욥기 4:1~5, 6:21, 16:1~4, 20, 19:21, 22. 마태복음 26:37~46 참조).

7월 20일

이것은 내가 가끔 경험한 일인데 내적인 희생을 마칠 때마다 즉각 그에 대해 하늘에게서 응답이 있었다. 때로는 훨씬 뒤에야 비로소 그것이 하늘의 응답이었음을 깨달은 적도 있지만.

내 안에 하나의 인격적인 신에 대한 신앙이 확립된 것은 주로 이러한 경험으로 인한 것이었다. 그도 그럴 것이 그와 같은 경험이 너무도 거듭되고 때로는 너무 또렷해서 언제나 그것을 단순한 '우연'으로 돌릴 수 없었기 때문이다(이사야 65:24).

7월 21일

사람에게 준다는 것도 많은 위대한 일과 마찬가지로 오직 실제적인 연습을 통해서 배우는 것이다. 그러나 일단 배우면 그것은 인생의 가장 큰 기쁨의 하나가 된다(시편 41:1~3).

7월 22일

이스라엘의 한 잠언 작가는 말하고 있다. "사람이 자기가 하는 일에서 즐거워하는 것보다 더 나은 것이 없으니 이는 그의 운명이니라(전도서 3:22)."

이 말은 그 옛날과 마찬가지로 오늘도 진리이며 인간 창조에 대한 가장 오래된 묘사 창세기 3:19[3]에서 이미 언급하고 있다.

그러나 애석한 것은 현대인의 대다수에게 있어서 이 기쁨이 오직 일함으로써 주어지고 그 외에는 기쁨이 솟아나는 어떠한 원천도 허용되지 않는다는 것이다.

다음의 예는 둘 다 옳다고는 할 수 없다. 먼저 일하지 않고 지상의 행복을 구하는 것과 다음으로 노동에 의해서만 행복을 발견해야 한다는 것은 어리석기 짝이 없는 노릇이다. 이것은 결국 일하도록 길들어져 강제적으로 사역(使役) 당하는 가축의 생활일 따름이다. 아무리 잘 다루어지고 있더라도 짐을 실은 짐승들의 슬픈 눈을 보라. 그러고 나서 당신이나 당신 가족의 운명이 그렇게 되어도 좋은지 아닌지 생각해 보라(헤른후트 찬미가 1035, 672).

7월 23일

내적 생활은 여러 가지 점에서 등산과 흡사하다. 우리는 안내인도 없이 등산하거나 길을 잘 모르는 안내인을 데리고 밧줄로 몸을 매지도 않은 채 무능한 동료와 함께 등산을 시도해서는 안 된다. 그리고 등산을 못 하는 사람까지 함께 높은 산에 오를 것을 요구할 것이 못 된다. 그런 것은 서로 간에 불쾌의 씨가 될 뿐이다. 차라리 그런 사람들과 좀 더 낮은 산이나 아늑한 곳에서 서로 친밀하고 유익하게 교제하는 것이 좋다.

---

3) "네가 얼굴에 땀이 흘러야 식물을 먹고 결국은 흙으로 돌아가리니"

7월 24일

우리는 내적 생활에서 어느 지점까지 도달하면 자기가 전력해도 결국 허사라는 것을 너무도 강하게 믿어 버린 나머지 그로 인해 그릇된 정적주의(靜寂主義)나 숙명론에 빠지는 큰 위험에 몸을 내맡기는 일이 있다.

우리는 무엇을 해야 하는가 또 그것을 어떻게 하느냐에 대해 절대로 무관심해서는 안 된다. 오히려 우리는 모든 근면과 재능을 진지하게 활용해야 한다. 그러나 야심이나 소유욕에서가 아니라 의무감과 신에 대한 사랑에서 그것을 해야 한다. 그리고 일의 성패는 신에게 위임해라.

그리하면 만사가 잘 진척된다. 그리고 우리가 범하는 외적인 오류마저도 우리에게 유익한 것으로 바뀐다. 만일 이것이 믿어지지 않는다면 자신이 시험해 보라.

그 누구의 삶에도――심지어는 예언자나 사도도――이따금 심각한 절망에 빠지게 마련이다. "여호와여 지금 내 생명을 취하옵소서. 나는 내 조상들보다 낫지 못하나이다(열왕기 상 19:4)." 이것은 누구나 그 생애의 어두운 때에 꼭 입에 담아 왔던 말이다. 이와 같은 무기력이 어디서 오는 것인지 우리는 그것을 모른다. 그렇지만 언제나 이에 굴복해서는 안 된다는 것쯤은 알고 있다. 이 세상에 신의 나라를 세우기 위한 싸움에서 항복하는 자는 언제나 배신자이다. 되도록 기쁜 마음으로 당신의 의무를 행하라. 안 된다면 그런 마음이 없어도 괜찮다. 이것은 좀 더 칭찬해야 할 일이며 한층 더 커다란 결실을 볼 수 있게 해 준다.(단테 ≪신곡≫ 〈지옥 편〉 제9곡 7~10).

7월 25일

삶의 향락을 근본적으로 단념한다는 것은 처음 한동안은 정말 어려운 일이다. 우둔함에 빠지지 않고 이것을 견디려면 향락을 단념한 허전한 마음으로 신에 대한 사랑을 영접하여 복음서에 나오는 '성령'에 대하여 스스로 체험하는 도리밖에 없다. 그렇지 않으면 심한 역행이 일어나기 일쑤이다(마태복음 12:43~45).

7월 26일

신에게서 멀어지는 것은 우리가 부딪치는 오직 하나의 커다란 불행이다. 그러나 이것은 굳은 의지 없이는 절대 일어날 수 없다.

행복한 생활과 근심에 찬 생활과의 차이가 생기는 것은 다소라도 위대한 용기 있는 정신적 방향이 어떤 외적 상황에서라도 훌륭히 유지되느냐 아니냐에 따라서 결정된다. 이것은 다른 말로도 몇 번이고 이야기된 것이며 또 반드시 잘못되었다고만은 할 수 없다.

7월 27일

우리의 지상 생활에 대해 작용을 주는 초감각적 세계에 대한 신앙은 본래 그 이상의 의미를 갖지 않더라도 적어도 생활에서의 지루함을 몰아내는 것만은 확실하다.

실제로 재능 있는 사람일수록 나쁜 사상에 의해서보다 도리어 지루함으로 인해 불행해지는 일이 많은 것이다.

7월 28일

행복과 명예는 여성이다. 여성들은 자기들을 쫓아다니는 사람보다는 오히려 자기들에게 어느 정도 냉담하게 대하는 사람을 구한다.

우리는 힘껏 사람들을 위해 봉사해야만 한다. 언제든지 그리고 누구에게나 한결같이 친절하고 호의적이어야만 한다. 그러나 자기 자신을 위해 그들을 구하거나 그들에게 많은 것을 요구하거나 기대해서는 안 된다. 그렇게 하면 인생의 큰 고통을 가장 쉽게 면할 수가 있지만 반면에 큰 기쁨을 놓치기도 할 것이다. 당신이 큰 기쁨을 얻고 싶다면 물론 꼭 이대로 행동할 수는 없다. 그러나 누구든지 그런 기쁨을 얻을 수 있는 것은 아니다.

7월 29일

사도들이나 근대 신의 종인 그 누구와 비교하더라도 지금부터 3천년 전 전혀 다른 상황에서 생활한 유대의 왕 다윗만큼 우리에게 인간적으로 친근하고 우리에게 이해될 만한 사람이 없다고 하는 것은 참으로 주목해야 할 일이다.

이것은 신과 가까이하는 교제는 어떠한 외적 상황에도 영향을 받지 않는다는 '영원한' 진리가 존재하는 최상의 증명이다. 그리고 이 진리는 미래에도 마찬가지로 바뀌지 않을 것이다. 대부분 다윗의 노래 중에서 시편 제18편 같이 우리의 마음이 바른 상태에 있다면 오늘날에도 우리 자신의 마음속에 있는 생각 그대로라고 할 수 있겠다.

생사를 주관하는 전능한 주님과 마음에서의 교제는 다윗 왕이 최초로 실천했다. 그래서 그는 매우 큰 결점이 있었음에도 다윗——사랑받는 자——이라는 그 이름이 말해 주듯이 언제나 신의 '총아(寵兒)'였다. 이름뿐인 '종교'가 이와 같은 신과의 관계를 우리에게서 빼앗는다면 안 될 일이다.

인간이 확실히 가능한 신과의 유대에서 멀어지기가 무섭게 신의 최대의 적인 동물적인 관능욕이나 가공할 미신의 지배에 빠지게 마련이다. 가까운 미래에 이 두 가지 징조가 역력히 모습을 드러낼 것이다. 왜냐하면 모든 문명국의 국민이 유물주의의 시대에 살며 '현대 자연과학의 성과'에 대한 일종의 과대망상 시대에 살고 있기 때문이다. 그래서 신과의 유대를 거의 잃은 끝에 '유혹의 힘(데살로니가후서 2:11)'의 분명한 전조(前兆) 아래 생활하고 있기 때문이다(예레미야 2:19, 3:15, 22~25, 4:3~6).

이제 우리는 무한한 것같이 보이는 것을 추구하기 위해 아주 불쾌한 시기에 접어들었다. 그러나 그 후에는 새로운 발견의 시기로 이어질 것이다. 즉 오늘날 저마다의 개인이 자기 내부에서 헤치고 빠져나가야만 하는 시련을 이제부터 여러 국민이 체험하게 될 것이다.

7월 30일

만일 지금 우리가 '우리에 대한 신의 생각' 속에 들어가서 생각할 수 있다면 우리는 그지없이 슬픈 마음이 될 것이 틀림없다. 왜냐하면 신은 그의 모든 사업을 언제나 오직 인간을 통해서만 이루시는 것인데 신의 뜻대로 그것을 달성할 수 있는 충실하고 감사하는 생각에 불타는 인간이 얼마나 적은가를 아시기 때문이다. 모세나 바울마저도 신께 완전히 신뢰할 수 있는 종은 아니었다.

또한 오늘날에는 이 시대의 가장 훌륭한 종이라 생각되는 블룸하르트[4]마저 더 큰 사업을 시도하지 않고 그냥 목사직에 머물렀더라면 도리어 신의 뜻을 이룩할 수 있었을 것이다.

이 큰 사업은 에틀링겐의 교회 임무에 비하여 시시한 세속적인 것으로 끝났기 때문이다. 대개 지상에서 신의 나라를 위한 대대적인 시절보다 오히려 작은 시절에 훨씬 많은 축복과 번영이 깃들기 때문이다. 왜냐하면 '여호와께서 높이 계셔도 낮은 자를 굽어보시며(시편 138:6)' 신은 이 세상의 모든 거만한 것이나 화려한 것에서 반드시 떨어져 계시기 때문이다. 이것은 무조건 믿어도 된다.

7월 31일

'신을 위하여'라는 말은 일반적으로는 물론 단순한 상투적인 문구에 불과하다. 그러나 진정으로 신을 위하여 행한 모든 것에는 축복과 성취가 주어지지만 이기주의나 이기적인 목적을 겸하거나 뒤에 숨긴 행위에는 신의 저주가 내려진다.

---

4) 요한 블룸하르트(1805~1980). 처음에는 에틀링겐의 목사로 일했고 틈틈이 기도로써 병자를 치료했다. 뒤에 바트하르르로 옮겨 대규모의 치료 활동을 하였다.

그렇지만 '실리주의' 밖에 믿지 않는 이 시대에 우리는 몇 번이고 쓴맛을 본 뒤가 아니면 그 진리를 뼈저리게 느끼고 그에 그래서 행동할 수가 없다. 그러나 그 경험 속에서 진리를 통찰한다는 직접적인 이익 외에 신에 대한 확고한 신앙이 생기게 된다. 왜냐하면 이와 같은 것은 우연이나 인간의 방자한 마음에 좌우되지 않는 하나의 세계 질서가 있어야만 가능한 일이기 때문이다.

안일과 향락을 그 무엇보다도 존중하는 자는 '하느님의 자녀들이 영광과 자유(로마서 8:21)'를 받을 자격이 없다.

8월(August)

8월 1일

신앙이 깊은 사람 중 꽤 많은 사람이 기도하거나 교회에 다니는 이른바 모든 '예배 행위'를 일종의 의무나 선행으로서 여기고 있다. 말하자면 신이 기뻐하시는 일이나 또 그들 인생의 일부인 임무를 다하는 일이라고 생각한다.

그러나 그러한 행위는 우리 영혼의 힘을 높이기 위한 수단이며 오직 그 목적을 충당하는 데 있어서만 그 가치를 가지는 것이다. 만일 교회에 들어갈 때보다 더 나은 사람이 되어 나오는 것이 아니고 또 식사기도 후에 음식의 쾌락에 빠지는 이러한 종교적 행위의 뜻이 확실히 이해될 때까지 그것을 중지하는 편이 나을 것이다.

신은 자신을 위해서 아무것도 구하지 않고 모든 것을 우리를 위하여 원하신다. 그런데 우리의 종교 교사들은 신을 끊임없이 요구하는 '아버지'로 설명하고 그와 같은 신을 되도록 달래주라고 가르친다.

이것은 신앙이 깊은 사람들에게 상당히 귀찮게 여겨진다. 끊임없이 신과 함께 사는 행복에 대하여 스스로 경험을 쌓아서 확신하는 관념을 지닌 사람은 전체적으로 아주 적다. 교의(敎義)를 통해서 이 같은 관념을 준다는 것은 하늘의 별 따기처럼 불가능한 일이다.

사실 이 점에 모든 종교 교육의 근본적인 잘못이 있다. 종교 교육은 그저 입문하는 학문에 불과하며 신앙 대부분을 소화하지 못하는 아이들의 마음에 혐오를 일으키지 않으면 다행이다. 적어도 내 경우는 일찍이 종교 교육으로 신앙의 재촉을 받았던 경험보다 신앙에서 떠밀려 저해(沮害)를 당한 쪽이 훨씬 많았다.

8월 2일

사람의 생애는 언젠가 갑자기 단순한 신앙의 지혜가 찾아들어 신에 대한 사랑이 없으면 어떤 신앙도 또 신의 의지에 대한 역사적이고 교의적인 지식도 영혼의 향상에 도움을 주지 못한다는 것을 깨닫게 된다.

반대로 신에 대한 사랑이 마음속에 있으면 모든 것이 분명하고 쉽고 간단해지는 것을 암시받는다. 우리는 이와 같은 경지에 도달해야만 한다. 그렇게 되면 우리는 모든 철학책과 신학책을 덮어 버려도 좋으며 또 그렇게 하고 싶어진다.

신학은 초감각적인 것에 대한 인간적인 학문이다. 이런 학문이 존재할 수 있는 한 그것은 바람직한 것으로서 크게 존중해야 할 것이다. 그러나 또 초감각적인 것에 대해서는 신만이 부여할 수 있는 직접적인 확신이 존재한다.

그렇지만 이 신학에 대한 학문은 자기기만에 빠지지 않기 위해 충분한 양식이나 참된 교양이 필요하다. 또한 그 어느 쪽에 대해서도 성실한 겸손이 필요하다(마태복음 11:29, 12:18~36, 로마서 8:14, 고린도전서 12:3~11 요한1서 4:20~21).

8월 3일

예레미야 51:17~18[1]을 보라. 예술이 인간을 자기 이상으로 높여서 한층 더 순수하고 강하고 위대한 것만큼의 당연한 가치를 갖는 것이다. 그렇지 못하다면 극치의 예술일 경우라도 기껏해야 놀이에 불과하며 인간 내부에 있는 관능성(官能性)을 일깨워 조장하고 영혼을 손상한다. 인간 악의 원인을 그 근원에 들어가 깊이 탐색하면 많은 과도의 관능성——가장 넓은 의미에서——이 근저에 있다. 그리고 그것이 신에 대한 불성실이나 자기보다 나은 자아와 인간성에 대한 배신자로 나타나는 것을 발견할 것이다.

이와 같은 '자연주의' 또는 '동물적인 삶의 감정'은 대다수 사람의 생활에서 때에 따라 크거나 작은 역할을 이행한다.

이처럼 위험한 것을 우연에 내맡기고 싶지 않으면 그것과 근본적으로 대결해야만 한다. 일반적이고 온건한 유물주의적 견해는 아무래도 좋은 것, 즉 생활을 밝게는 하되 성격에 하등 영향을 끼칠 정도는 아닌 '사소한 일'로 간주한다.

이 같은 견해는 고대나 르네상스 시대 압도적으로 지배했던 사상이며 현대에도 우리는 강하게 그 영향을 받고 있다. 이 사고방식의 주된 결점은 그것이 진실이 아니라는 데에 있다. 더구나 개인이나 전 국민을 근본적으로 타락시키고 철저하게 신에게서 떼놓는 데 이

---

1) "금장색(金匠色)마다 자기가 만든 신상(神像)으로 인하여 수치를 당하나니 이는 그 부어 만든 우상은 거짓이요 그 속에 생기가 없음이라. 그것들은 헛것이요 망령이 만든 것인즉 징벌하시는 때에 멸망할 것이다……"

보다 더 큰 영향력을 가진 것은 없다. 그리고 더 효과적인 수단과 방법도 없다. 이미 태고의 말씀(창세기 4:7)에서 이 위험과 그것을 극복하는 올바른 방법을 현명하게 가르치고 있다.[2)]

이와 같은 이기주의적 경향을 버리고 확고한 결심과 이 경향에 강하게 반대하는 정신적 관심과 친절이 이 위험에서 벗어나는 가장 좋은 방법이다.

그러나 오늘날 많은 사람의 대다수는 그러한 방법을 취하기보다 문제를 바르게 생각하지 않고 그저 눈앞의 현상에 몸을 내맡기고 있다. 그 때문에 왕왕 눈을 감고 무서운 내적 · 외적 갈등 속으로 빠져들고 만다.

이러한 갈등의 모습은 괴테의 《파우스트》 제1부에 또 테니슨의 《국왕 목가(國王牧歌)》에 아름답고 웅대하게 묘사되어 있다.

단테는 베아트리체와 피카르다의 고귀한 모습을 만들어냈지만 이 문제를 진정으로 포착하지는 못했다. 그리고 근래 시인들 대부분은 예술이 끼치는 문제를 해결하기는커녕 도리어 악화시켜 버렸다.

반대로 톨스토이는 문제의 근원을 파악하여 이렇게 말하고 있다. "미(美)와 기쁨은 그것이 선을 이탈한 단순한 미와 기쁨이라면 혐오스러운 것이다. 나는 이것을 확실히 깨달았기 때문에 이것들을 포기하고 말았다."

---

2) "선을 행하면 어찌 낯을 들지 못하겠느냐. 선을 행치 아니하면 죄가 문에 엎드리느니라. 죄의 소원은 네게 있으나 너는 죄를 다스릴지니라."

8월 4일

눈을 어디로 돌려도 오직 허무뿐
인생이 방황이라 말함은 예로부터의 입버릇이다.
그것은 끝이 없는 황량한 추구
그래서 우리는 중도에서 힘이 다하는 것이다.

—레나우 1844년

"나는 혼자서 계속 더 걸어갔을 때 전율을 느꼈다. 그 뒤 얼마 안 가서 병이 났다. 아니 병보다도 더한 것이었다. 나는 아주 지쳐버린 것이다. 우리 현대인을 감격하게 하려고 남겨져 있던 모든 것에 대한 끊임없는 환멸 때문에 그리고 곳곳에 낭비되는 힘 · 일 · 희망 · 청춘 · 사랑에 대한 환멸 때문에 녹초가 되었다. 모든 이상주의적 허위와 위대한 것의 연약화(軟弱化)에 대한 혐오 때문에 지쳤다. …… 마지막에는 내가 지금까지 보다 더욱 심각한 불신과 고독에 빠지도록 정해져 있는 것은 아닌가 하는 엄숙한 의혹 때문에 지쳐 있었다. 왜냐하면 내게는 리하르트 바그너 외에 아무도 없었기 때문이다."

—니체 〈리하르트 바그너에게 바치는 서문〉

이들 두 글 속에 교양은 있으나 모든 신앙에서 떠난 최근 50년간의 인간 계급의 정신이 우리 눈앞에 역력히 떠오른다. 그런데 우리는 그래도 이러한 지도자를 따라가야 하는가. 때에 따라서는 그들 생애의 막다른 곳——광기(狂氣). 레나우와 니체도 만년에 정신착란에 빠졌음——에 이른 것까지도? 이것이 우리가 구하는 예술이나 철학일까. 이것이 우리를 위해 길을 열고 그 길에 따르도록 자극하고 격려할 수 있는 '지도적 정신'이며 위대한 성격적 인물——어찌 보면 초인——일까. 아니면 그들은 남달리 어려운 운명도 아닌데 오직 몸이 허약한 데다 흔들리는 인생관을 지녔기 때문에 인생 항로에서 난파한 걸까. 그 넘치는 재능을 지녔어도 너무도 약한 인간은 아닐까? 이 물음에 당신 스스로 대답하고 그에 따라 행동하도록 하라.

8월 5일

염세주의자들을 말로써 변화시키려고 헛수고하지 말라. 그들은 당신의 논리에 반박하고 또 그 같은 말싸움에 여간해서 지지 않으며 오히려 상대방에게 인생의 기쁨을 빼앗는 데서 특별한 만족을 얻는다. 왜냐하면 인간은 만족스럽지 않아도 동반자를 갖고 싶어 하기 때문이다. 그러므로 되도록 그들보다 나은 생활을 보여주도록 하라. 절대 그들과 말싸움은 하지 않는 것이 좋다.

인생에 대한 그들의 견해는 그들 자신에게나 세상 전체에도 유익하지 않으나 그런 사고방식도 있을 수 있다는 것만은 깨끗이 인정해라. 또 어떤 '의무'가 당신을 그들과 결속시키고 있다면 그들을 인내로써 대하라. 그들의 생각을 바꿀 수 있는 것은 오직 신뿐이며 우리가 할 수 있는 일이 아니다(시편 71, 115, 116, 147. 헤른후트 찬미가 1103).

8월 6일

인간의 모든 행위에 대한 최후의 심판이라는 것을 우리는 인간적인 개념과 유추(類推)에 의해 생각하기 쉽다. 그러므로 틀림없이 다음과 같은 그럴듯한 말을 하는 사람들이 많을 것이다. "주여, 당신은 우리의 힘이 얼마나 미약하고 이 세상의 유혹이 얼마나 큰지 가장 잘 알고 계십니다. 이 점을 고려하시어 우리를 공평하게 다스려 주옵소서." 그러나 이에 대한 주의 대답은 이렇지 않을까. "그러나 너는 내가 너 자신의 힘으로 덕을 쌓으라고 하지 않았음을 잘 알고 있을 것이며 또 선을 행하는 힘이 항상 어디서 얻어지는지도 배웠을 것이다. 그런데도 너는 무관심과 오만과 편견에서 내 길 걷기를 게을리한 것이다." 이것은 또 별개의 문제다. 더구나 결정적인 문제를 내포하고 있다.

8월 7일

예레미야 9:22, 23[3]을 보라. 오늘날 사람들 사이에 특히 교양 있는 사람들 사이에 그들이 대체 무엇에 관심을 가지느냐 하는 점에 큰 차이가 있다. 이를테면 그 사람의 관심이 물질적인 것──오늘날에는 상업 · 교통 · 국제간의 교류 확대와 간이화(簡易化) · 일반적인 부의 증가 문제──에 관심이 있느냐 아니면 도덕 · 입법 · 국민교육

3) "너는 이같이 이르라. 여호와의 말씀에 '시체가 분토(糞土)같이 들에 떨어질 것이며 추수하는 자의 뒤에 떨어져 거두지 못한 나락같이 되리라' 하셨느니라. 여호와께서 이같이 말씀하시되 '지혜로운 자는 그 지혜를 자랑치 말라. 용사는 그 용맹을 자랑치 말라. 부자는 그 부함을 자랑치 말라.'"

의 개선 · 교회의 정화 · 국가의 이상화라는 정신적인 것에 관심이 있느냐이다. 이 두 가지 정신적 방향은 아주 가까운 미래에 서로 전혀 이해할 수 없을 만큼 현격한 차이에 이를지도 모른다. 그러나 그 결과는 언제나 물질적 방향이 국민을 위해서나 개인을 위해서도 영속적인 행복을 쌓을 수 없을 뿐 아니라 그런 일에 헌신한 사람까지도 충분히 만족시키지 못한다는 것이 확증될 것이다. 이런 사람들이 요행히 성공하면 특히 만년에 이르러 언제나 냉혹하고 폭군의 성질을 띤다. 또 성공하지 못하면 그들이 극히 평범하고 적은 것으로 만족하지 못하는 염세적이며 까다로운 성격을 띠게 된다. 이와 반대로 이상주의자들은 언제까지나 젊고 쾌활하게 지내기가 쉽다. 그러나 그 사람들에게 있어서 이상주의가 하나의 신념이 되어 있고 또 흔히 있듯이 그 뒤에 배금주의(拜金主義)가 숨어 있지 않을 때만 한한다. 특히 그러한 거짓으로 꾸민 이상주의는 부자들을 그 현실과 전혀 다른 모습으로 묘사하는 작가들에게서 종종 볼 수 있다.

8월 8일

어떤 사람이 신분이 낮거나 생활상의 고생이 많은 것은 미래에 대한 불안이 거기에 덧붙지 않고 또 지위가 높은 사람의 생활을 눈으로 보고 공연히 화려한 공상을 하기 때문이다. 그러나 신분이 낮거나 궁핍한 생활이 도리어 그 사람의 행복에 도움이 될 수 있다.

돈이 너무 많은 사람이나 너무 고귀한 사람에게는 생활을 즐겁게 하는 많은 인생의 작은 기쁨을 놓치고 있다. 이런 기쁨은 작고 예쁜 고산식물처럼 척박하고 돌이 많은 땅에서밖에 자라지 않는 것이다. 또 오늘날에는 경제적으로만이 아니라 정신적으로도 도에 넘치는 사치에 빠짐으로써 그 일생을 망치는 사람이 많이 있다(잠언 30:8, 15:15, 12:11).

8월 9일

인간의 생활에 있어서 특히 주목해야 할 것은 향락으로 항상 고통스러운 결과를 부른다는 것이다. 인내력은 그에 따라서 행하기 전에 항상 최고와 최선의 즐거움을 가져다준다는 것을 우리는 이미 일찍부터 경험으로 확실히 알고 있다.

건전하고 과감한 결단 또는 그것을 능가하는 직접적인 선한 행위들은 종종 가장 좋은 약이 된다. 특히 신경쇠약이라든가 일반적으로 신경질환이라 불리는 병에 대해 더욱 그러하다. 그와 같은 상태 대부분은 육체적 결함과 정신적 결함의 복합작용이 주된 원인이기 때문이다.

8월 10일

무엇보다도 먼저 좀 더 '신과 함께 있는' 것이 필요하다고 생각하는 사람이 꽤 많다. 다른 사람들과 꾸준히 함께 있는 것을 그들은 진정한 자기반성으로 이끌지 못하기 때문이다.

이것은 몹시 과대하게 보이기 쉬운 '기독교인의 교제'에서 생기는 결함이다.

그래서 신은 이 같은 마음의 흐트러짐에서 그들을 단절하기 위하여 종종 오래 지속되는 중병을 주시는 것이다.

8월 11일

사람은 언제나 변함없이 감격한 기분으로 있을 수는 없다. 최고의 선에 대해서조차 그것은 불가능하다. 그런 것은 인간의 연약함이 들어주지 않는다. 아무리 뛰어난 사람에게도 그것은 허용되지 않는다. 대체로 그 같은 '성자'는 존재하지 않으며 일찍이 존재했던 일도 없다.

그러나 그와 같은 선을 존중하고 의연하게 선을 편들고자 하는 굳건한 각오는 언제나 할 수 있는 일이며 또 그렇게 해야만 하는 일이다.

그래도 신의 손길과 뜻을
거슬리지 않고 용기와 희망을 조금도 안 버린다.
나는 조용히 견디고 똑바로 전진한다.

—밀턴

8월 12일

용기와 겸손은 항상 함께 지녀야만 한다. 즉 우리를 진정으로 도울 수도 해칠 수도 없는 인간에 대한 용기와 우리의 내부에 온갖 선을 만들어내며 은혜를 베풀어 우리가 현재의 상태 그대로 존재할 수 있게 하는 신에 대한 겸손은 진정한 용기와 가까운 것이다. 왜냐하면 신을 실재하는 인격적인 존재로 이해하는 한 용기가 없다면 도저히 신 앞에 나설 수가 없기 때문이다.

'인간은 무사(無私)의 헌신으로 이웃의 행복을 적극적으로 창조하거나 그것을 굳히거나 증진하기 위해 일할 때 비로소 참 인간——즉 신을 닮은 인간——이 되기 시작한다. 인간이 오직 자신만을 위해 존재한다면 인간은 대체 무엇인가(힐쉬 ≪이스라엘의 기도≫).'

이 말은 전적으로 옳다. 그러나 인간은 우선 진정한 겸손으로 진정한 성결(聖潔)에 도달해 있어야만 한다. 그것은 성결이 주로 세계를 위한 모든 올바른 활동의 바탕이 되기 때문이다. 이 점을 잘 고려해야만 한다. 그렇지 못하면 모처럼의 활동이 도리어 해로운 것으로 되기 쉽다.

8월 13일

"그들로 인하여 두려워 말라. 두렵거든 내가 너로 그들 앞에서 두려움을 당하게 할까 하노라(예레미야 1:17)." 내가 이 말을 이해하게 된 것은 그런 경험을 하고 나서부터였다. 만일 우리가 사람 판단을 두려워하거나 그들의 칭찬을 얻으려 정신자세를 갖는다면 신은 우리에게 특별한 체험으로 불쾌한 생각을 맛보도록 하신다. 그러나 이미 우리가 사람들의 생각을 별로 문제 삼지 않고 무엇을 해야 하고 무엇을 해서는 안 되는가를 항상 신에게 묻는 습관을 기른다면 우리도 저 야곱의 생애에 몇 번이나 중대한 결정을 준 것과 똑같은 것을 경험할 것이다(창세기 28:15, 31:24, 32:29, 33:4).

그래서 만일 인간이 우리에게 너무 큰 영향을 주거나 우리가 신을 거스르게 하면 신은 즉각 우리에게서 그 사람들을 떼어놓거나 그들과 우리 사이에 반감을 일으키게 한다. 왜냐하면 신은 '질투하는' 신으로 그 무엇과 비교하는 것을 허락하지 않기 때문이다(여호수아 21:44, 45, 24:19 참조, 사사기 3:9, 7:7, 9:23, 시편 103, 헤른후트 찬미가 1111, 1116).

이런 모든 것을 나는 이상할 만큼 자주 실지로 보았다.

8월 14일

인생에 있어서 가장 곤란한 순간은 인간이 자기애(自己愛)에서 근본적으로 멀어지고 신비가들이 '괴멸(壞滅)'이라 부르는 진짜 죽음의 암흑으로 들어가야 할 때이다. 그 뒤에 주어져야 할 것을 약속하는 확실하고도 꺼지지 않는 빛이 보이지 않는다면 아무도 그러한 죽음에 견디지 못할 것이다. 또 누구도 전율 없이 죽음에 직면할 수도 없을 것이다. 그러나 다행스럽게도 우리는 부득이한 사정으로 그렇게 하지 않을 수 없는 상황으로 몰리는 것이다. 그렇지 않다면 그럴 만한 힘은 없을 것이다. 그러므로 그 힘도 다만 그것에 몸을 내맡기면 되므로 스스로 선택할 것은 아니다.

그러나 이것을 몸소 체험한 일이 없는 사람은 이런 경지에 있는 사람에게 이렇게 말할 것이다. "바울아, 너는 미쳤도다(사도행전 26:24, 헤른후트 찬미가 732)."

8월 15일

사람은 항상 선한 일만을 하려고 마음먹어야 한다. 생각이 그쪽으로 돌려져 있으면 언제나 그 기회는 발견된다. 이같이 하면 인생은 대단히 편해진다. 특히 역경에 처했을 때 그러하다. 또 순경(順境)에 있어서도 그로 인하여 경솔함이나 천박에 빠지지 않게 된다.

부단히 불평만 늘어놓고 견딜 만한 경우마저도 절대로 만족하지 않는 사람들에게 그들이 아직도 나아질 가망이 있는 한 신은 더욱 큰 고통을 내리신다. 그것은 그들이 어떤 생활에도 있는 조그만 어려움과 큰 고통과의 차이를 알고 미래에 어떤 행복에 더욱 감사하도록 하기 위해서다.

그러므로 작은 불행에 지나친 불평을 늘어놓는 사람은 자칫하면 더 큰 불행을 부르는 것이며 그런 때 아무에게도 동정을 받지 못한다. 그가 늘 하는 불평에 누구나 싫증 나기 때문이다.

구원의 예정(갈라디아서 1:15, 16)

네 소원과 의견을 버리라.
당장 이 순간에 눈을 돌려라.
신은 반드시 그 자녀들을
평탄한 길로 인도하시리라.

기다림의 공허함을 근심해선 안 된다.

경건한 사람에겐 강한 신앙이 적합하다.
부름을 받은 사람들은 모두가
이 같은 경지까지 도달할 수 있었다.

8월 16일

다른 많은 사람과 바르게 사귀는 유일한 길은 상대를 위해 좋은 일을 하고 상대에게서 그것을 받고자 원하는 데에 있다. 유난스레 동물이나 무생물을 소유하듯 사람들을 자신의 오락과 일을 시키기 위해 '고용'하거나 소유해서는 안 된다.

마찬가지로 그 사람들과 관계를 지속하는 동안에는 상대의 행복에 대해서 무관심해서는 안 된다. 만일 그렇게 되지 않을 때는 차라리 관계를 맺지 않는 편이 낫다.

많은 사람에게 해를 입지 않고 사귀기 위하여 또 해로운 영향을 끼치는 사람들과의 교제를 당장 끊기 위해서도 많은 침착함과 자신감이 필요하다.

신의 아들들과 인간의 딸들(창세기 6:2, 3)

주여, 가르쳐 주소서. 정확한 눈으로 당신의 아들들을 알고
어떤 꾸밈새를 하고 있을지라도 신의 아들들을 식별하여
그들을 '인간의 딸들'로부터 분명히 떼어 놓아
인간의 딸들을 그르치지 않고 피하는 길을.

오, 이미 어떠한 것에도 눈이 어두워지지 않고
저를 공허한 것에서 완전히 풀어놓아 주소서.
그리고 당신의 그 축복의 손으로써
저의 아들들을 위해 당신의 아들들을 불러들여 주소서.

8월 17일

히브리서 4:9[4]에 대하여. 사실 오늘날과 같은 소란스럽고 전반적으로 차분함이 없는 시대에도 그와 같은 사람——신의 백성——에게는 항상 안식이 있었다. 그러나 그들에게도 일하거나 임무에 종사하도록 정해져 있을 때는 안식이 주어지지 않는다. 그런 때아닌 휴식을 바라면 도리어 마음의 평안을 잃을 뿐 아니라 최고 또는 최선의 일을 게을리하게 된다(누가복음 22:46).[5]

무릇 안식은 신에게서 선사 받은 것이어야만 한다. 당신이 마음대로 안식을 취해서는 안 된다. 노년에 있어서도 그리고 병을 앓을 때도 그러하다. 그러나 일반적으로 정해져 있고 오늘날에는 누구에게나 허락된 휴식, 즉 자정 전부터 수면과 휴일을 이용하도록 하라. 이것은 충분한 휴식을 얻는 데 매우 도움이 되며 또한 신의 축복이 주어진다. 그렇지 않고 너무 지나치게 쉬거나 편하게 하는 것도 지나치게 일하거나 조급히 구는 것과 마찬가지로 피로의 원인이 되는 것이다.

---

4) "그런즉 안식할 때가 하나님의 백성에게 남아 있도다."
5) "어찌하여 자느냐. 시험에 들지 않도록 일어나 기도하라."

'여가 시간'과 '휴가'는 무익한 일이나 해로운 일을 하기 위해 있는 것이 아니라 심신을 위하고 좋은 일을 하기 위해 있는 것이다. 사람의 일생은 그 대부분을 헛되게 보내기에는 너무도 짧다. 좋은 목적, 뜻도 없는 향락, 더욱더 나쁜 결과를 수반하는 향락은 향락이라고 할 수 없다. 벤저민 프랭클린은 단호하게 말하고 있다.

"여가란 뭔가 유익한 것을 하기 위한 시간이다."

—헤른후트 찬미가 688

마가복음 9:14~29을 보라. 뇌전증에 걸린 아이의 아버지가 그 무렵 막 일어나고 있던 기독교——이 가르침은 뒤에서 언급하는 제자들의 전도로는 아이 아버지의 마음을 강하게 움직이지 못했다——에 대한 불신을 극복한 뒤 마지막에 한 말——내가 믿나이다. 나의 믿음 없는 것을 도와주소서——은 그 누구라도 진심으로 말하려 생각한다면 할 수 있는 말이다. 그것조차 말하고 싶지 않다면 도저히 구원할 도리는 없다. 반대로 미흡하지만 작은 믿음이라도 있으면 신의 기적을 체험할 수가 있을 것이다.

그러나 이들 제자에 대하여 그리고 현대의 많은 설교자——그들은 거의 또는 전혀 이루는 바가 없으며 그 책임을 '시대의 믿음 없는 정신'과 '사회주의'와 그 밖의 온갖 것에 미룬다——에게도 신은 그들에게 무엇이 빠져 있는지 확실히 타이르고 계신다. 끊임없는 신과의 만남——다만 때때로 하는 것이 아니라——모든 향락과 온갖 종류 이기주의의 완전한 단념이야말로 그 당시와 마찬가지로 지금도 우리 안에서 작용하는 의식되지 않는 신의 힘이다. 성직자들은 반드시 이것을 해야 하며 만일 그것이 안 된다면 그들의 온갖 활동은 무익하다. '이 세상의 왕'——사탄——은 아직도 그들을 조롱할 것이다. 그리고 그것은 당연하다.

8월 18일

천국과 지옥. 대다수 사람은 그들이 이 세상을 떠날 때 정신상태는 오로지 이성적으로 상상할 수 있는 천국——즉 속임수가 통하지 않는 선인들의 사회——에 의심할 것도 없이 적합하지 못한 사람들이다. 당신도 천국에 들어가기를 간절히 원하는지 아닌지를 스스로 생각해 보면 당장 알 수 있다. 그리고 당신의 심판도 그대로 이루어질 것이다. 그래서 각자 자기가 가야 할 장소를 십중팔구 스스로 정하게 마련이다.

그러나 동시에 또 대부분 사람은 지옥에도 역시 적합하지 않다. 즉 의식적이고 후회를 모르는 악인들과 마찬가지로 자각하는 모든 선에 절대적으로 적대하는 사람들의 사회에 그들이 적합하지 않은 것도 분명하다.

이 사실은 그래도 우리에게 큰 위안이라 할 수 있을 것이다. 그와 같은 악인들은 이미 이 세상에서 선한 사람 곁에 있기가 거북하여 그들 축에 끼기를 회피하고 있다. 만일 한 사람이라도 선에 마음을 두고 있는 사람이 지옥에 들어오고 지옥의 패거리가 그 사람을 유혹할 가망이 없다면 악인들은 그들과 함께 있기보다는 차라리 지옥을 비워주고 떠나버릴 것이다.

이런 것들을 깊이 생각한다면 다가올 미래의 운명에 대해서도 확실히 알 수 있을 것이다. 그리고 그 이상의 어떤 교의(敎義)도 필요없게 될 것이다(단테 ≪신곡≫ 〈지옥 편〉 제8곡, 제9곡).

8월 19일

"너무 큰 신발을 신지 말라"라고 한 말은 내 기억으로는 아라비아 속담이다. 이 말은 높은 지위에 있더라도 인생이 실패로 돌아가는 일이 흔히 있다는 것을 설명하는 것이다. 왜냐하면 신발이 너무 크면 그 사람의 걸음이 불안정해지고 그것을 알게 된 사람에게 차츰 신뢰를 잃기 때문이다.

그러나 신발이 너무 작아도 발이 옹색하고 끊임없이 통증을 느끼게 한다. 그러므로 이것은 갈아 신어야 할 것이다. 가장 이상적인 것은 그 사람의 지위가 성장과 역량에 딱 맞아떨어질 때이다. 그러나 그것은 인간의 지혜로 이루어지는 것이 아니라 오직 신의 이끄심에 대한 굳은 신앙으로 이루어지는 것이다(이사야 49:15, 16, 고린도전서 7:23, 24, 마태복음 6:33).

8월 20일

직업적으로 설교하기가 특히 어려운 이유는 인간 개개인의 영혼 내부에 작용하는 신의 활동이 단계적인 것으로 청중의 신앙 단계가 설교자의 그것과 반드시 일치하지 아닐뿐더러 좀처럼 일치하는 일이 없기 때문이다.

설령 그렇더라도 설교자는 그런 것에는 아랑곳없이 자기가 가지고 있는 가장 좋은 것을 주는 것이 최상의 방법이다. 왜냐하면 그의 생각이 성실하고 그의 일이 신의 계획에 따른 것이기 때문이다. 그리고 자기의 허영심에서 나온 것이 아니고 거짓 꾸민 일이 아니라면 개개의 단계가 적어도 다른 단계의 얼마쯤을 내포하므로 상대에게 이해될 수가 있다. 신앙을 가진 설교자이면서 듣는 사람에게 이해되지 않는 사람은 복음이라는 값진 포도주가 더러운 통을 통하여 흐르는 것과 같으며 아직 설교할 자격이 전혀 없는 사람일 뿐이다.

8월 21일

아무리 올바르게 살아온 삶이라도 언젠가는 '이 세상의 왕'——사탄——이 시험하러 오는 날이 있을 것이다. 그때 사탄 쪽에 가까운 것이——적어도 그 사람의 의지로 보아——하나라도 발견되면 안 된다. 그러나 그렇게 되면 '최후의 전투'가 시작되는 것이다. 이 싸움에서도 역시 끝까지 버티는 것이 중요하다(요한복음 14:30, 12:31, 에베소서 2:2, 헤른후트 찬미가 698).

시온은 공평으로 구속이 되고 그 귀정한 자는 의로 구속이 되리라(이사야 1:27)

네 안에 살아서 작용하는

진실에 찬 전능한 신의 의지도
네 마음이 거슬리는 동안은
너를 새롭게 할 수가 없다.

의로써만 시온을 구속함은
신의 영원한 계획이다.
모든 악에서 스스로 벗어난 자야말로
진정 자유로운 사람이다.

명예와 영화도 없이
삶이 당신에게 여전히 허무하고 지루하다고 생각된다면
당신은 이 위대한 사업의
무거운 짐을 견디어내지 못하리라.

8월 22일

인생의 진정한 기쁨을 얻으려면 무엇보다 먼저 그 기쁨이 대체 무엇인가를 확실히 밝히고 그것을 방해하는 모든 것을 단연코 물리쳐야 한다. 그런데 유감스럽게도 우리는 인생의 절반 이상을 보냈을 때 가까스로 거기에 도달하는 것이 보통이다. 또 만일 여생이 얼마 남지 않았다면 어느 정도의 염세주의에 빠지는 것은 이 같은 경험의 불가피한 결과일 것이다.

특정한 일에 대해 충분히 숙고하고 또 가부(可否)의 이유를 낱낱

이 검토함으로써——한층 더 좋은 방법은 자기의 생활 경험을 통하여 확실한 견해에 도달했다면——그 문제는 그것으로 마무리하고 그 이상의 검토를 모두 끝내야 한다.

의혹은 어떤 것에서도 일어날 수 있으므로 이미 마무리한 일에 대해서마저 마찬가지다.

인간 마음의 가장 불행한 상태는 회의주의로서 이것은 결국 그 무엇이든 의심하게 되는 것이다.

사람의 마음은 조만간에 '견고'해야만 한다. 이것은 오직 신의 '은총으로 의해' 이루어진다고 말한 사도의 말은 확실히 옳다.

그러나 은총이 내려졌다면 그것을 받아들이고 또 일단 받아들였으면 굳게 그것을 지켜야만 한다. 그렇지 않다면 그 사람은 어리석은 사람으로서 언제나 불안정한 것은 당연하다.

8월 23일

13세기의 어느 성녀(聖女)는 이미 환상에 의해서 '십자가'와 '신의 사랑'은 모두 전적으로 올바른 길을 가기 위한 확실한 '표징'이라고 깨달았다.

이것은 경험상으로 조금도 어긋나는 일이 없다. 이러한 표징의 어느 하나가 흔히 그렇듯이 두 가지 모두 당신에게 모자랐다면 당신은 경계해야 한다.

그럴 때 당신은 진정한 행복에 이르는 당당한 길에 있는 것이 아니라 많은 거짓된 옆길의 하나에 들어가 있는 것이다.

8월 24일

욥기 1:9~12[6], 2:3~6을 보라. 악은 이따금 신에게서 개개인에 대하여 철저하게 능력을 시험해도 좋다는 정식 허락을 부여받은 일이 있다. 이것은 인간에게 악이 무엇을 할 수 있으며 또 무엇을 할 수 없는지를 확실히 알려 주기 위해서이다.

악이 온 힘을 다해 유혹해도 아무 소용이 없는 그런 인간을 발견한다면 그것은 신의 승리이며 신에게 이 같은 기쁨을 바치는 것은 인간 최고의 임무이다. 그러나 자진해서 이 임무를 구하는 사람이나 또는 이 임무가 맡겨졌을 때 그것을 수행하는 데 자기 힘이 얼마나 미약한지 자각하지 못하는 사람은 아주 불손한 사람이거나 악의 힘을 너무도 모르는 사람이다.

그러한 사람은 최선의 경우라도 이 무서운 싸움으로 악에 정복당하지는 않을지라도 무서운 타격을 받거나 완전히 짓눌려 버리는 일이 있다.

8월 25일

우리는 모든 종교적 진리를 한꺼번에 모두 이해할 수는 없다. 종교적 진리는 그것을 받아들일 힘이 자라남에 따라 그 이해가 점차 부

---

6) "사탄이 여호와께 대답하여 가로되 '욥이 어찌 까닭 없이 하나님을 경외하리까. 주께서 그와 그의 집과 그 모든 소유물을 산울로 두르심이 아닙니까. 주께서 그 손으로 하는 바를 복되게 하사 그 소유물로 땅에 널리게 하셨습니다. 이제 주의 손을 펴서 그의 모든 소유물을 치소서. 그리하시면 정녕 대면하여 주를 욕하리다.' 여호와께서 사탄에게 이르시되 '내가 그의 소유물을 다 네 손에 붙이노라. 오직 그의 몸에는 네 손을 대지 말지어다.'"

여되는 것이다. 그 힘은 대개 체험이나 인간이나 책을 통해 주어지는데 때로는 좀 더 직접적인 방법으로 이루어질 수도 있다. 그리스도도 어려운 경우에는 "이 말을 받을 만한 자는 받을지어다(마태복음 19:12)"라고 덧붙이고 있다. 그리고 최후의 설교에서 아직도 해야 할 말이 많지만 말을 다 하지 않고 그냥 두었다는 것을 분명히 했다(요한복음 16:12, 13). 그것을 채우고 또 계속해 나가기 위해 우리가 '성령'이라고 부르는 영이 존재한다. 그러나 이 영을 자기 영과 바꿔 생각하거나 양쪽을 헛갈리게 하지 않도록 조심하라. 도리어 당신의 기분이나 경향이나 학식에 의해 그리고 자기 본성에 의해 저해하지 말고 자기 마음속에 진리를 속삭여 주는 것이다. 그와 같은 성령이 당신의 마음속에 들어와야만 하는 것이다. 그 속삭이는 진리는 항상 그리스도가 한 말씀에 따라 이루어져야 한다. 거기에서 멀어지게 하려는 것은 거짓 영의 말이며 행위이다.

인간은 평생 몇 번이고 이 세상에서의 자기 사명에 미혹하거나 낙담하거나 뒷걸음치고 싶어지는 시기가 찾아오는 것이다. 그럴 때 가장 확실한 위안이 되는 것은 우리가 신을 택한 것이 아니라 신이 우리를 택하여 그 소유로 삼으셨다는 생각이다(요한복음 15:16[7], 예레미야 10:23).

이런 생각을 가지고 '굴욕의 골짜기'를 통과해야만 한다. 이와 같은 고난의 목적이 이루어지면 사정은 급변해 저절로 좋아지게 된다

7) "너희가 나를 택한 것이 아니요, 내가 너희를 택하여 세웠나니……."

(헤른후트 찬미가 179, 672, 785, 635~637, 645).

8월 26일

범죄자의 소질이 있는 사람은 들뜬 기분에서 또는 자기의 이익을 위해서 온갖 의무에서 등을 돌리고 그때 방해가 되는 모든 사람을 희생시킬 수 있는 사람을 말한다. 이 같은 소질의 사람이 사람들에게 존경받는 지위에 있는 일도 있다. 그들이 죄를 범하지 않는 것은 단순한 우연이거나 신의 은혜 덕분이다. 그러나 그들도 신의 은혜와 자신의 자유의지에 의해 그 악한 천성을 고치고 성도까지 되는 것은 의심할 여지가 없다. 이러한 나쁜 천성이라고 해서 절대 절망해서는 안 된다.

천상적(天上的)인 소질을 지닌 사람은 선천적으로 모든 악과 야비한 것을 싫어하고 부단히 남을 위해 자기를 희생하기를 좋아하는 사람이다. 유감이지만 여기서 덧붙여야 하는 것은 이와 같은 사람들도 때에 따라 악해질 수 있다. 그것은 잘못된 결혼으로 생기는 일이 가장 많다. 조용한 때에 당신은 어느 쪽 소질의 인간인지 자신에게 물어보라——어느 쪽 소질을 가졌느냐는 당신 책임이 아니다——그리고 어떤 상황에 있더라도 선으로 승리를 거둔 다음 이 세상을 떠나는 것이라고 결심을 굳히도록 하라.

선천적인 소질의 차이나 태어난 가문의 좋고 나쁨의 차이는 인간의 자유의지라는 것이 존재하지 않는다. 그래서 그지없이 좋은 환경에서 이기주의가 생기고 수렁 같은 세상에서 고상한 인간이 탄생하지 않는다면 분명 인간 운명의 불공평한 배분을 호소하는 하나의 이유가 될 것이다. 그러나 그런 것은 전혀 헤아릴 수 없으며 어느 쪽이든 바꾸기 힘든 것은 아니다. 대다수 사람은 전적으로 그 실제의 생활 태도에서 판단한다면 위에서 말한 양쪽의 중간을 차지하는 듯이 보인다. 그러나 그들 본성의 근본에 있어서는 반드시 그 어느 쪽의 하나에 속해 있다. 심각한 판단의 실수를 경험하고 싶지 않다면 이 사실을 간과하지 않는 것이 좋다.

8월 27일

신과 그의 지배는 움직일 수 없는 사실이다. 또 자기 내적 생활에 있어서 모든 참된 진보도 마찬가지로 하나의 사건으로 획득된 지식일 뿐이므로 단순한 관념이 아니라는 것을 자기 경험으로 깨달았을 때 비로소 참 신앙에 도달하는 것이다.

한 번도 이와 같은 경험이 없는 사람들이 그저 인간이나 책의 증언을 바탕으로 신앙을 가지려 하지 않고 눈으로 보고 손으로 잡을 수 있는 이 세상의 실재물(實在物) 쪽을 훨씬 확실한 것으로 생각했더라도 나쁘다고 말할 수 없다. 오히려 문제는 그들이 그 이외의 경험을 한 적이 없다는 것이 과연 진실인지 아닌지 하는 것뿐이다. 이 점에 대해서 욥기 33:29~30[8]의 말씀이 '구원예정설'보다 위안을 주는 올바른 견해이다. 그렇다고는 하나 예정설도 단순히 표면적으로 볼

8) "하느님이 사람에게 이 모든 일을 재삼 행하심은 그 영혼은 구덩이에서 끌어 들이키고 생명의 빛으로 그에게 비추려 하심이니라."

때는 확실히 많은 의미를 내포하고 있다.

8월 28일

인간의 삶이 올바른 목적을 가져야 하는 것이라면 끊임없이 신의 사랑을 받고 그것을 남에게 베풀어야 한다는 것이다. 이러한 성질을 어릴 때부터 선천적으로 남보다 많이 몸에 지니고 태어난 사람도 많이 있다. 하지만 어떤 사람들은 자기 멋대로 정한 다른 목적을 지니고 많은 고난을 경험한 후에 간신히 참된 인생의 목적을 깨닫는 사람들도 있다. 그러나 마지막에 가서도 그런 깨달음에 이르지 못하는 사람은 평생을 절반 또는 전부를 잘못 짚은 것을 한탄해야 할 것이다.

8월 29일

우리는 굳게 선을 행하는 사람이 되어야만 한다. 즉 신 앞에서 겸손하고 인간에 대해 확고한 태도를 지니고 한 치 양보할 줄 모르는 세상에 대해 너무 지나치게 관대해서는 안 된다. 그런 것은 세상에 대하여 별로 가치를 두지 않을 때만 가능한 것이다.

미가 7장 2~10절은 현대의 많은 상황 그대로의 광경이며 온 세상의 특히 가까운 주변의 혼란스러움에서 생기는 재난의 시대에 있어 큰 위로이다. 그런 혼란스러움은 그리스도조차 면할 수 없었다(요한복음 7:5, 마가복음 3:21, 마태복음 10:36).

그러나 마음이 언제나 견고하고 성실하면 보상의 시기가 저절로 전혀 뜻하지 않게 넘칠 정도로 풍부하게 찾아온다(이사야 49:17,

51:17, 54:4, 17, 60:10, 14, 시편 9).

세상에는 명령하면 상대방의 저항에 부딪히는 일이 많고 미소를 띤 친절로 대하면 잘되는 일이 많다.

당신이 바라는 것을 칼로 쳐서 얻기보다는
오히려 미소로 얻어라.

—셰익스피어

8월 30일

신의 나라에 있어 먼저 배워야 하는 것이 있다. 모든 선은 신앙에 의해서 우리의 내부에 생긴다는 것이다. 그렇지 못하면 선은 성장할 힘을 갖지 못하기 때문이다.

그런 다음에 배워야 할 모든 것은 성장하는 데 시간이 걸린다는 것이다. 너무 빨리 서두르면 두 번 세 번 다시 되풀이하는 결과가 생기며 결국 가장 오래 걸리게 된다.

'신이 모든 것을 지으시되 때에 따라 아름답게 하셨다(전도서 3:11).' 오직 인간만이 언제나 급하게 서둔다.

많은 사람은 세상에 대해 방어태세 외의 다른 태도를 취하기는 어렵다. 왜냐하면 그들을 움직이게 하는 원동력이 빠져 있기 때문이다. 만일 당신도 항상 성령의 작용에 마음의 문을 열어 놓고 있기만 하면 된다. 그것으로 충분하다(요한복음 14:26, 16:13, 요한1서 2:27).

8월 31일

영원한 진리의 풍요로운 새 씨앗이 우리의 마음에 떨어져 거기에 뿌리를 내리기 위해서는 그에 앞서 '불안'이라고 하는 날카롭고 깊이 파고들 쟁기날이 우리 마음에 잇따라 생기는 단단한 껍질을 몇 번이고 벗기고 개간해야 한다. 이와 같은 과정을 거치지 않으면 인생의 근저에 있는 진실한 것에 대하여 언제까지나 무감각하게 있을 것이다.

우리는 많은 인생 경험을 쌓음으로써 고난이 없는 생활을 더 원치 않는 경지에 이른다. 이것이 '영원한 안식'의 상태이다. 이 지상에서는 이 고난이 악한 성질에서 우리를 지켜 주는 변함없는 파수꾼이며 고난이 없으면 더욱더 견디기 힘든 생활의 단조로움까지 깨고 거기에 생기를 불어넣어 주는 것이다.

광야에서의 탈출(신명기 2:7)

서로 미워하는 건 이제 지긋지긋하다.
자, 이제부터는 사랑하고 싶다.
내 마음이여, 아직도 남아 있는
무거운 짐을 벗어 던져라.

우리는 고작 왕겨일 따름이다.
가지각색 지상의 보물도 싫증 났다.

주여, 이제부터는 당신의 뜻과
진실이 저희의 기쁨이 되게 하소서.

우리는 갖가지 모습 속에
행복과 마음의 고향을 구해 왔다.
가까스로 찾아낸 이 귀한 진주를
이제 언제까지고 지니고 싶다.

서로 미워하는 건 이제 지긋지긋하다.
자, 이제부터는 사랑하고 싶다.
오래전부터 결의한 것을
이제야말로 실행에 옮기라.

9월(September)

9월 1일

인간을 선에서 가장 강력하게 떼어놓는 것이 두 가지가 있다. 이것은 누구나 일생에 한두 번은 몸소 경험하고 있을 것이다. 첫째 뭔가 나쁜 짓을 하려고 할 때 이것은 그다지 나쁜 짓은 아니다, 세상이 흔히 하는 일이므로 이만한 것쯤 했다고 선량한 인간이 안 되는 것도 아니다 하며 자신을 변명하는 것이다. 둘째 그 나쁜 짓을 하고 난 다음 새삼스레 마음을 고쳐먹더라도 용서받지 못하리라는 생각이 든다는 점이다. 특히 이 두 번째 생각은 항상 극복해야만 한다. 신은 어떤 회개라도 받아주신다. 세월이 흐른 후에도 몇 번이고 악으로 되돌아가고 난 후에도 회개하면 용서해 주신다.

우리의 신은 도움과 평화를 구하는 어떤 인간도 뿌리치지는 않는다. 다시 한번 확실히 말하지만 어떠한 사람일지라도 예외는 없다(이사야 1:18, 43:25, 44:22, 45:22, 55:1~3, 시편 51, 요한복음 6:37, 마태복음 11:28~30).

흔히 이런 경험을 한 사람들이 나중에 가서 도리어 가장 신뢰할 수 있는 사람이 되는 수가 있다. 왜냐하면 그들은 한편으로는 향락주의의 비참함을 다른 한편으로는 평화의 행복함을 몸으로 깊이 배워 그 어느 쪽이 나은가를 알고 있기 때문이다.

지금까지 나는 충분히 자신을 위해 살았고
그 슬픔을 신물 나도록 맛보았다.
내가 만든 집은 허물어지고
그러고 나서 새집이 세워졌다.

영원을 겨냥하고 세워진 집
세월의 흐름도 허물지 못하는 집
성스러운 불꽃에 점화하여
날마다 희생의 연기가 피어오르는 집이.

신의 노여움은 풀리고——문은 열렸다——
가엾은 영혼은 해방되었다.
내 앞길에는 무한한 희망과
기적에 충만한 시간이 있다.

—출애굽기 34:10 참조

9월 2일

내 인생 경험에 따르면 대개의 병은 윤리적 결함이 함께 작용하지 않으면 안 생긴다. 더욱 이것은 많은 신경질환이나 초기 정신병에 있어 거의 예외가 없는 통칙이다. 그러나 병이 생기는 원인이 제거되는 일은 아주 드물며 더구나 병인(病因)이 충분히 구명되지 않는 일이 많다.

그래서 많은 환자는 몇 군데 병원을 찾아 갖가지 치료를 받으면서 반평생 또는 전 생애를 보내고 그로 인하여 차츰 머리가 둔감해진다. 더욱 나쁜 것은 자기 마음대로 병을 진단하여 의사의 능력을 시험하고 일시적인 만족을 느끼는 것이다. 이따금 블룸하르트 · 피그네스 · 크나이프와 같은 만병통치의 기적을 행하는 사람의 소문을 들으면 그와 같은 일시적인 치료소에 수천 명이 모여든다. 그러나 얼마 안 가서 병은 원래 그대로 돌아가는 것이 보통이다.

특히 신경질환에 있어서 최상의 치료가 이루어지는 것은 환자가 강한 신앙과 완치된 후에 자기 생명을 지금보다 훌륭하게 쓰고 싶다는 단호한 결심을 하는 것이다. 그러고 나서 친절하고 마음이 고상한 의사를 찾아가도록 하라(마태복음 9:21~22, 마가복음 9:23~24, 요한복음 5:14). 그러나 그것이 이루어지지 않을 때는 마태복음 7:6[1]의 엄숙한 말씀이나 마태복음 8:22[2]의 교훈과 마찬가지로 적중하는 일이 드물지 않게 생기기도 한다.

현대는 이와 같은 비참한 질병이 더 심각해져 있다. 더욱이 이것을 올바로 판단하고 치료할 만한 일꾼이 지금도 그다지 많다고는 할 수 없다(마태복음 9:36~38, 헤른후트 찬미가 676).

다음의 말은 중국의 어느 작가가 한 말인데 어느 병원이나 해당할 것이다. "특히 필요한 것은 사랑의 마음이다! 무리하게 짓누르지 말

1) "거룩한 것을 개에게 주지 말며 너희 진주를 돼지 앞에 던지지 말라. 저희가 그것을 발로 밟고 돌이켜 너희를 찢어 상할까 염려하라."

2) "죽은 자들로 저희 죽은 자를 장사하게 하고 너는 나를 좇아라."

라. 때려 부수지 말라. ……다른 사람들을 짓밟고 자신을 높이려 하지 말라. ……외려 시달리는 사람들에게 위로와 도움을 주라."

9월 3일

고린도후서 12:7~10[3]에서 사도 바울이 '육체의 가시'라든가 또는 그를 주먹으로 치는 '사탄의 사자'라고 부르고 있는 것은 아마도 가끔 그를 엄습해 오는 외적 원인으로는 설명할 수 없는 무기력 이외의 아무것도 아니었을 것이다. 이 같은 무기력은 똑똑하게 존재하지 않는 일에 대한 미친 듯한 불안으로 진행되는 수도 있으며 또 가끔 절박한 재난에 대한 참된 예감일 수도 있다.

이와 같은 무기력에 빠졌을 때 즉석에서 도움을 주는 최상의 위안은——이 약한 것이 신의 명령을 받아들이고 나서 그에 따르고자 하는 기분을 높일 경우는——그 약한 것이 하나의 강한 것으로도 될 수 있다는 것과 또 인류의 가장 위대한 사람들도 그와 같은 약한 것을 느꼈다는 것을 사도 바울과 함께 항상 염두에 두어야 한다. 무릇 고귀한 정신의 소유자를 양성하기 위한 교육 계획에는 이와 같은 약한 것도 필요한 것 중의 하나이다.

---

3) "너무 자만하지 않게 하시려고 내 육체에 가시, 곧 사탄의 사자를 주셨으니 이는 나를 쳐서 너무 자만하지 않게 하려 하심이니라. 이것이 내게서 떠나게 하려고 내가 세 번 주께 간구하였더니 내게 이르시기를 '내 은혜가 네게 족하도다. 이는 내 은혜가 약한 데서 온전해짐이라' 하신지라. 이러므로 도리어 크게 기뻐하므로 나의 여러 약한 것들에 대하여 자랑하리니 이는 그리스도의 능력이 내게 머물게 하려 함이라. 그러므로 내가 그리스도를 위하여 약한 것들과 능욕과 궁핍과 핍박과 곤란을 기뻐하노니 이는 내가 약할 때에 곧 강함이니라".

9월 4일

당신이 건강하기를 바란다면 오랜 세월을 두고 헛되이 인간의 도움을 기다리지 말고 도리어 항상 도울 수 있고 또 그것을 원하고 있는 그 손을 당장 붙잡아라. 그리고 여러 인간적 중개 따위를 빌지 말고 꼭 매달려라. 이와 같은 구원이 앞서고 나서 거기에 의사의 조력이 가해지는 것이 바람직하다.

이것을 의심하거나 비웃거나 하는 자에 대해서는 당신보다도 훨씬 전에 한 분이 대답하시고 그 후 무수한 사람들이 대답했던 말로써 차분히 대답하라(요한복음 5:5~8, 9:25, 39~41).

9월 5일

법 그 자체는 예나 지금이나 진실과 거짓의 기묘한 혼합물이다. 그래서 재판할 때 특히 중요한 것은 되도록 그 진실만을 살려 쓰는 것이다. 거기에 대하여 자주 생각나는 것은 다음의 말이다. “신은 인간을 단순한 것으로 만드셨다. 그런데 인간은 별별 수단을 부리고 싶어 한다.”

왜 그럴까. 그 이유 중 하나는 신이 바라는 단순한 생활 방법은 사적(私的) 관계나 국가적 관계에서 그들은 너무도 간단하기 때문이며 또 하나는 이기주의가 항상 진리를 방해하기 때문이다. 특히 신의 단순한 진리에 봉사하는 것보다 배워서 아는 술책을 쓰는 편이 남에게 뛰어날 수도 있고 세력을 미치게 할 수도 있기 때문이다.

그리하여 진실의 법적 관계 주변에 수 세기의 오랜 시간에 걸쳐

전하는 허위 또는 반 진리의 기득권(旣得權)이 생기고 건전한 법률감정(法律感情)의 항의가 있더라도 법률과 재판에 의해 작위적(作爲的)으로 소중히 보존됐다. 이따금 유별나게 강력한 인간이 나타나서 신의 명령으로 이 기득권을 타파하고 다시 진리의 문을 열게 된다(단테 ≪신곡≫ 〈지옥 편〉 제9곡 55~105).

9월 6일

이사야 38:15[4]을 보라. 겸손은 인간의 모든 속성 중에서 자연성이 가장 모자란 것이리라. 인간은 태어나면서부터 너무 오만하거나 겁쟁이로 너무 소심하기도 하다. 진짜 겸손은 자기 것이 아닌 힘을 가졌다는 이상한 기분이다.

그것은 어디까지나 힘의 실감이지만 이 힘은 신의 은총으로 인한 것이라는 의식이 덧붙여 있다. 그래서 이것만이 손상이 없는 힘의 실감이다.

그러나 이스라엘의 한 예언자가 왕에게 말했듯이 이와 같은 겸손은 오직 엄숙한 고난의 시기를 견디고 나야 비로소 사람의 마음에 생기는 것이다(욥기 40:4, 5, 42:1~6, 열왕기 상 17:24).

이와 같은 겸손을 갖추었을 때 비로소 인간은 신에게서 완전한 행복을 부여받을 수 있는 것이다(〈역대하〉 31:21).

---

4) "주께서 내게 말씀하시고 또 친히 이루셨으니 내가 무슨 말씀을 하리까. 내 영혼의 고통으로 인하여 내가 종신토록 열심히 행하리다."

9월 7일

진정한 내적 발전이 이루어지는 데는 항상 세 가지 단계가 있다. 첫째 단계는 열광으로 마치 마른 섶을 태우듯이 기세 있게 활활 소리 내며 높이 타오르는 불꽃이다. 둘째 단계는 이 활활 타던 불이 어느 정도 꺼져가는 상태로 조금 전까지 불꽃이었던 바로 그 사람이라고는 도저히 믿어지지 않는 상태이다. 셋째 단계는 언제까지나 계속 타는 숯불이 꾸준히 따뜻함을 주변에 풍기는 조용하고 변함없는 상태이다. 거기에는 이미 사소한 동요나 변화도 없으며 그 포근한 효과는 누구에게도 명백하다.

인간의 정신이 뭔가 중대한 문제로 이 마지막 단계까지 도달한다면 그것은 안으로는 평화이며 밖으로는 힘이라 부를 수 있을 만한 활동적인 평안을 얻게 된다.

캄브리의 장 마리는 신을 향한 인간 영혼의 첫 비상(飛翔)에 대하여 다음과 같이 말하고 있다. "영혼이 타고난 대로의 본성을 극복하고 야비한 경향이나 욕망을 거부했을 때 서광이 나타나서 영혼을 비춘다. 신의 은총은 신의 성스러운 뜻에 따라 그 영혼의 모든 행위를 인도하신다. 완성의 첫 단계에 이르렀을 때 영혼은 완전히 자기를 버리고 신이 원하는 모든 것에 동의한다. 그때 신이 영혼의 소원이나 생각이나 사랑의 유일한 대상이 된다. 이제 영혼은 선덕(先德)의 꽃이 만발하는 화원이 되고 그들 선덕이 영혼을 곱게 장식하며 이 세상 것이 아닌 빛을 그 위에 뿌린다. 주는 영혼과 매우 가까워 영혼이 주와 하나로 된 듯이 보인다. 아! 사람들이 만일 이 같은 은총을 마음에 붙잡을 수 있다면 단 하루라도 이 같은 즐거움을 부여받기 위해 무수한 세계를 버릴 것이다."

이 말은 완전한 진실로서 조금도 과장된 표현이 아니다. 그러나 그것은 아직 영혼의 즐거움이기 때문에 언제까지나 거기에 머물러 있어서는 안 된다. 그것은 전혀 다른 것이 되어 더욱 향상되어야만 한다. 왜냐하면 또 다른 고귀한 영혼을 가진 사람이 말했듯이 우리가 이기심이나 호기심에서 이 같은 지상의 낙원――그도 그럴 것이 그것은 일종의 낙원이니까――을 구하는 것을 신은 기뻐하시지 않기 때문이다. 그런데도 많은 사람은 낙원이 있다고 믿지도 않는 곳에 그것을 추구하여 재차 이기주의에 속아 넘어간다. 지금도 많은 종파 창시자의 전기에 이 사실이 나타나 있다.

9월 8일

그리스도의 신성에 대하여 왈가왈부하는 것은 전혀 무익한 짓이다. 그리스도의 생애에 대한 비밀은 구명할 수 없으며 또 구명해서도 안 된다(누가복음 10:22).[5] 삼위일체라는 것은 그 자체가 도저히 이해할 수 없는 것이며 차라리 구명할 수 없는 것이라고 해도 좋다. 대체로 삼위일체란 설명이 아니라 단순한 비유다. 그야 어떻든 유니테리언주의――유일신교(Unitarianism)――나 자연신교(自然神教)는 그릇된 것으로서 살아 있는 신에게서 사람을 떼어 놓는다.

---

5) "내 아버지께서 모든 것을 내게 주셨으니 아버지 외에는 아들이 누구인지 아는 자가 없고, 아들과 또 아들의 소원대로 계시를 받는 자 외에는 아버지가 누구인지 아는 자가 없나이다."

사도들의 견해에 대해 가장 많이 생각하게 하는 대목은 고린도전서 15:28[6]이다. 그러므로 이 같은 정의보다도 훨씬 중요한 것은 신이나 그리스도에 대한 확신이며 또 틀림없이 우리 안에 깃들면서 우리의 자연 영과는 다른 선의 영에 대한 경험에서 얻은 내적 경험이다.

9월 9일

때로는 현명한 사람들이 무한히 울적하고 자기 영혼을 몹시 손상하는 인간 경멸이라는 감정에 사로잡히기 쉬운데 그것을 구해주는 것은 오직 연민의 정뿐이다.

그러나 이 연민의 정은 말하자면 육감 같은 것이다. 근본적으로는 냉엄한 고난을 통해 한층 더 선한 사람들의 마음에 생기는 감정이며 스스로 희생하지 않고 남에게 도움이 안 되는 연약한 동정 따위와는 다른 것이다.

물론 세상에는 자신의 고통 때문에 타인에 대해 더 냉혹하고 무정해져 버리는 사람들도 있다. 그들의 생각에 따르면 남들도 자기처럼 더욱 고통을 받아야 한다는 것이다.

가능한 한 어떤 생물도 되도록 괴롭히지 않도록 진심으로 주의해야만 한다. 이것이 우리가 현실로 행하고 있는 자선 행위보다 한층 더 가치가 있다.

---

6) "만물을 저에게 복종하게 하신 때에는 아들 자신도 그때 만물을 자기에게 복종케 하신 이에게 복종케 되리니 이는 하나님이 만유의 주로서 만유 안에 계시려 하심이라."

9월 10일

감각적 생활에서 완전히 유리(遊離)된 순수한 '정신적' 생활은 세상에서 두려워할 만한 것이다. 그것은 자칫하면 사람의 마음에 공허감과 타인에 대한 냉혹한 감정을 빚어낸다. 그와 같은 생활에서 냉혹한 종교상의 폭군이나 종교적 박해의 도구가 된 사람들이 생겨난 것이다. 그들은 개인적으로는 티끌만큼도 나무랄 데가 없었으나 그토록 많은 화(禍)를 일으켰다.

나는 다행스럽게 그런 사람들이 아니라 단지 이론뿐인 철학자나 신학자들을 항상 혐오했다. 이 같은 학자들은 인간에게는 거의 쓸모없는 더욱이 사람의 마음을 달랠 수도 없거니와 향상할 수도 없는 문제를 즐겨 의논한다. 나는 내 생애의 마지막에 다수의 가장 유명한 학자들의 주요 부분을 형성하고 있는 논의에 얽매여 내 시간을 낭비하고 싶지 않다.

9월 11일

이른바 '인간애'란 신에 대한 강한 사랑이 바탕이 되지 않는다면 단순한 환상이며 자기기만에 불과하다. 왜냐하면 그런 경우는 오직 가장 사랑스러운 것만을 사랑하거나 자기를 사랑해 주는 사람을 사랑하는 데 그치고 언제든지 그 전제조건이 없어졌다고 생각될 때는 놀랄 만큼 빨리 사랑을 거두거나 그것을 완전히 포기하려고 결심하기 때문이다. 이를테면 '인간애'란 아주 '냉담한 일반적 호의'를 좀 더 아름다운 말로 표현한 것에 불과하다. 그것은 본래 맹수조차 배가 부르면 주위에 베푸는 정도의 비공격적인 태도를 말한다.

이 같은 인간애로는 한쪽에서 해마다 수백만의 사람들이 정신적 또는 육체적으로 굶어 죽는 일이 일어날 수 있다. 더구나 사람들은 그것을 크게 괴로워하는 일도 없고 또 자기는 털끝만 한 부자유도 참으려 들지 않는다.

9월 12일

"이 세상에서 행복 이상의 뭔가를 추구하는 사람은 행복이 그의 몫이 되지 않더라도 불평해서는 안 된다(에머슨)." 이것은 다소 '실리주의적'이고 조소의 뜻을 내포하는 진실한 말이며 많은 실패한 인생을 설명해 주는 말이다. 실제로 우리는 이 '이상'과 '이하'의 어느 한 쪽을 택해야만 한다.

그러나 이 말은 '행복'이라는 것에 대한 최종적인 설명은 아니다.

"세상에 행복은 존재한다. 다만 우리가 그것을 모를 뿐이다.
아니, 알고는 있더라도 소중히 여기지 않는다."

—괴테 ≪타소≫

이것이 훨씬 진실한 말이다. 그러나 좀 더 세차게 마음을 흔드는 행복을 한 번도 스스로 느낀 적이 없는 사람들은 그것을 상상조차 할 수 없으며 그것이 건전한 진실인데도 다만 전해오는 신화나 과장된 얘기로밖에 생각하지 않는다.

9월 13일

많은 사람이 특별한 재능을 타고나지 못한 사람들까지 자기가 체험한 모든 것에 대해 당장 '판단'을 내려야 한다고 생각한다. 심지어는 처음 만난 사람에 대해서도 또 두세 페이지 뒤적거렸을 뿐인 모든 책에 대해서도. 그래서 가끔 판단을 그르치고 뒤에 가서 정정하지 않을 수 없게 된다. 또는 잘못임을 알더라도 자기 생각을 고집하여 자신의 품성을 손상하고 더욱 나쁘게는 남까지 해치기도 한다. 만일 당신이 이 같은 습관을 지니고 있다면 더구나 직업이 신문기자가 아니라면 그 같은 습관을 버리도록 하라.

9월 14일

인간에 대한 신뢰와 신에 대한 신뢰는 경험상 양립하지 않는다. 도리어 한쪽이 다른 쪽을 배제하는 것이다. 영혼에 그 신앙이 충분히 갖추어져 있으면 신에 대한 신뢰 쪽이 한층 더 확실하다. 이때에도 확실히 고난이나 마음의 수고가 제거되는 것은 아니다. 만일 고난이나 수고가 제거된다면 그것이 대다수 사람에게 그 완성 과정이 별로 좋은 것이 아닐 것이다. "십자가라는 지팡이는 무덤에 이르기까지 우리의 허리를 계속 때린다. 그러나 거기서는 이것도 끝날 것이다." 그렇지만 이미 그 전에 모든 게 견디기 쉽고 그 결과는 모두 유익한 것으로 된다. 이 사실에 대해서 신뢰해도 된다.

그러나 인간은 그런 생활을 바라지 않는다. 오히려 한층 더 높은 의지를 따르지 않으려 한다. 그에 합당한 생활방식에 조금도 의무가

지워지지 않고 완전히 안정되고 항상 향락에 찬 생활을 하고자 원하고 있다. 인간은 인간의 역사가 시작된 이후로 지금까지 적어도 생각할 수 있는 온갖 방법으로 그런 생활을 구해왔다. 그러나 인류 극소수의 사람들마저 그런 생활은 얻어내지 못했다. 하물며 만인에게 그것이 불가능하다는 것은 말할 나위 없다. 만인의 구원이라는 것은 그것과는 전혀 다른 길에 의해 발견된다(이사야 49:14~26, 50:6~11, 55:1~12, 시편 63:8, 헤른후트 찬미가 1009).

9월 15일

"주께서 나를 욕되게 하실 때 주는 나를 크게 하셨나이다(사무엘하 22:36, 시편 18:35 참조. 방역성서(邦譯聖書)의 말은 다른 점이 있다. 역자 주)." 이 말은 단지 일반적으로 쓰이는 관용어(慣用語)일 뿐만 아니라 극히 올바른 인생 경험을 나타내고 있다. 진정 선한 것이나 위대한 것들도 맨 처음에는 작은 것에서 출발하지 않은 것이 드물다.

그뿐 아니라 대개는 그에 앞서 멸시와 굴욕이 따른다. 그래서 초봄의 폭풍우로 봄이 다가옴을 예감하듯이 굴욕을 통해 그 뒤에 오는 성공을 추측할 수 있을 때도 많다.

만일 당신이 굴욕 속에서 나중에 많은 은혜를 내리고자 원하는 신의 손길을 인정하고 그 굴욕을 기꺼이 받아들일 수 있다면 당신은 이미 큰 진보를 이룩한 것이다(시편 65:11~13, 68:20, 21, 71:19~21, 119:67, 71, 75, 신명기 8:16).

9월 16일

가장 확실하고 항상 눈앞에 살아 있는 신앙은 역사에 입각한 신앙이다. 정말 신이 사람에게 다가와서 신이 확실하게 느껴질 때나 개인적인 경험으로 신의 존재에 대해 온갖 의혹이 말끔히 사라질 때도 없는 것은 아니다. 그러나 그런 순간을 제외하면 세계 역사가 그중에서 특히 이스라엘 민족의 운명이 우리에게 위안을 가져다준다. 그리스인이나 로마인은 벌써 오래전에 멸망했지만 이 민족만이 오늘날에도 오직 하나의 민족으로 존재하는 것은 신이 이 민족을 버리지 않았기 때문이다.

그리고 우리는 그리스도 또한 역사적인 사실을 통해 굳게 믿을 수가 있다. 로고스 이념에 따른 형이상학적 사상을 믿지 않는 사람들에게는 설득력을 갖지 못한다.

신의 정의와 사랑에 회의를 느끼기 시작하면 신의 존재마저 의심하게 된다. 왜냐하면 정의도 사랑도 베풀지 못하는 신은 고상한 마음의 사람에게는 견딜 수 없는 혐오스러운 우상으로밖에 생각되지 않기 때문이다.

9월 17일

만일 우리 기독교가 일상생활이나 직업상의 임무를 전보다 충실하게 하고 금전상의 문제에 이기적이 아니며 부와 명예에 한층 더 무관심하고 모든 사람에게 친절하며 마음에 큰 기쁨과 미래에 대한 희망을 지니게 하는 것이 아니라면 그것은 아직 진정한 기독교라고는 할 수 없다. 그것은 그리스도의 기독교라기보다는 도리어 종파나 또 다른 교회에 관계되는 사항에 불과하다. 이미 기독교라는 말부터가 사람을 그르치기 쉽다. 만일 이 말을 오로지 그리스도의 생활방식이나 사고방식에 따른다는 것 이외의 뜻으로 풀이한다면 그것은 잘못된 생각이다. 또 기독교란 대체 무엇이냐 하는 것을 여기저기 찾아다니며 묻는 사람이 있다면 그 사람은 참된 기독교를 구하고 있지 않은 것이라 말해도 십중팔구 틀린 말은 아닐 것이다.

지금은 유감스럽게도 교양인의 대다수가 기독교를 믿어야 하나 아니면 뭔가 다른 사고방식이나 철학을 택해야 하나 망설이며 또한 기독교를 믿고자——대개 외적 이유에서——결심하고 나서도 '경향'이나 '해석'을 택할 것이냐 하는 문제를 너무 집요하게 오래 매달려 있다. 그로 인해 기독교란 대체 무엇이며 기독교는 그것을 믿는 사람에게 무엇을 요구하는 것인가에 대해 현대의 갖가지 견해나 학설의 잡음에 사로잡히지 않고 진지하게 반성할 만한 충분한 시간을 갖지 못한다.

오늘날 신앙의 자유는 우리의 구원과 생명에 이르는 길을 도리어 어렵게 만들었다. 그러나 다른 한편으로는 이 길을 한층 더 신뢰하고 더욱더 확실하게 올바른 목표로 인도하는 것으로 만든 것도 확실하다——무릇 이 길을 정말로 걷는다면.

9월 18일

가장 마음 든든한 인생철학은 용기와 신의 뜻에 대한 순종의 올바른 혼합에서 이루어진다. 그래서 그 어느 한쪽이라도 적절히 행해지지 않을 때는 일이 잘 풀리지 않는다.

강한 에너지가 어느 정도의 점액질——몹시 흥분시키지도 않거니와 쉽사리 식지도 않는 성질——과 결합할 때는 전시든 평상시든 이 인생의 모든 사업에 있어서 가장 큰 성과를 이룩하는 것이다.

"성공의 비결은 목적에 대해 움직이지 않는 마음에 있다."

—디즈레일리

9월 19일

나는 일찍이 어떤 이스라엘인에게 무보수로 사무적인 일을 해주었던 일이 있는데 그때 나는 그에게 농담 반 진담 반으로 이 일의 보수는 그에게 받지 않고 이스라엘의 신에게 받을 생각이라고 말한 적이 있었다.

그러자 그 신은 즉시 내 말을 받아들여 그때부터 삽시간에 내 생애에 가장 쓰린 고통과 마음의 상처를 끊임없이 내게 보냈다. 그리고 이 책을 쓰고 있는 지금도 나는 그때의 그 위대한 선물을 바르게 평가하고 그것을 잘 활용하려고 애쓰고 있다. 만약 그 선물이 없었더라면 이 책도 쓰이지 않았을 것이다. 왜냐하면 도움을 주는 책과 참된 행복은 양쪽이 모두 괴로움의 바탕 없이는 얻어지지 않기 때문이다.

그러므로 불행은——역설적으로 들릴지도 모르나——인생의 행복에 불가불 필요한 것이다.

9월 20일

망은(忘恩)은 참기 어려운 것이다. 그러나 이것은 자기 쪽이 그래도 실제로나 정신적으로나 우월한 처지에 있다는 것을 나타내는 것이다. 그러므로 배은망덕한 자에게는 인내로써 대하고 또 은혜에 감사할 줄 아는 사람은 그만큼 존중하는 것이 옳을 것이다.

아무도 망은을 비난해서는 안 된다. 상대가 선한 사람이라면 망은을 스스로 비난하겠지만 그렇지 못한 악인이라면 그런 비난은 하등의 뉘우침도 주지 못한다.

더구나 그런 비난을 들으면 악인은 상대가 감사를 기대하고 많은 칭찬과 보답을 바라고 친절을 베푼 것을 고백이라도 한 것처럼 도리어 마음의 짐을 벗은 기분이 될 것이다.

그러므로 악인의 눈으로 볼 때 상대는 잘못 계산된 투자로 실패했을 뿐이며 자기 쪽이 현명했다는 것이 된다.

9월 21일

아무런 은총도 받지 못하는 죄인의 심정이 어떤 것인가를 실생활에 있어서 자세히 관찰해 보라.

그리하면 당신은 이미 증오를 느끼지 않으며 모든 사람에게 깊은 동정을 느낄 것이다.

무슨 일이든 화내는 일이 자주 있는 한 그는 아직 자신의 지배자가 되지 못한 것이다. 어떤 악에 대해서든지 가장 큰 승리는 '침착하게' 그것에 저항하는 것이다.

9월 22일

크롬웰[7]이 그의 필생의 대사업에 착수할 준비를 하던 때 사촌누이 세인트 존 부인에게 보낸 편지에 '나는 이미 급료를 선급으로 받았다'라고 썼던 것은 전적으로 옳다 하겠다. 신은 대가를 미리 지급하신다. 지금부터 신에게 봉사하고자 결심한 사람이 갖는 심정은 오랜 세월에 걸쳐 성실한 봉사를 하고 갖는 기분과 똑같다. 다만 좀 더 지속적이 아니라는 차이만 있다.

천국의 주요한 구성요소는 이미 이 지상에서부터 주어진다. 그러므로 헤른후트 찬미가 '신의 은혜를 아는 자는 이미 승리의 영예를 손에 쥐고 있다'라고 한 것은 진실이다.

그러므로 승리의 영예를 자진해서 버리면 자기 자신에 대해 무책임한 것이 된다. 히브리서 10:26[8]절 이하에 "용서받을 수 없는 죄"라고 말하고 있는 것은 이와 같은 죄를 가리키는 것이다.

9월 23일

바리새인이나 율법 학자들이 그리스도를 비난해서 말한 것을 적어도 그리스도의 제자라면 누구나 다 경험해야만 한다. 그렇지 못하면 아직 그리스도의 제자라고 할 수 없다.

실생활에서 때때로 사람들이 우리를 적대시하거나 편을 들어 행

---

7) 올리버 크롬웰(Oliver Cromwell, 1599~1658). 영국의 청교도 혁명의 중심적 정치가.
8) "우리가 진리를 아는 지식을 받은 후 짐짓 죄를 범한즉 다시 속죄하는 제사가 없고 오직 무서운 마음으로 심판을 기다리는 것과 대적하는 자를 소멸할 맹렬한 불만이 있으리라……."

동하는 것은 그들의 자유의지가 아니라 그들을 통해서 우리에게 작용하려는 신의 도구에 불과하다는 것을 알고 위안받는 예도 있다. 그러므로 적이든 친구든 먼저 정해놓고 대하는 것을 너무 중대하게 생각할 필요가 없다.

이제 청년기를 겨우 지냈을 뿐인 순수한 인간의 마음에 경험의 결과로써 인간에 대한 뿌리 깊은 분노의 핵이 숨어 있다. 이것은 신의 은혜를 통해 남김없이 뽑혀야만 한다. 그리고 그 과정을 거치고 나야 비로소 우리는 기독교인이 되는 것이다(누가복음 6:19~38, 헤른후트 찬미가 282).

9월 24일

언제 어디서나 사랑으로써 진리를 옹호하는 것이 우리 일상의 활동적 과제이다.

근대의 어느 문필가——아마도 철학자 니체——는 "쓰러져 가는 것은 더욱 밀어서 쓰러뜨려야만 한다. 그리하면 강자 아니면 최강자만이 이 세상에 남게 될 것이다"라고 말했다. 그런데 그 자신이 마지막에 크게 남의 도움을 받아야만 했다. 이 사상이 만일 일반적으로 적용된다면 그것은 민족 대이동의 정신처럼 되돌아가는 것이다. 이것은 쓰러지려는 자를 부축하고 쓰러진 자를 도와 일으킬 것을 명령한 기독교의 정신과는 정반대의 것이다.

이 세상에서 최후의 경기장에 남는 것은 항상 최강자라는 것은 진실이다. 그러나 이것은 과대 평가된 인간의 힘 때문이 아니라 자기에게 의지하는 약한 자들을 돕는 신의 세계질서 때문이다. 이것은 오늘도 변함없이 여전히 신뢰할 만한 진실임이 스스로 입증되고 있다(마태복음 22:44, 다니엘 4:31~35, 시편 33:9~18, 고린도후서 12:10, 고린도전서 1:13~29).

9월 25일

"기독교의 진실을 증명하는 데는 고상한 성품을 지닌 모든 인간의 진리와 마음의 완전한 평안에 대한 '욕구'를 충족시킬 수 있다"라는 경험적 증명보다 더 나은 것은 없다. 이 같은 갈증을 풀어주는 권능을 지닌 사람이야말로 고민하는 인류를 구할 수 있는 참된 구원자이다.

대체로 기독교는 비실천적인 이상주의는 아니다. 오히려 반대로 이 세상의 유일하게 실천할 수 있는 또 실제로 가장 효과 있는 이상주의이다. 이것이 이 세상에서 기독교의 영속적인 의의이다(헤른후트 찬미가 733, 735).

9월 26일

많은 돈을 벌었다는 사람의 이야기를 들으면——오늘날에는 특히 상·공업사회에서 흔히 일어나는 일이지만——그는 그 돈으로 무엇을 할 것인가 하는 의문을 품지 않을 수 없다. 아무런 목적도 없이 그저 돈을 모아서 결국은 오랫동안 기다리다 지친 상속인에게 모든 것을 물려주면 이보다 더 초라하고 교양인답지 않은 짓은 없다. 또 육체나 정신에도 이롭지 않은 사치한 생활을 하기 위해 돈을 낭비하는 것도 이보다 나을 게 없다. 이것은 벼락부자들이 잘 알고 있는 일이지만 그런데도 살아 있는 동안 돈에서 멀어지기가 어렵다. 또 그 돈으로 뭔가 합리적인 일이나 자선사업을 스스로 시작할 수도 없을 것이다. 그러나 만일 그들이 그 재산을 적합한 사람의 손——그런 사람은 언제나 또 어느 사회에도 있다——에 맡길 수 있다면 인간의 비참함도 대부분 구제될 것이다.

누가복음 16:9~16, 20~31에 언급된 부자도 그런 사람이었다. 그는 절대 악인은 아니었다. 오히려 그 돈을 뜻있게 쓸 줄 몰랐을 뿐이다. 오늘날 부자 중에도 그런 사람들이 많이 있다. 그러나 성직자들은 그들에게 그것——돈을 뜻있게 쓰는 법——을 말할 용기가 없다.

9월 27일

인간과의 사귐이나 더 나아가 신의 모든 피조물과의 사귐에서 유일한 바른 원칙은 그 무엇도 쓸데없이 괴롭히지 말고 모든 것을 동정하며 모든 사람에게 평안과 삶의 기쁨을 주는 것이다. 더욱이 누구나 자기 임무를 다하고 단지 향락을 위해서 살지 말라고 요구하는 것이다. 이 원칙에서 자유라는 자연적 권리에 대치된 교육과 훈련의 권리, 미개 또는 야만 지역을 정복하는 권리, 또 사람들의 이익을 위해 행하는 한에서 귀족계급의 권리나 인간을 통치하는 상대적인 권리 등이 생기게 된다. 그 이외의 지배는 모두가 전제정치로서 지배자나 피지배자를 다 같이 부패시킨다.

좀 더 강력한 그러나 좋은 정치와 참다운 귀족계급——귀족이라는 이름뿐이 아니라 고상하고 위대한 일에 솔선하여 실행력을 가지고 모범을 보이며 본분을 지키는 계급——그런 것이 생긴다면 여러 문명 국민도 이에 대해 틀림없이 지금보다 더 호의를 가질 것이다——현재에도 이미 그렇지만 미래에는 반드시 더 호의를 보일 것이다——왜냐하면 그들 여러 국민은 신을 버린 이후 '통치의 결여(사사기 5:7)'를 느끼고 있기 때문이다. 니체의 과장된 말도 그런 기분의 하나를 나타낸 데 불과하다.

그러나 이제는 그 누구도 국민을 움직여서 악한 정치나 향락을 좋아하는 귀족을 합법성이나 종교적 근거로 존중하기는 힘들다. 그런 시대는 이미 지나갔다.

9월 28일

아주 고상한 성품을 지닌 동시에 일반적으로 신경이 예민한 기질의 사람들에게는 그들의 종교적 · 철학적 신념이나 또는 그 도덕적 생활의 어떤 결정을 직접적으로 비난해서는 안 된다. 그들은 그것이 정당하든 아니든 너무도 강하게 느끼기 때문이다.

오히려 그들이 다소 위험한 샛길로 빠져 있음을 넌지시 깨우쳐 주도록 노력해야 한다. 그래서 때로는 침묵을 지키는 것이 가장 좋을 수도 있다.

그들은 남이 말해 주는 것보다 그들 스스로 올바르고 따끔하게 진실을 자신에게 타이를 것이다. 또 혹독한 시련기에 주위 사람들이 신뢰와 배려와 동정심으로 자신을 대해준 것에 감사한다.

이에 반하여 사람들이 그들에 대한 신뢰와 존경을 버렸다고 생각할 때는 그들 스스로가 그것들을 포기할지도 모른다. 그렇게 되면 말할 수 없을 만큼 심한 손실이 생긴다. 많은 부모나 교육자들은 이것을 충분히 이해하지 못하고 뒤에 가서 한 사람의 고귀한 생명의 폐허 앞에 암연(黯然)히 서게 되는 것이다. 그처럼 무너진 것은 재건하기 힘들고 만일 가능하다 하더라도 전에 필요했던 것보다 훨씬 많은 인내와 동정심을 가져야 한다.

9월 29일

어려운 일에 처하면 먼저 지성을 발휘해 바른길을 찾으려 애써야 한다. 그리고 완전한 예지——신(神)——를 통해 해결할 수 있다고 믿고 그것을 이용해야 한다. 다음에는 일종의 자기애 · 허영심 · 명예욕 · 이기심 · 아집(我執) · 그 밖에 '늙은 아담'의 사랑스러운 속성을 위해 그 어떤 것도 참견 못 하게 정신 차려야 한다. 그리고 마지막으로 어떤 종류의 허위도 개입되어서는 안 된다. 왜냐하면 허위는 악의 힘으로써 이것에 굴복하면 악의 권리가 되어 어떤 선도 생기지 않기 때문이다. 이 같은 전제가 지켜진다면 모든 난관은 극복할 수 있다. 단 그것이 인간에게 위임되었거나 또는 부과된 난관이나 임의로 골라잡은 난관이 아니다. 그러나 스스로 택한 난관일지라도 이러한 전제조건을 지키면 큰 손해를 보지 않고 타개할 수가 있다(사무엘상 2:9, 10, 15:22, 29, 22:4, 30:6~8, 야고보서 1:5~7).

9월 30일

일에 잔뜩 짓눌려 있던 한 주일 뒤에 맞이하는 일요일이 유난히도 즐겁듯 '고난 뒤의 행복'은 가장 상쾌하고 위험도 제일 적다.

자기애에서 근본적으로 해방되어 그것이 마음에 싹틀 때마다 살아 있는 악마처럼 미워하게 되면 신의 은총을 입고 있다고 확신해도 좋다. 왜냐하면 그런 것은 신의 행위이며 살아 있는 신의 임재(臨在)가 없이는 우리 내부에 절대 일어날 수 없기 때문이다.

높은 산과의 작별

그럼 잘 있거라, 푸른 산이여
빨간 꽃 피는 광야여
자유의 즐거운 꿈은 사라지고
벌써 가을이 작별을 재촉하는구나.

길지 않은 여름은 지나갔다.
목동들도 골짜기로 내려갔다.
모든 높은 봉우리들은 다시
흰 눈에 덮여 있다.

푸른 숲이여, 고맙다.
성스러운 곳에 이를 수가 있었다.

나는 너의 맑은 샘물을 길어
새 생명이 충만하였다.

마음도 헛된 사소한 일에서 풀려나
건전하며 의지도 자유로워졌다.
내 앞길에는 약속된 땅과
신이 주시는 평안이 있다.

즐거운 휴식의 시간은 끝나고
나는 딴사람이 되어 산에서 내려간다.
작별은 괴롭다——그러나 나는
구하던 것을 이미 찾아냈다.

10월(October)

10월 1일

인생을 굳세게 살아가는 데는 다음의 두 가지 방법이 있다. 그 하나는 세상 늑대들과 함께 으르렁거리며 눈앞에 있으면서 만인에게 고루 돌아가지 않는 삶의 향락을 얻고자 맹렬히 물어뜯는 생활이다. 이것은 일반적으로 이루어지는 생활이며 유물론의 '생존경쟁'이다. 또 하나는 참되고 성실하고 기쁨이 충만한 신과 가까이해 정신을 끌어올리며 사는 길이다. 그러므로 신을 가까이하는 사람은 생존경쟁은 쓸데없는 것이 되고 근심이나 좌절은 마음에 생길 수가 없다.

이 두 가지 방법의 중간에서 갈팡질팡하는 생활은 항상 부족함의 결과밖에 안 생긴다. 많은 사람이 이에 대해 끊임없이 불평을 늘어놓는 것을 생활양식으로 삼고 있는데 이거야말로 그 상태를 바꿀 수 없는 어리석음의 극치이다. 그들은 신을 상대로 동시에 세상을 상대로 부단히 싸우고 너무 많은 힘을 빨리 소모한다. 그런데도 오늘날에는 이것으로 악인이 되는 것도 아니며 단호히 선인이 되고자 하지 않는 인류의 대부분 생활이다.

단테는 이 같은 사람들을 '지옥의 입구'에 놓았다. 이것은 그들 마음의 불안과 양쪽의 강한 동료들의 경멸에 골치를 앓는 끊임없는 음울한 상태를 가리키는 것이다.

"정의와 은총에서 그들은 멸시당한다.
우리도 그들에 대해 말하지 말고 그저 보고 지나치자."

—단테 ≪신곡≫ 〈지옥 편〉 제3곡 50, 51

무슨 일이 있어도 이런 사람들 축에 끼이는 일이 없도록 서둘러 단호히 결심하라(이사야 61:1~3, 10, 히브리서 10:35~39, 요한계시록 3:12, 15, 21:7, 8, 헤른후트 찬미가 978).

똑같은 밤과 낮

이제 연장은 망가졌나이다.
가장 어려운 일이 이루어지고
내 모든 행위는 무(無)로 잠겨 버렸나이다.
주여, '당신의 행하심'은 언제 시작되나이까.

깊은 꿈속으로부터 서서히
하나의 모습이 나타나 보인다.
아득한 저쪽에서 소리가 들린다.
"참아라, 소망은 곧 이루어지리라."

내 마음이여, 너는 죽음도 생명도 아니다.
조용한 신뢰에 충만해 있다.

너는 어둠도 빛도 아니다.

가슴이 설레는 새벽 어스름이다.

10월 2일

인생에 있어서 무엇보다도 먼저 알아야 하는 것은 '자기가 무엇을 꼭 성취하고 싶은가'라는 것이다. 그리고 드디어 그것을 알아냈다면——사람은 그것을 위해 보통 생애의 절반 이상을 소비한다—이 목표와 함께 수단도 마련해야 한다.

그러므로 신에게 몸을 맡기고 신이 믿는 사람——이것은 크리스천이라는 말을 일반적으로 알기 쉽게 바꿔 말한 것이다——이 되고 싶다면 고난을 원해야 한다. 그리고 인간의 자연 그대로의 마음이 구하는 안일한 향락을 원해도 안 된다. 이런 고난은 무턱대고 닥치는 것도 아니다. 또 신과의 사이가 절대 흔들리지 않는다면 언제나 걱정과 절망이 없어지므로 많은 것을 견딜 수 있다.

자기의 재능을 높이고 그것을 노년에 이르기까지 유지하고 싶다면 선한 일을 많이 해야 한다. 이것이 가장 확실한 방법이다. 또한 올바른 활동을 하기 위해서는 보다 완전한 사람이 되는 도리밖에 없고 더욱 완전한 사람이 되기 위해서는 선한 일에 익숙해지는 도리밖에 없다. 단순한 지식이나 사색만으로는 안 된다.

10월 3일

나는 지금까지 점을 쳐본 일이 한 번도 없다. 도리어 이런 신비로운 것에는 항상 혐오하고 있었다. 그런데 나는 아무것도 하지 않았는데 뒤에 죽은 사람들이 내 생애의 중대한 시기에 뭔가 눈앞에 변화가 다가오고 있다고 예고해 온 일이 몇 차례 있었다.

그러나 이런 사람들도 항상 그것을 의도하여 미래를 예견한 것이 아니라 뜻하지 않은 사건으로 우연히 그들에게 그런 예견이 나타난 것뿐이다. 그러므로 이런 예언이라면 있을 수 있는 일이라고 생각된다(민수기 23:23).

10월 4일

현대인이 기독교라는 영속적인 마음의 평안에 이르는 길에 등을 돌리는 것은 기독교 본래의 증거로 인한 것은 아니다. 더구나 그들은 이 종교를 그 첫째 전거(典據)——성서를 말함——에서 정확히 아는 것을 전혀 하지 않을 때도 있다. 또 그리스도가 너무 엄숙하기 때문만은 아니다. 그들 중에는 그로 인해 위안에 찬 확신이 얻어지고 그들에게 빠져 있는 영혼의 평화와 건강까지 얻게 되어 어떤 뼈아픈 노력도 아끼지 않을 사람이 적지 않다.

아니 그들에게 반감을 품는 이 종교와 관계하고 있는 인간들이다. 특히 온갖 비난을 받아 마땅한 각 종파의 공적인 성직자, 또는 어릴 때부터 진절머리 나는 추억으로 무미건조한 교의(教義)와 이교(異教))의 정책보다 좋다고 여기지 않는 기독교 국가의 정책, 그들 귀에 진부하고 불쾌하게 들리는 가나안 지방의 말, 그리고 종파 조직, 집집이 이따금 빵을 나누어 먹는 가정 예배, 뒤에서 말을 주고받고 남을 헐뜯는 행위, 도에 넘치는 개인 숭배——비록 그것이 정당한 것일지라도——가 일찍이 유다와 초기의 제자들을 노하게 했다(마가복음 14:4~10 참조).

'같은 종파'가 아닌 모든 사람에 대한 경멸 등 그 밖에도 여러 가지가 있다. 그러나 당신이 이와 비슷하게 생각하더라도 이런 이유로 해서 어떤 훌륭한 것을 거부해도 좋은지 한번 잘 생각해 보라. 특히 현대처럼 국가도 교회도 신앙을 강요하지 못하는 시대에는 신앙에 전혀 필요치 않은 모든 형식을 떠나 직접 그리스도에 접근할 수 있는 것은 아닐까. 그것은 지금 살아 있는 어떤 사람과 사귀려 할 때 그의 모든 가족 관계에 개의치 않는 것과 같다. 아니 그보다도 훨씬 쉬울 것이다. 그 점을 잘 생각해 보라. 먼저 '그 주변에 매달려 있는' 모든 것을 제거하라. 그래도 꺼림칙하게 여겨지거든 오늘날의 교회에 의지하지 않아도 좋다. 그러나 진심으로 소원을 담아 "주여, 저를 도와주소서"라고 말하라. 이 기원은 이미 많은 사람을 구제해 왔다. 특히 현재 신경쇠약이나 히스테리라고 불리는 모든 병에 이것이 유일한 근본적 치료법이다. 그러나 의지력이나 사고력이 없어질 만큼 병이 심해지기 전에 때를 놓치지 않고 거기에 이 요법을 적용할 때만 한해서이다(마태복음 11:28~30, 12:20, 32, 43~50).

10월 5일

인간이 신에게 바칠 수 있는 유일한 선물은 인간의 의지이며 신이 그 가치를 인정하는 것도 이 선물뿐이다——그 밖의 것은 예외 없이 신이 주셨던 것들이다――그리고 인간이 이 의지를 완전히 신께 바친다면 그때 신은――이렇게 말하면 불손하게 들릴는지 모르지만――자기 뜻을 인간의 것으로 하고 인간의 모든 소원을 이루어 주신다. 그러나 이 기원 자체도 신에 의해 인도된다. 이렇게 되면 인간은 간청해서 받아들이기만 하면 된다. 또 신 스스로가 시편 81:10에서 "네 입을 넓게 열라. 내가 채우리라"라는 말씀으로 인간에게 그것을 촉구하고 계시다.

우리가 다소라도 알고 있는 신은 무한한 사랑이 충만하신 분이다. 그리고 신의 소원은 자신이 인간에게 있어서 중요한 것이며 동시에 일체라는 것이다. 그리고 인간의 연약한 본성을 해치지 않는 한 되도록 많은 것을 이 지상의 인간에게 나누어 주는 것이다. 그러나 유감스럽게도 인간의 연약한 본성이 한 번에 견디어낼 수 있는 행복은 아주 '근소한' 양에 불과하다.

10월 6일

기독교가 모든 불건전한 것과 병적인 것을 극복하기 위해서는 그 자신이 끝까지 건전해야 한다. 그 병적인 것들은 치유를 구하려 하고 형편없이 비만해져 끊임없이 기독교로 몰려오기 때문이다.

이것이 바로 그리스도가 자주 제자들에게서 떠나 혼자 산상에서 새로운 힘을 구해야만 했던 이유이기도 하다.

그러므로 특히 정신병자의 무리가 끊임없이 찾아오는 틀에 박힌 '기도원'의 자세는 그것과는 아주 정반대이다. 그래서 그곳에 오랫동안 있으면 그 누구도 해를 입지 않고 이것을 견디어낼 수는 없다.

10월 7일

인간이 일단 완전하게 사랑의 나라로 들어가면 이 세상이 아무리 불완전할지라도 아름답고 또 풍성한 곳이 된다. 왜냐하면 이 세상은 모두 사랑의 기회로 충만해 있기 때문이다.

10월 8일

신의 질서에 따라 생각하면 인간을 지배할 합법적인 지배자가 자기 일은 조금도 염두에 두지 않고 오로지 모든 사람의 종이 되는 데에 있다. 이 밖의 합법성은 모두 잘못이다. 또 모든 지배자는 이에 따라 비판되어야 한다.

10월 9일

기독교 전체를 간단한 말로 정리하고 이해하려면 그것은 요한복음 제3장에 내포되어 있다. 그런데 이 가르침에 대해서는 거의 2천 년 전과 같은 오해가 기독교 세계의 한가운데 있는 우리 사이에 지금도 존재하고 있다.

오늘날에도 어떤 교회의 정통적 교의(教義) · 학문 · 박애 사업이 인간의 본성을 바꾸지 못하는 이상 우리가 참된 생명에 이르는 것을 충분히 도울 수 있는 것은 아니다. 다시 말해 기독교의 요구가 인간에게 자연스럽고 모든 자연스러운 것과 친숙하고 자명한 것이 되어야만 한다. 그러면 사람은 기독교의 요구에 생각하고 결심할 필요가 일절 없게 된다. 반대로 기독교에 반하는 것은 자연히 혐오를 일으켜 참기 힘들게 될 것이다. 거기까지 이르면 요한이 자기 경험의 첫째 편지 요한1서에 분명히 주장하고 있는 것——신이 명령하신 일은 조금도 어렵지 않다는——으로는 믿어지지 않는 진실이 되어간다. 왜냐하면 이미 자연스러워진 것은 별로 어렵지 않은 법이기 때문이다.

앞에 말한 것을 잘 생각해 보라. 당신도 거기까지 도달해야만 하며 또 실제로 도달할 것이다. 그것이 인생의 목적이다. 거기에 도달할 때까지 나와 함께 걱정을 떨쳐 버리고 기독교의 친구이며 제자라 생각하라. 그리하면 우리는 대단히 좋은 길동무가 될 수 있다. 왜 그런지 나는 내 생애에서 온전히 자연스러운 기독교인을 그다지 많이 만나지 못했기 때문이다. 그러나 그와 같은 기독교인들——아주 진실하게 경의를 표한다면——은 가톨릭과 프로테스탄트의 두 파로 거의 등분되어 있으며 남성보다는 여성이 더 많다.

10월 10일

'그리스도론'은 사실 기묘한 말이다. 이런 것과는 주저 없이 인연을 끊는 것이 좋다. 왜냐하면 그리스도가 우리와 같은 생활 조건을 가진 인간이라면 특별한 그리스도론 같은 것은 필요하지 않다.

그의 생애와 사업을 설명하는 데는 좋은 전기만 있으면 그것으로 충분할 것이다. 그러나 아무도 그러한 전기를 쓰고 있지 않다.

그러면 그리스도는 우리와는 다른 특별한 사람으로 적어도 그 이

전에 또 그 이후에도 절대로 없을 것이다.

더 적절히 말하면 절대로 있을 수 없는 방법으로 신에 의해 영적인 생명이 주어졌다면 그리스도의 본성과 그 이중성——신과 인간의 이중성——을 설명하기 불가능하다.

이에 대해서는 그리스도 자신이 그야말로 명료하게 되풀이하여 언급하였으며 그것에 대해 설명하기를 거부하였다. 그렇지만 그리스도는 그 본질에 대해 그릇된 관념을 지닌 사람이 있음을 부정하지 않았다.

이 문제는 그리스도에 대한 성실한 사랑만큼 중요하지 않다. 이른바 그리스도인 대다수가 그리스도의 본성에 대해 알지도 못한 전통적인 교의에 겁을 먹고 기독교에서 떠나는 것이다.

이와 같은 교리문답의 공식을 너무 염려하지 않는 것이 좋다. 오히려 그리스도가 스스로 자기에 대해 언급하는 것에 의지함이 좋다. 물론 신앙에 바탕을 두고 말이다. 왜냐하면 그 어느 시대에도 그랬듯이 오늘날에도 이 이상의 설명은 불가능하기 때문이다(마태복음 5:20, 8:22, 11:27, 12:31, 32, 48~50, 15:7, 8, 14, 21:42, 44, 23:9, 10, 24:35, 26:63, 64, 27:43, 63, 28:18, 마가복음 3:28, 29, 13:31, 32, 누가복음 5:17, 7:23, 9:50, 60, 10:22, 11:52, 요한복음 2:25, 3:36, 4:24, 5:22, 30, 6:37, 40, 51, 7:17, 38, 8:31, 32, 9:39, 10:30, 34~36, 11:26, 12:44~46, 14:10, 13, 23, 15:7, 26, 17:3, 18:37).

10월 11일

실제 고뇌와 고통에 대해서는 언제든지 신의 도움을 얻을 수가 있다. 그러나 자기가 상상했을 따름이고 또는 과장되게 생각한 고통에 대해서는 도움을 얻을 수 없다. 자기가 할 수 있는 데까지는 견디어야만 한다.

아무리 큰 성공에도 신은 반드시 한 방울의 쓴맛을 보게 한다. 그것이 당신을 해치는 일이 없도록 하기 위해서이다.

10월 12일

아무리 확고한 신앙이라도 때때로 되풀이해서 음미하고 동시에 흔들어 일깨워야 한다. 그렇지 않으면 신앙은 후퇴하기 쉽다. 그리고 단순한 교단(教團)의 형식적인 신앙으로 물들어 귀머거리가 다리가 불편한 사람을 이끄는 것과 같은 형국이며 키플링의 《푸룬 바갓의 기적(The Miracle of Purun Bhagat)》에 묘사한 추상적인 명상이 되어 버린다.

이런 신앙은 중세의 신비주의자에게 볼 수 있듯이 범신론과 비슷한 것으로 끝나거나 또는 '침묵과 일체에 대한 회귀(回歸)'를 인간의 가장 높은 목표로서 설파하고 있는 불모(不毛)의 바라문적(婆羅門的) 지혜로 귀착하기도 한다.

인간은 항상 연약한 존재이므로 어쩌다 하루쯤은 신앙의 생활과 보통의 생활과의 차이를 타인뿐만 아니라 자기 자신이 실제로 경험해 보고 신앙생활의 가치를 다시 평가하는 것은 좋은 일이다. 이렇게 가끔 음미하지 않으면 확고한 신념은 생기지 않는다(히브리서 6:11, 12, 12:3~6, 29, 요한계시록 2:10, 21:6~8, 이사야 38~45).

10월 13일

진실을 말한다는 것은 진실에 대해 열심인 많은 '율법 학자'들이 생각하는 만큼 그리 쉽지는 않다.

우선 첫째로, 아직 그 사람의 사상과 철학이 이 세상의 사물에서 강하게 영향받는 동안은 진실이 전혀 보이지 않는 것이다. 그러므로 그리스도의 말씀은 당시의 율법 학자들의 말과는 다르게 들렸다(마태복음 7:29, 요한복음 7:46, 잠언 20:12).

다음으로, 자기가 알고 있는 진리라 하더라도 그것을 아주 정확하고 간결하게 조금도 과장 없이 말하기는 쉽지 않다. 모든 오해나 논쟁은 그 자체가 승인된 사항을 공식화할 때 표현상의 잘못으로 생긴다. 이 이유만으로 '신의 말씀'은 범속한 인간의 말과는 다르다. 이것은 성서의 말씀과 인간의 말을 병행해 말하는 설교에서 가장 확실히 알 수 있는데 이 책에서도 그것은 마찬가지이다(잠언 30:5, 6, 시편 12:7).

마지막으로, 우리는 너무 빠르고 너무 많은 말을 하고 있다(잠언 29:20, 전도서 5:1, 2, 야고보서 1:19).

현대에는 모든 것이 그것을 쓰고 있는 본인마저 확신하기 전에 신문 · 잡지 · 협회지에 발표된다. 모든 사상이나 연구가 아직 태어나지도 않은 어린싹이 저마다 발표 '기관'을 갖지 않고는 못 배기며 그 때문에 어린싹은 종종 질식해 버린다.

그러나 '율법 학자'들은 주관적 진실만을 구하고 있다. 다시 말해 그들이 확신으로 말하는 것을 요구함에 불과하다고 하지만 그들이 잘못 알고 있거나 미숙하면 큰 해를 끼칠 우려가 있다. 또 그들은 자기 신념이 단순한 편견에 불과한 때도 있다는 것을 잊어버리고 있다. '거짓말'을 하지 말라. 즉 보다 나은 지식에 반대되는 말을 하지 말라는 아주 소극적이지만 의심할 여지 없는 도덕적 요구이다. 반대로 진실을 말한다는 것은 그것과는 전혀 다른 것으로 이것은 명령할 수 없다. 우리는 진실을 말할 수가 있어야 한다. 그러나 그것은 오랫동안 거짓말을 해 온 사람이나 현대의 사교계에서 흔히 볼 수 있는 세상의 일반적인 거짓된 분위기에 사는 사람은 불가능하다. 이것을 통감하는 사람은 많으나 그래도 진실을 말할 수는 없다. 그리고 그들의 단순한 도덕론으로는 이 감옥에서 헤어나지 못하는 것은 분명하다.

10월 14일

'원수를 사랑한다'라는 말은 기독교 교의(敎義)가 큰 자랑으로 삼는 아름다운 말이다. 그러나 기독교도 사이에서 원수를 사랑하는 것을 흔히 볼 수 있는 것은 아니다. 사실 원수를 사랑한다는 것은 우리가 신과 맺어짐으로 인간을 두려워하는 습관을 버렸을 때만 일어나는 것이다. 그럴 때 비로소 우리의 생애에서 원수가 큰 역할을 이룩해 주었음을 깨닫고 상대가 이쪽의 기분을 오해하지 않는다면 그에 감사하고 원수를 끌어안을 수도 있는 그런 기분이 되는 것이다.

10월 15일

기도하려고 할 때는 먼저 자기가 '가지고 있는 것'에 대한 감사로서 시작해야 한다. 그러면 마음이 기도하고 싶은 기분으로 이끌린다. 그런 다음에 자기 의지를 신에게 맡기고 마지막으로 그날 하루를 위해 신앙과 사랑을 기원한다. 그러고 나서 눈앞의 필요한 일을 기도해야만 한다. 자기 의지를 신에게 맡겼을 때만 우리의 기원에 신이 귀를 기울여 주신다는 것을 충분한 확신으로 기대하는 것이 허용된다. 그렇지 못하면 역시 자력에 의지하는 도리밖에 없다.

그러나 자기 의지를 신에게 맡기고 신의 틀림없는 이끄심을 굳게 신뢰하면서 자기 멋대로 미래를 예견하지 않고 한발 한발 미래의 어둠 속을 나아간다면 이 세상에서 가능한 인생의 확고하고도 조용한 행복이 시작되는 것이다(출애굽기 22:20~22, 25, 27, 30, 헤른후트 찬미가 1009).

10월 16일

'성실'은 본래 가장 아름답고 가장 중요한 특성이다. 그것은 동물까지도 고상한 것으로 만들며 그들을 인간적인 가치와 품위로써 승화시킬 정도이다. 그러나 '성실'이 빠져 있을 때는 아무리 훌륭한 재주와 교양있는 인간이라도 사회에 있어 위험한 야수에 불과하다.

10월 17일

그렇다, 이 세상에는 많은 '비참'이 있다. 그러나 올바른 곳에 도움을 구한다면 그에 대한 마음 든든한 도움도 적지 않다. 그리고 거부하지 않는다면 마지막에는 완전한 구원도 주어진다.

인생의 행복과 불행을 결정하는 것은 외적 상황이지 내적 소인(素因)이 아니라고 믿는 것은 대다수 불행한 사람들이 빠져 있는 숙명적인 잘못이다. 극단적인 예를 들면 문명국의 죄수들은 극히 단조로운 생활이기는 하지만 그래도 걱정 없이 겸손과 순종의 의무를 다하면서 살고 있다.

끊임없는 근심에 시달리고 충족되지 않는 욕구 속에 증오와 분노를 가슴에 담고 신을 믿지 않고 명령에 반항하며 사는 많은 자유인보다 신을 믿는 그들이 도리어 낫다고 할 수 있다.

'신도 없고 지배자도 없다'라는 무정부주의자들의 신조도 그들의 심리적 지식의 빈곤을 나타냄에 불과하다. 왜냐하면 그런 상태야말로 인간이 가장 견디기 힘든 것이기 때문이다. 이런 자유는 머지않아 인간에게 참을 수 없는 공허가 되고 거기서 빠져나와 다시 타인과의 결합으로 일종의 예속 상태를 구하게 된다. 그런데 그 상태는 흔히 다른 윤리적 · 사회적 질서로 인한 속박보다 훨씬 가혹하다.

10월 18일

제노바 성녀 카타리나가 "자신의 악한 부분――자아(自我)――은 자기 이름을 부를 때마다 기뻐한다"라고 말한 것은 진실이다. 자아는 비난을 섞어 부를 때마저도 기뻐하는 것이다. 우리는 이제 자신에 대해 생각하지 말 것이며 그 뜻에서 자아를 완전히 버리는 것에 스스로 익숙해지도록 만들어야 한다. 그러나 그것을 가능하게 하려면 그에 앞서 인간 본성의 깊은 타락을 경험으로 알아야 하고 또 이것과 다른 생존의 실제 가능성이 자기 자신에게 나타나는 것을 경험으로 알아야 한다.

모든 인간에 관한 운명의 비밀은 성녀 카타리나의 다음의 말에 표현되어 있다. "인간의 영혼은 사랑하고자 하며 사랑으로 축복받고자 원한다. 조물주도 인간을 그렇게 정하시었다. 인간이 사랑의 충동을 변천하는 것에 충족할 수 있다고 생각한다면 그것은 자신을 속이는 것이다. 그리고 최고의 선(善)인 신을 구하지 않고 자기에게 주어진 귀중한 시간을 그와 같은 어리석음으로 허무하게 보내고 있다. 인간은 신에게만 진정한 사랑과 성스러운 기쁨을 발견하고 완전한 만족이 주어질 터인데도." 사실 그렇다. 그러나 그것을 진정으로 믿기는 어렵다. 그러기 위해서는 큰 고난의 시기가 필요하며 그것을 견뎌낸 다음에야 비로소 욥기와 더불어 다음과 같이 말할 수 있다. "내가 주께 대하여 귀로 듣기만 하였더니 이제는 눈으로 주를 뵈옵나이다(욥기 42:5)."

'폴리크라테스의 반지'[1]는 심리적으로 아주 타당한 생각을 지닌 이야기이다. 물건을 소유하는 만족에서 벗어나고자 생각한다면 가장 사랑하고 있는 것을 버려야 한다. 그러면 그 밖의 모든 것에 대한 집

---

1) 고대 그리스의 전설. 사모스섬의 왕 폴리크라테스는 너무 많은 행복을 얻었으므로 신의 질투를 두려워하고 가장 사랑하는 반지를 바다에 던졌다. 그런데 그 반지가 이상한 사건으로 인하여 다시 왕의 손으로 돌아왔다는 이야기. 똑같은 제목의 실러의 서사시가 있다.

착이 사라진다. 많은 사람에게는 이와 같은 집착이 재물 · 가옥 · 장서 · 수집품 · 회화 · 기타의 비싼 물건들에 대한 노예로 전락할 수 있다. 다른 점에서는 무척 선량하지만 '그러나 그 영혼이 먼지에 싸여 있다(시편 119:25).' 이런 사람들에 대하여 단테는 ≪신곡≫ 〈연옥편〉 제19곡에서 법왕 하드리아누스 5세――제노바 피에스키가(家) 출신――의 모습을 통해 놀랄 만큼 훌륭하게 그리고 있다.

10월 19일

무릇 신을 믿고자 생각한다면 무엇보다 먼저 신의 정의와 사랑을 굳게 믿어야 한다. 왜냐하면 신에게 그런 속성(屬性)이 없다면 신은 우리에게 하나의 재앙이며 그것도 더 없는 큰 재앙에 불과할지도 모른다. 그렇게 되면 틀림없이 신은 존재하지 않는 편이 낫다고 생각할 것이다. 이거야말로 생각할 수 있는 범위 안에서의 큰 모독이다. 이것은 이치상으로도 분명한데 그런데도 우리는 늘 자기 운명의 어딘가에 불만을 품고 있으므로 날마다 그와 같은 모독의 죄를 범하고 있다.

10월 20일

나는 처음에 기독교를 다소 실제적으로 그것도 군 복무에서 유추(類推)하여 이해하고 있었다. 그래서 내가 제일 흥미를 갖는 사도는 베드로나 바울이 아니라 가버나움의 백부장(누가복음 7:1~10)과 백부장 고넬료(사도행전 10:1~48)였다. 나는 그 범위 안에서 '구세군'

은 현대의 요구들과 어느 정도 모든 시대의 요구까지 능동적으로 파악하고 있다고 믿는다.

이 지상 생활은 우리의 평소 기분이 필연적으로 인내를 요구하게끔 되어 있다. 그러나 일단 그때가 당도하면 민첩함과 역동적으로 행동할 수 있어야만 한다(예레미야애가 3:22~33).

10월 21일

욥기에 대하여. 욥은 최초에 무슨 일이 있더라도 그의 벗인 신에게 굳게 의지하고 매달리고자 결심하기에 이르러 마음의 평안을 얻었다. 그러나 그때는 아직 신을 보기 전이라 다만 그렇게 믿고 이 결심을 했을 따름이었다. 그렇지 않다면 그가 고난에서 해방될 때 그것은 그를 해치고야 말았을 것이다. 다음으로 그는 아직 신의 정의를 보지 못했지만 그래도 선인이나 악인에게 한결같이 이루어지는 세상 통치에서 신의 정의를 의심할 수 없었다.

마지막으로 그는 자신의 고난이 신의 뜻이 있다는 설명밖에 주어지지 않았지만——그 고난마저도 신에게서 부여받은 선한 것——언제나 그의 구원에 소용되는 것으로서 진심으로 받아들여야만 했다. 욥이 이처럼 신의 정의에 무조건 복종한 후 어느 해석자가 말하고 있듯이 "이 신앙을 확증하신 인내자 욥에 대해 신이 풍성한 은혜를 나타내시는 데 하등 거칠 것이 없었다. 싸움은 이미 끝났다. 승리의 포상은 이제 그에게 주어짐이 마땅하다."

그를 오해하고 경멸한 자들——이른바 친구들——에 대해서도 신은 영적으로 높아져 의롭게 여긴 사람 때문에 용서를 마련하셨다. 그 자신이 이것에 마음 쓸 필요는 없었다. 오히려 바라던 이상의 상태에 놓였다. 즉 그들은 욥의 중재 없이는 신이 용서하지 않으시므로 그를 찾아가서 그 중재를 구하지 않을 수 없게끔 신에 의해 강요되었다. 이 같은 일은 오늘날에도 가끔 일어나는 것이다.

10월 22일

요한복음 4:24, 6:65, 9:39, 14:6[2]에 대하여. 우리는 이 세상의 생활에서 신이 무엇인지 알 도리가 없다. 마찬가지로 그리스도나 성령이 무엇인지 알 도리가 없다. 이에 대해 교리문답서나 교리 교본에 쓰인 모든 것은 다소라도 올바른 구성력을 가진 인간의 관념에서 나온 것일 따름이다. 그러므로 많은 사람은 그들보다 터럭만큼도 더 아는 게 없는 어느 교회 교사의 견해를 듣더라도 이해되지 못하므로 신이나 그리스도나 성령의 존재에 대한 것 따위는 집어치우지 않을 수 없었다. 만일 우리가 신의 확실한 존재에 대하여, 그리스도에 대한 신앙의 힘에 대하여, 또 우리의 영과는 다른 영의 본성에 대하여 우리 자신의 경험을 갖지 못했다면 그와 같은 인간적인 교조(敎條)에 대한 죽은 교회 신앙 이외의 것을 가질 수 없었을 것

---

2) 요한복음 4:24, "하나님은 영이시니 예배하는 자가 신령과 진정으로 예배할지니라." 6:65, "내 아버지께서 오게 하여 주지 아니하시면 누구든지 내게 올 수 없다." 9:39, "내가 심판하러 이 세상에 왔으니 보지 못하는 자들은 보게 하고 보는 자들은 소경되게 하려 함이라." 14:6, "내가 곧 길이요 진리요 생명이니 나를 말미암지 않고는 아버지께로 올 자가 없느니라."

이다. 사실 어느 시대에나 많은 사람의 신앙은 그런 것이었으며 지금도 역시 그러하다.

그 같은 신앙으로 만족하고 싶지 않다면 그리스도의 말씀에서 출발하여 그리스도가 이러한 초자연적인 것에 대하여 생각했던 대로 또 생각해 주기를 바랐던 대로 견해에 도달하고자 노력하고 그것에 굳게 의지해야 한다. 그리고 많은 사람의 안심을 위해 덧붙이면 '신앙고백' 속에 담긴 교회의 공식적인 말은 그런 공식으로 표현할 수 있을 정도로 진리에 가까운 것이다. 그래서 그것에 의지하면 순전한 사도(邪道)로 빠지는 일은 없지만 거기에서 어긋날 때는 위험한 길에 빠져 일반적 승인을 얻을 수 없다.

성령은 그 밖의 훌륭한 많은 기독교인에게 아직 친해질 수 없을 뿐 아니라 약간 무섭고 기분 나쁜 것이다. 이것은 항상 파수를 게을리 하지 않는 살아 있는 진리의 영으로 있는 그대로의 인간이나 사물을 보는 것이다. 모든 인간관계에 따라다니는 순전한 거짓이나 또는 허위에서 빠져나오기 위해 우리는 이 영을 부여받아야 한다.

그러나 이 영이 깃들었던 사람 중에서 그것이 어떤 열매를 맺었는가에 대해 당신 스스로가 바울의 갈라디아서 5:22[3]을 참조하라. 그리고 그에 따라 이 영이 당신이나 다른 사람의 내부에 깃들고 있는지 어떤지를 쉽게 판단할 수 있다. 또 그 영이 자리 잡지 못하거나 미약할지라도 역시 당신은 그로 인해 이미 '신의 자녀'이며 확실한

---

3) "성령께서 맺어 주시는 열매는 사랑과 기쁨과 평화와 인내와 자비와 선행과 진실과 온유와 절제이니 이 같은 것을 금지할 법이 없느니라."

선의 길을 걷고 있다. 그것을 사도는 같은 편지 3:26[4]에서 결점이 많은 갈라디아인에게 말하고 있다. 그것은 우리에게 마음이 약해졌을 때 큰 위안이 된다.

대다수의 불행한 사람들은 그들이 '구원'받고 있는지 아닌지에 대해 여러 가지로 생각에 잠기는데 이런 생각은 자신감(自信感)이 넘치는 것과 마찬가지로 해로운 것이다. 더욱이 이 같은 불안은 이따금 생각이 모자라고 너무도 열심인 참회 설교사들과 성서나 교리문답서의 각 장구(章句)의 오해로 한층 더 심해지는 일이 있다.

이 점에 대해 성서에 나와 있는 가장 확실한 말은 누차 언급했듯이 요한복음 6:37[5]과 마태복음 11:28[6]에 내포되어 있다. 이때에도 성실히 구하는 자에게는 어떤 예외도 없다. 만약에 그리스도의 말씀――다른 사람의 말이 아니라 사도나 예언자의 말까지도 무조건이 아니다――을 완전히 이해하고 거기에 완전히 동의한다. 자기 안에 그에 대한 반항심을 조금도 느끼지 않는다면 이것이 자연의 감정에 있어 가장 확실한 구원의 표적이다. 그리고 그 뒤 그리스도의 모든 행적이나 말씀에서 다른 모든 역사적 현상보다 더 잘 이해할 수 있다. 또 그리스도의 모든 제자나 그 뒤의 교부들, 고전 작가와 고대

4) "너희가 다 믿음으로 말미암아 그리스도 예수 안에서 하나님의 아들이 되었나니……"
5) "아버지께서 내게 주시는 자는 다 내게로 올 것이요, 내게 오는 자는 내가 결코 내쫓지 아니하리라."
6) "수고하고 무거운 짐 진 자들아, 다 내게로 오라. 내가 너희를 쉬게 하리라. 나는 마음이 온유하고 겸손하니 나의 멍에를 메고 내게 배우라."

위인들, 중세의 신비가나 종교개혁자, 또는 근대의 철학자나 신학자들보다 그리스도를 더 잘 이해할 수 있는 그런 경지에 이를 수가 있다. 본래 이것만이 완전한 기독교인 것이다.

10월 23일

아침에 눈을 뜨자마자 곧바로 오늘도 자기가 져야 하는 십자가를 생각하면 그것이 자기에게 너무도 무거운 것처럼 생각되는 일이 종종 있을 것이다. 또 그날이나 미래에 대체 무슨 일이 일어날 것인가를 상상하면 모든 감정 중에 가장 불쾌한 공포감에 쉽게 사로잡히는 일이 있다.

그러나 오늘도 우리를 깨워 주신 신의 은총을 생각하고 또 신의 나라를 위해 이룩해야 할 봉사에 대해 생각한다면 활동적인 인간은 그로 인해 자기가 할 수 있고 또 허락되는 일을 가슴에 새기고 용솟음치는 기쁜 감정이 온종일 지속될 것이다.

10월 24일

뛰어나게 훌륭한 사람들마저 그 생애의 대부분을 그들이 받아서 마땅한 것보다 더 많은 좋은 것을 누리고 있다. 그리고 대다수 사람은 대체로 전 생애에 걸쳐 실제로 그러하다.

그러나 극히 일부의 사람들은 신이 그들에게 적게 부여하는 은총과 관용이 아니라 오히려 공정한 입장에서 신이 과단성 있게 할 수 있으면——그래도 그들이 곧 절망하여 신에게서 등을 돌리는 일이 없다면——그것은 이 사람들의 생애에서 가장 중대한 시기다. 이것은 신이 그들에게 부여하는 최대의 영예이지만 그들은 그것을 조금도 이해하지 못하고 거부하는 일마저도 종종 있다. 예언자 이사야가 "시온은 공평으로 구속이 된다(이사야 1:27)"라고 말한 것은 이것을 의미한다. 또 그리스도의 수난에 의한 만인의 구제라고 하는 것의 철학적(哲學的) 이해도 그 것에 있다. 그러나 이 대표적 정의는 역시 여전히 은총으로서 공정한 것은 아니며 그 근본에 가로놓인 문제는 아직 해결되고 있지 않은 것이다.

10월 25일

사람은 인생의 어느 시기에 한 번 악의에 찬 중상(中傷)이나 비방(誹謗)에 와신상담(臥薪嘗膽)한 후 남의 칭찬하는 말을 거의 받아들이지 않게 된다. 이 같은 영혼의 오점은 장미의 향수로도 씻어 버릴 수 없다. 영혼을 되살리는 신만이 정의의 불로 그것을 태워버릴 수 있기 때문이다.

아무튼 시시한 인간의 하찮은 칭찬 따위는 악의가 불타는 화살을 맞아 지우기 힘든 상처를 남겼던 마음의 심층까지는 절대로 통하지 않는다.

10월 26일

괴로워하고 번민하는 사람은 스스로 고생한 일이 없는 사람들을 절대로 신뢰하지 않는다. 만일 우리의 그리스도가 십자가에 못 박혀

죽지 않고 그의 생애 초기의 목가적인 상태가 비극적인 결말도 없이 그대로 계속되면 그리스도의 일생은 하나의 '아름다운 이야기'로 그칠 것이다. 그리고 가난한 사람이나 슬픈 사람의 구세주는——만일 그 무렵 그런 사람이 있었다면——아마도 바울이었을 것이다. 그래서 "이런 일이 있으리라(마태복음 26:54)"라고 한 그리스도의 말씀은 그 희생을 신과 관련시키지 않고 인간의 본성과 사고방식만을 고려하고 순전히 인간적 · 심리적으로 해석해도 아주 깊은 뜻을 지니는 것이다.

이것은 지금도 그러하다. 진정한 관(冠)은 고위층에 이르기까지 모두가 가시의 관이다. 그 이외의 관은 선택된 사람이나 자신이나 또 그 사람에게 지배되고 지도받는 사람들에게도 좋은 효과를 주지 못한다.

10월 27일

사교에서도 다른 많은 일에 있어서 마찬가지로 오직 절도를 지키는 것만이 올바른 태도이다. 그 누구도 끊임없이 사람과 교제하고 있으면 정신적인 피해를 보지 않을 수 없다. 그리스도 자신도 때로는 사람과의 교제를 그만두고 아버지인 신과 단둘이 있어야 했다. 항상 사람들에게 에워싸여 시달리는 일이 많은 성직자 · 교사 · 공공시설 책임자들도 힘이 떨어짐을 확연히 느낄 수 있다. 블룸하르트도 결국 너무 많은 사람에 에워싸였던 그 생애의 마지막에 '비참 속에 묻혔다'라고 탄식했다. 절대 그런 식으로 되어서는 안 되며 그것은 절대로 그리스도를 본받는 것이 아니다. 그래서 많은 사람이 용솟음치던 힘을 잃어버리고 '짠맛을 잃은 소금(마태복음 5:13)'이 되어 버린다(누가복음 5:17, 14:34, 마가복음 8:36, 요한복음 7:38).

이에 반하여 고독을 사랑하는 성격도 건전하다고는 할 수 없다. 그러나 지금 우리는 인간과 지나친 접촉으로 더 괴로워해야 하므로 그 같은 성격을 관대히 봐주고 싶은 기분도 다분히 있기는 하다. 고독한 성격은 인간을 제멋대로 하고 세상을 어둡게 하며 선을 행하는 기력을 잃게 한다. 그러므로 우리는 성스러운 은자(隱者)들을 믿지 않는다. 그와 같은 성스러움은 너무도 손쉽게 얻어지는 것이기 때문이다.

누구든지 적당한 시기에 자기 성향이 어느 쪽으로 기울고 있는지를 알고 그와 반대의 성향도 촉구하도록 조처해야 한다.

특히 오늘날 여성들의 운명을 보면 너무도 한가하여 전혀 쓸모없는 존재가 되기도 하지만 또 다른 사람들은 너무도 시달리고 과로에 지쳐 있다. 그녀들의 건강상의 문제도 그러한 결함 탓이다.

뒤늦기 전에 전자에게는 뭔가 유익하고도 재미있는 일을 주고 후자에게는 휴양과 마음의 안정을 얻을 기회를 줌으로써 구해주는 것이 필요하다.

10월 28일

꽤 침착하게 관찰할 수 있는 사람에게 있어서는 어떤 인물에게서 받는 첫인상이야말로 가장 바르고 항상 표준이 되는 것이다. 침착성이 없고 냉혹한 마음, 교활한 눈초리, 신경질적이거나 또는 멈칫거리는 손, 육감적인 입과 밋밋한 턱, 일반적으로 얼굴의 상반보다 하반부가 더 발달한 얼굴은 숨길 도리가 없다.

여성에게 있어 순진한 표정——이것은 나이 든 부인에게는 많으나 오늘날의 젊은 여인에게는 흔치 않다——은 전혀 흉내 낼 수 없는 것으로서 이것은 남성에게는 고마운 일이다. 그런 표정이 빠져 있으면 무엇을 가지고도 메울 수 없다. 그러므로 여성에게 기만당하는 것은 자기에게도 책임이 있다.

이 순진한 표정을 갖지 못한 여성에게는 절대로 조심하라. 어떤 때라도 그런 여자가 당신의 생활에 크게 영향을 끼쳐서는 안 된다. 반대로 순진한 여성과의 교제는 정신적으로 매우 유익하다. 또 여성에게 가볍게 보이는 것은 언제나 나쁜 표적이다.

여성 쪽에서도 그릇된 문화나 교육으로 잘못되지 않았다면 어떤 남성이 똑똑한가를 분별하는 정확한 본능적 감각을 지니고 있다.

10월 29일

사람들은 보통 우리가 자기를 알고 있는 이상으로 우리를 잘 알고 있다. 일반적으로 모든 사람은 이 점에서 이익의 타산에 눈이 어두워져 있지 않다면 보통으로 생각되고 있는 것보다 훨씬 현명하고 정확하게 판단할 수 있다. 그들은 항상 입 밖에 내어 칭찬은 하지만 비난을 입 밖에 낸다고는 할 수 없다. 이런 점에서 특히 위안이 되는 어떤 잠언 작가가 한 다음의 말이다. "사람의 행위가 여호와를 기쁘게 하면 그 사람의 원수라도 그와 더불어 화목하게 하시느니라(잠언 16:7)." 그러나 이것만으로는 아직 원수에게서 그 사람을 충분히 지킬 수 있는 것은 아니다.

그리고 다음의 성구들을 참조하라. 창세기 20:6, 21:22, 26:29~31, 31:24, 33:4, 시편 109:29, 91:8~13, 84:5~7, 12, 71:7, 68:18~20, 66:10~12, 64:7~8, 60:12, 57:11.

어떤 비난과 비판이 반대에 직면해도 거기에 무슨 정당성이 있는가를 양심적으로 검토하여 거기에서 미래를 위한 이익을 뽑아내도록 해야 한다. 그러나 그 밖의 점에서는 특히 이쪽이 완전히 옳을 때는 침묵을 지켜야 한다.

신문으로 공격할 때는 우선 누가 그 말을 하느냐가 중요한 문제이다. 그것을 논하고 있는 것은 '신문'도 아니며 하물며 '여론'으로 된 것도 아니다. 도리어 특정의 한 인간에 불과하며 그가 제시한 견해는 앞으로 신문 독자들의 승인이 필요하다.

10월 30일

우리는 모두가 태어나면서 '진노(震怒)의 아들(에베소서 2:3)'이다. 이것은 자연 그대로 인간이 노년에 이르면 점점 확실히 나타난다. 그로 인해 많은 노인은 자신에게나 타인에게 거추장스러워진다.

절대로 연약해서가 아닌 진정한 온화와 친절은 더 나은 생활에 도달했다는 가장 완전한 증명이다. 그것은 자신의 생활이 '파멸의 황야'를 통과하여 혼인——신과의 친밀한 교제——이라는 약속의 땅에 이르렀을 때 비로소 그 사람에게 나타날 수 있는 경지이다.

그러나 이것에 대해 더 논하는 것은 무익하다. 그것은 다른 세계에서 들려오는 음성이며 그 음성에 대해 열린 귀는 아주 드물기 때문이다.

10월 31일

누가복음 11:36[7]에 대하여. 우리에게 일어나는 가장 좋고 또 가장 결정적인 것은 항상 번갯불과 같은 성질을 띠는 것이다.

그것은 은총의 광선이며 다른 세계에서 오는 빛의 번득임으로 진리의 통찰을 부여할 뿐만 아니라 동시에 적극적인 행위의 격려이기도 하다. 그러므로 그때 재빨리 결심하고 곧바로 실행하는 것이 인간이 해야 하는 임무이다.

그렇지 못하면 은총의 섬광은 이내 사라져 버리고 만다. 그러나 우리가 결심하면 그것은 마치 황금 날개를 가진 독수리처럼 넘기 어려운 장애를 뛰어넘어 우리를 데리고 위로 높이 올라간다. 천국으로의 길은 보통의 학습과 수양의 법칙으로는 전혀 헤아릴 수 없는 아주 독특한 길이다. 그러나 그것을 경험한 일이 없는 사람은 아무도 믿으려 하지 않는다.

---

7) "네 속에 있는 빛이 어둡지 아니한가 보라. 네 온몸이 밝아 조금도 어두운 데가 없으면 등불의 광선이 너를 비출 때와 같이 온전히 밝으리라."

낙엽

늦가을이 산과 골짜기를 돌아 스쳐 가고
나무들의 단풍잎이 떨어져 간다.
이 넓은 숲 어디에도
새들은 노래하지 않네.

얼마 안 가서 서리와 눈이
울긋불긋한 숲을 덮어 버리리라.
이번에야말로 슬퍼하지 않고 말할 수 있으리라.
"아, 좀 더 일찍 이리됐더라면 좋았을걸" 하고.

나는 타고난 본성을 원수로 했고
이미 그것은 벗어 던져 버렸다.
이젠 엄숙한 벗인 죽음이 찾아오고
그리고 그 뒤에 진정한 생명이 온다.

당신의 뜻은 내 마음이 되고 소요 뒤에 정적이 왔다.
드디어 내 영혼은 평안으로 들어갔다.
'흩어졌던 것은 맺어지고 없었던 것은 발견되었다'라고.
생명의 입김이 내게 속삭인다.

11월(November)

11월 1일

죽음에 대한 관념은 젊은이들에게는 대체로 두려운 것이다. 정상적인 상태에 있고 또 양심의 불안이 이에 가세하지 않는다면 죽음의 확실성이 증가함에 따라 두려움은 오히려 상실되는 것이다.

그와 같이 죽음은 매일 자고 깨는 과정과 별로 본질적인 차이가 없는 하나의 커다란 과도적 동작이라고 생각된다. 우리는 이 과정 자체에 대해서는 믿을 만한 보고를 하나도 갖고 있지 않지만 그것은 잠드는 과정을 아무도 정확하게 기억할 수 없는 것과 마찬가지이다. 그러나 근래의 유명한 작가——톨스토이——는 죽음이 다가올 때의 감정에 대해 다음과 같이 말하고 있는데 이것은 다른 많은 사람의 경험과도 일치한다. "나는 지금까지 죽음이나 삶에 관련해 지니고 있던 관념에서 점점 멀어져 갔다. 내게 죽음은 두려움의 대상이 아니라 삶의 이야기이며 삶은 죽음에 의해 끝나는 것이 아니라는 인식으로 나날이 다가갔다. 드디어 죽음을 참을성 있게, 아니 오히려 기쁨으로서 기다리고 바란다는 경지에 이르렀다. 저승에서 계속될 생명의 확신은 내 안에서 확고해졌으므로 모든 의혹은 힘없이 사라져 버렸다. 그리고 왕왕 갓난아기의 고고지성(呱呱之聲) 소리와도 같은 환희의 외침이 내 가슴에서 우렁차게 터져 나올 것만 같았다.

그지없는 행복감이 내 영혼을 채우고 나는 좋은 친구를 기다리듯 죽음을 기다리고 바랐다."

큰 실패를 저질렀을 때나 풀기 힘든 분쟁에 말려들 때는 왕왕 신이 내리시는 죽음이 모든 문제를 해결하는 유일하고 가능한 타개책이기도 하다. 그리고 많은 증오가 분노를 달랠 수 있는 조정자이다. 반대로 스스로 '죽고 싶어 함'은 인생의 어려움을 피하려고 하는 불성실한 수단이다. 그것은 서투르고 부정한 도박자가 카드나 체스의 말을 휘저어 섞는 것과 흡사하다. 우리가 이 인생의 부름을 받은 것은 거기에 흥미가 없다고 멋대로 인생에서 떠나기 위해서가 아니며 오히려 신이 적당한 때에 우리를 불러들일 때까지 자신이나 남에게 유익한 삶을 영위하기 위해서이다(욥기 5:17~26, 헤른후트 찬미가 132).

더구나 인생은 절대로 제멋대로인 죽음에 의해 끝나는 것이 아니며 그 뒤에 다른 훨씬 곤란한 생활이 계속될 것이다. 만일 그렇다면 우리는 어떤 때에도 인생을 멋대로 단절할 수 없는 것이다.

11월 2일

누가복음 16:19~31절에 나오는 영원한 잠——안식——에 빠진 사람들이 이 지상에서의 생활에 대해 확실한 추억을 가지고 이 세상의 생활에 뭔가 영향을 끼칠 수 있는지 아닌지 내가 아는 범위에서는 성서 어디에도 명백하게 언급되어 있지 않다. 앞에 누가복음의 이야기는 직접적으로 그것을 부정하는 것은 아니다. 그러나 이 이야기에서 이해되는 것과 또 자연의 논리에서 생각되는 좋지 못한 사람들이 무익하게 보낸 지상 생활의 삶을 틀림없이 깊은 후회로써 추억한다는 것이다.

이 세상에서 우연히 같은 시대에 살았던 모든 사람은——비록 은총을 입은 사람들끼리도——다시 서로 만난다는 것과 더욱이 이번엔 영원히 함께 사는 것이라는 생각은 특별하게 마음의 격려가 되는 것은 아니다.

분명 이것은 이 지상에서 맺은 분명 이상적이 아닌 인간관계에 대한 추억이 저세상에서도 사라지지 않는다는 것을 전제로 하고 있다. 그러나 우리는 오히려 그런 관계는 완전히 끊어 버리려고 하고 지상의 죽음으로써 단절한 것이다. 그래서 잊어버린다는 것은 이미 이 지상에서의 정복(淨福)의 시작이다.

레테——그리스 신화에 나오는 지옥의 강. 이 강의 물을 마시면 모든 것을 잊는다고 함——의 냇물이 없고 온갖 괴로운 것을 언제까지나 기억하고 있다면 정복 따위는 있을 수 없는 것이다(단테 ≪신곡≫ 〈연옥 편〉 제31곡).

그렇지만 그처럼 이 세상의 명료한 추억이 있는지 없는지 불확실에도 서로 사랑했던 고인(故人)과 언제까지나 맺어져 있다고 믿는 것은 인정상 어쩔 수 없는 소원이다. 또 우리는 그들이 아직 지상의 일을 기억하고 우리 가까이 있다는 것을 확실하게 느끼는 것처럼 여겨지는 순간이 간혹 있는 것이다.

11월 3일

성스러움과 덕(德)과 정의에 대하여 지나치게 논할 것은 못 된다. 그런 것들도 성서가 말하고 있듯이 일체를 꿰뚫어 보는 눈앞에는 언제나 '더러운 옷(이사야 64:6)'에 불과하다.

인간이 이 세상에서 달성할 수 있고 또 남에게 도움이 되는 것은 신에 대한 사랑이다. 그래서 모든 진실과 선에 대한 사랑이며 또 더불어 사는 모든 사람에 대한 진정한 친절이다. 이것을 부단히 자기 안에 느끼는 사람은 이 세상에서 도달할 수 있는 가장 높은 목표에 이른 것이다.

11월 4일

세상에는 두 종류의 인간이 있다. 그 하나는 우리가 행복할 때는 매우 다정하게 대하지만 잇따라 불행이 닥치면 바로 자취를 감추는 사람들이다.

그리고 또 하나는 인정은 없지만 우리가 불행해지더라도 버려두지 않는 사람들이다.

친애하는 독자들이여 당신은 이 둘 중 어느 부류에 속하는 사람인가. 또 어느 쪽이 훌륭한 인간인가를 스스로 판단해 보라. 그러나 상대가 앞의 사람이라고 깨달았거든 그가 당신 마음에 깊이 뿌리를 내리지 않게 하라.

그런 인간은 행복할 때의 기분 풀이 상대는 될지라도 그 이상 아무것도 아니다.

11월 5일

나도 신앙에 대해서는 정말 많은 책이 쓰였음을 알고 있다. 그러나 히브리서 10:35~39[1]와 그에 잇따른 제11장에 명시한 것보다 더 훌륭한 것은 일찍이 언급된 적이 없다. 여기서 언급되고 있는 것은 오늘날에도 존재하는 두 가지 인간의 차이이다. 즉 확고한 신앙을 가지고 어떤 상황에서도 그것을 견지하는 사람과 눈에 보이는 것만을 믿고 그에 따라 해 나가는 영리한 사람의 차이이다. 이 세상에 신앙밖에는 모자람이 없는 만족을 주는 것이 없다는 것을 확실히 깨달았을 때 신앙은 움직일 수 없는 것이다.

11월 6일

정말 이해하기 힘든 것이기는 하지만 일단 그것을 이해하고 나면 우리의 생각 전체가 그로 인해 큰 영향을 받는 것은 다음과 같은 사고방식이다. 즉 활기에 찬 행복감은 새로운 일과 노고와 새로운 슬픔을 맞이하기 위한 기력 증강의 준비가 되어야 할――크롬웰의 '보수의 선불'――것이며 고된 시련이나 의기소침은 언제나 새롭고 한층 더 큰 정복(淨福)과 신의 힘이 더해지는 시작이라는 것이다. 이것을 터득하면 불행이 닥치더라도 침착성을 잃지 않고 행복하더라도

1) "그러므로 너희 담대함을 버리지 말라. 이것이 큰 상을 얻느니라. 너희에게 인내가 필요함은 너희가 하나님의 뜻을 행한 후에 약속받기 위함이라. '잠시 후면 오실 이가 오시리니 지체하지 아니하시리라. 오직 나의 의인은 믿음으로 말미암아 살리라. 또한 뒤로 물러가면 내 마음이 저를 기뻐하지 아니하리라' 하셨느니라. 우리는 뒤로 물러나 멸망에 빠질 자가 아니요 오직 영혼을 구원함에 이르는 믿음을 가진 자니라."

진지하고 사려 깊게 된다.

11월 7일

단테 ≪신곡≫ 〈지옥 편〉 제5곡 121행 이하에 나오는 프란체스카 다 리미니의 "비참할 때 행복했던 날의 일을 회상하는 것만큼 괴로운 것은 없다"라고 한 유명한 말은 인생관의 차이에서 생기는 전혀 다른 결과를 잘 표현하고 있다. 그러나 더할 수 없는 불행에 빠지더라도 영혼의 핵심은 그로 인해 조금도 손상되지 않고 지난날 자기에게 풍요롭게 주어졌던 선과 미를 감사하며 회상할 수도 있다.

그렇지만 그 사람의 행복이 오직 향락에만 두고 있다면 앞에서 한 이 말은 노년에 접어든 사람이라면 누구나 참혹하게 경험해야 하는 무서운 진실을 내포하고 있다.

11월 8일

제노바 성녀 카타리나가 신에게 물었다. "신에 대한 사랑은 다른 모든 사랑을 배척하는데 그래도 우리는 이웃을 사랑해야만 합니까"라고. 이에 대해 그녀는 다음과 같은 대답을 들었다. "나를 사랑하는 사람은 내가 사랑하는 모든 것도 사랑한다. 너는 되도록 이웃의 영혼과 육체의 행복을 증진하고자 애써야만 한다. 참사랑이란 이웃을 자기 뜻으로 사랑하는 것이 아니라 신의 뜻으로 사랑하는 것이다."

그것이 이웃에게 더 좋은 일이다. 왜냐하면 이웃을 위해 사랑하는 사람은 자칫하면 마음에 동요가 따르며 신의 뜻으로 그 사람을 사랑하는 만큼 불변하지도 확실하지도 않기 때문이다.

11월 9일

다행인지 몰라도 중류계급에 태어난 사람들은 인생에서 다음 두 가지를 너무도 모른다. 첫째로 무슨 방법이나 도움을 청하러 '남의 집 계단을 올라야 하는 것이 얼마나 괴로운 일인지', 그리고 다음으로 '고상한 생활이 사람들에게 얼마나 작은 만족밖에 주지 못하는지' 하는 것이다.

하층계급의 사람들은 전자를 잘 알고 있으며 스스로 후자를 존중하지 않는다. 그래서 중류계급은 외양은 볼품없어도 자제력이 풍부하고 마음이 고상한 사람이 상류계급보다 많다.

상류계급의 고상함은 참으로 냉혹한 이기주의를 은폐하는 잘 다듬어진 껍질에 불과할 때가 많다. 최상층의 사회에도 때로는 '상류 생활' 전체의 공허함을 충분히 자각하고 있는 사람도 눈에 띄지만 거기에서 벗어나지는 못한다.

11월 10일

마음에 일어나는 선의 인도나 악의 유혹도 대부분 찰나의 번뜩임 같은 것이다. 전자에 대해서는 즉각 이에 응하여 우리를 돕고자 뻗친 손을 적극적으로 붙잡아야만 한다. 후자에 대해서도 마찬가지로 즉각 단호한 의지로써 물리쳐야만 한다. '이리하여 별까지도 오를 수가 있다(베르길리우스).'

11월 11일

만일 사람이 자기가 한 줌의 흙으로 돌아가게 될 날을 미리 정확히 알고 있다면 더욱 다른 사람들에게 심한 화를 내지는 않을 것이다.

11월 12일

'의기소침'이나 '오만'——이것은 용솟음칠 만큼의 자부심과 활력이다——은 모두 악의 영으로 인한 것이다. 당신의 내부에서 그것을 느꼈다면 그것이 판을 치기 전에 단호히 그것에서 탈피하라.

신에게 부여받은 항상 지속해야 하는 감정은 자신의 연약함을 자각하면서 우리의 모든 행동과 고난을 견디게 하시는 신의 사랑과 힘을 완전히 신뢰하는 조용한 감정을 말한다. 이것이 바로 정신적 건강으로서 단순한 나약이나 열병의 흥분과는 상반되는 것이다.

이런 정신적 건강을 충분히 지니지 못할 때는 되도록 행동을 삼가야 한다. 이를테면 편지를 쓰는 것도 그만두도록 하라. 그럴 때는 언제든지 어긋난 결과 아니면 전연 그릇된 결과밖에 얻어내지 못한다. 그런데 특히 열병의 상태에 빠지면 뭔가 행동하고 싶은 유혹이 매우 강하므로 항상 그와 같은 유혹을 뿌리치도록 하라.

11월 13일

마가복음 15:29[2]에 '지나가는' 자들이 예수를 모욕했다. 이 말은

2) "지나가는 자들은 자기 머리를 흔들며 예수를 모욕하여 가로되 '아하, 성전을 헐고 사흘에 짓는 자여 네가 너를 구원하여 십자가에서 내려오라.'"

내 생애 중 특히 괴로운 시기에 내 마음을 사로잡았었는데 그것은 '지나가는'이라는 말에 악센트를 둔다는 독특한 독법(讀法) 때문이었다. 실제로 오늘날에도 예수와 그 추종자들을 모욕하는 것은 오직 지나가는 사람들——즉 그들의 존재와 활동이 일시적이며 금방 사라져 버릴 사람들——뿐이다.

11월 14일

결혼이란 가볍게 생각해도 되는 일이 아니라 사실은 '무서운' 일이다. 그것은 개인이나 국민에게 축복의 근원이 되기도 하고 또는 꼼짝도 못 할 만큼 무겁게 그들 위에 언제나 덮쳐있는 저주의 근원이 된다. 이 사실은 개인에게나 전체에게 흔히 지적할 수 있다.

결혼하는 날은 생애에서 가장 중요한 날이지만 여성에게 그런 것만은 아니다. 결혼식 당일의 갖가지 즐거운 행사는 결혼이라는 너무도 엄숙한 의식을 당사자나 가족에게 다소라도 은폐하려는 은밀한 뜻을 가졌는지도 모른다.

11월 15일

참된 지혜가 어디서 주어지는 것인가를 달리 알 도리가 없을 때 틀림없이 요한복음 5:19, 30[3]의 말씀이 그것을 가르쳐 줄 것이다. 그

---

3) "내가 진실로 진실로 너희에게 이르노니 아들이 아버지의 하시는 일을 보지 않고는 아무것도 스스로 할 수 없나니 아버지께서 행하시는 그것을 아들도 그와 같이 행하느니라." "내가 아무것도 스스로 할 수 없노라. 듣는 대로 심판하노니 나는 나의 원대로 하려 하지 않고 나를 보내신 이의 원대로 하려는 거로 내 심판은 의로우니라."

리스도도 이 같은 법칙을 따르셨다. 이에 우리가 어떻게 그리스도와 같은 지혜의 원천을 찾지 않고 자기에게서 지혜를 얻으려 하고 세간의 지혜 학교에서 그것을 배우겠다는 당치도 않은 짓을 하는 것일까. 더욱이 이와 같은 지혜의 원천은 우리에게 열려 있으며 우리는 이 원천에 대한 분명한 증거를 그리스도의 말씀과 행위 속에서 찾아볼 수 있는 것이다(요한복음 7:15~18, 6:63, 68, 마태복음 7:29).

11월 16일

대개 진정한 성자에 대해서는 유감스럽게도 그 생애의 마지막 시절에 대한 것이 아주 조금밖에 알려지지 않았다. 세상에 알려진 그들의 내적 경험은 모두 완성 단계보다 앞 단계의 것들이다. 다만 이따금 만년에 발언했던 소수의 말이 그들 마음의 내부로 섬광을 비춰준다. 바이용의 엘리자베스가 만년에 남긴 아름다운 말도 그러하다. "나는 나 자신이 생명의 숨결처럼 가벼움을 느낍니다." 이것은 올바른 일생을 보낸 사람이라면 누구나 생애의 마지막에 마땅히 할 수 있는 말이어야 한다. 그러나 현대의 많은 나이 든 교양인들이 자신의 철학이 낡고 늙은 지금 저 성녀와는 전혀 다른 기분에 싸여 있음은 다 아는 그대로이다.

11월 17일

나는 생애에 몇 번이나 인간을 혐오하는 경멸에 찬 자가 될 뻔한 시절이 있었다. 그렇게 되지 않고 지나간 것은 분명히 인간사회의 상류층 사람들과 친분이 있었기 때문이 아니라 반대로 소시민들의 생활이나 사고방식을 깊이 이해했던 덕분이다.

이 세상의 작은 것에 관해 관심과 특별한 사랑을 갖게 되면 현대의 병폐인 염세주의에 걸리지 않게 된다. 이와는 반대로 높은 것과 고귀한 것으로 겉으로만 미끈한 것에 대한 뭔가의 동경이 마음속에 있는 한 그것이 은밀한 것일지라도——지금은 교양이 있거나 또는 꽤 교양이 있는 계급에서는 거의 예외 없이 그러하지만——'이 세상 왕'은 여전히 그 사람들에 대해 권한을 상실한 것은 아니다. 그들은 흔들리지 않는 행복에 도달할 수 없다. 더욱더 덧붙여 말하고 싶은 것은——흔히 작은 것에 깊은 관심을 가지면——대부분 큰 것보다 훨씬 흥미 있고 사랑스럽다.

보금자리 속에서 관찰된 개미, 부지런한 꿀벌, 피리새 등은 사자, 독수리, 고래보다 훨씬 볼 만한 가치가 있고 흥미진진한 동물이다. 또 작은 고산식물은 화려한 튤립이나 현대의 관엽(觀葉)식물보다 훨씬 아름답다. 인간도 그와 똑같다. 이 세상의 작은 것에 주목하라. 그리하면 인생은 한층 더 풍족하고 만족스러운 것이 될 것이다.

11월 18일

우리는 참다운 내적 생활을 희생하지 않으면 외부의 적에게서 벗어날 수가 없다. 더구나 기독교회의 활동적인 일원이 되기 시작한 사람에게 도리어 적이 증가하는 일이 많다. 그러기에 우리는 용기와 내적 평화를 기구(祈求)해야 한다. 이 밖의 모든 것은 우리에 아무런 도움이 안 된다. 이럴 때 큰 위안이 될 뿐 아니라 보이지 않는 것에 대한 신앙도 한층 더 강화해 주는 이것들——용기와 내적 평화——을 얻는 힘이 종종 우리의 영과는 전혀 다른 영에서 주어진다는 사실이다. 그래서 우리는 때로 불행의 한가운데 처했으면서도 세상에서 말하는 행복 가운데 있는 것보다 오히려 행복과 기쁨에 충만할 정도이다. 이것이 보이지 않는 세계의 실재에 대해 부정하기 힘든 참다운 증명이다(헤른후트 찬미가 691).

11월 19일

신을 섬긴다는 것은 자기 삶의 모든 순간에 신의 뜻을 성취하기 위하여 가지고 있는 모든 힘과 수단을 쓰는 것을 의미한다. 이와 같은 생활과 이와 같은 삶이 어두움이 없는 밝은 빛을 준다. 우리는 신을 섬기는 삶에 의해 이 같은 기쁨에 이르도록 명령받고 있다. 그 밖의 '신을 섬김'——예배의 뜻을 지닌다——은 별로 도움이 안 된다. 분명 신도 기뻐하시지 않을 것이다.

11월 20일

나도 또한 생애 중에 가끔 우려하는 마음에 의해 그릇된 길로 인도되곤 하였다. 우려하는 마음이란 미래의 재앙에 대한 생생한 공상으로 그런 재앙은 실제로 일어나지 않거나 일어나더라도 견디기 수월한 것이었다. 때로는 이런 재앙에서 벗어나고자 했던 시도가 도리어 재앙보다 결과적으로 나빴던 일도 있었다. 이에 반하여 신에게 의지하고 있으면 언제나 신은 나를 도와주셨다. 대체로 이와 같은 신앙이 없으면 실제 있는 그대로 이 세상을 살아가기는 수월치 않다. 그러나 이 신앙이 있으면 누구든지 다 훌륭히 이 세상을 건널 수가 있다.

참으로 이와 같은 신앙이 있으면 그 자체가 이미 하나의 행복이다. 왜냐하면 신앙은 기쁨과 확신으로 영혼을 채워 주고 이 확신이 신앙에 의해 부여되는 최후의 은총과 같은 정도로 마음을 즐겁게 해 주기 때문이다.

그러나 반대로 염세주의는 불행 그 자체와 마찬가지로 사람을 불행하게 하는 감정이다. 그러므로 당신은 둘 중의 어느 하나를 택하도록 하라. 그것을 택하는 것은 당신의 마음에 달려 있다.

만일 우리에게 적어도 시편 32:8, 9[4]의 가르침에 따르고자 하는 마음이 있다면 우리는 생활을 훨씬 수월하게 영위할 수 있다.

11월 21일

모욕을 두려워하는 마음은 '고귀한' 환경에서 자란 모든 사람에게 항시 달라붙어 있다. 그래서 그들이 할 수 있고 또 해야 할 많은 것을 방해하고 있는데 그것은 일반적으로 믿고 있는 것보다도 훨씬 심하다. 신문의 비난 따위는 인생에서 불쾌한 비교적 하찮은 일의 하나에 불과한데도 그들 중에는 모든 신문의 비난을 두려워하는 사람

4) "내가 너의 갈 길을 가르쳐 보이고 너를 주목하여 훈계하리로다. 너희는 무리한 말이나 노새같이 되지 말지어다. 그것들은 재갈과 굴레로 단속하지 아니하면 너희에게 가까이 오지 아니하리로다."

들이 수두룩하다. 그런 사람이 생애에 한 번이라도 굴욕 속에 잠겼다가 무사히 빠져나오게 된다면 그것은 신의 은총이다. 이것이 이사야 48:10[5]의 뜻이다.

이렇게 해서 비로소 그 사람은 사물을 두려워하지 않게 되고 특히 공화국에서는 평범한 정당원이 되기보다도 더욱 훌륭한 일에 소용되는 사람이 된다(단테 ≪신곡≫ 〈연옥 편〉 제27곡 16~21행, 〈천국 편〉 제17곡 50~69행, 다니엘 3:16~30).

지금 세상에 사는 사람은 사방에서 그의 마음을 유혹하거나 또는 마음을 뺏으려 드는 많은 것들에 대해 언제나 솔직하게 이렇게 말해야 한다. "나는 그 같은 것들을 얻고자 애쓰고 있지 않다. 그중의 무엇 하나도 내 영혼을 만족시킬 수는 없을 것이다. 내가 구하고 있는 것은 진정한 자애(慈愛)이다"라고.

11월 22일

신의 은총에 의해 고양(高揚)될 때는 언제나 틀림없이 인간에 의한 굴욕이나 모욕이 앞서 다가온다. 이것은 아주 확실한 징후이다. 우리는 자기가 지닌 가치가 인간의 선의나 악의에 의해서 주어지는 것이 아니라 신의 섭리로 부여되는 것임을 확실히 깨닫고 이를 좇아야 한다.

그러므로 그와 같이 신에게 고양 받는 것은 우리를 겸손하게는 하

---

5) "보라, 내가 너를 연단(鍊鍛)하였으나 은(銀)처럼 하지 아니하고 너를 고난의 풀무에서 택하였노라."

되 오만하게는 하지 않는다. 또 그와 같은 모욕은 도리어 우리의 마음을 견고하게 하고 세상의 보통 현상과는 반대로 강한 믿음을 준다(미가 7:8~10, 스바냐 2:3, 하박국 2:4, 20, 3:16, 18, 19, 에스겔 34:24~27, 이사야 43:11~13, 46:11).

11월 23일

만일 당신이 마음에 깊은 상처를 받은 것처럼 느낄 때나 자기 신경을 억제하지 못할 때는 사람 만나는 것을 피하는 게 좋다. 그 아픔을 인간이 아니라 신에게 호소하라. 그리고 어느 정도 침착성을 되찾고 나서 사람을 만나도록 하라. 그것이 여의찮을 때는 마치 동물이 아플 때 본능적으로 하는 것처럼 틀어박혀 있도록 하라. 그런데도 요즘 사람들은 그런 때일수록 남의 집을 불쑥 찾아간다. 하지만 상대는 대체로 그들을 도와주지 못한다.

우리가 비교적 건전한 사람으로서 의기소침한 병자나 신경이 곤두선 사람을 상대해야 할 때는 그들을 따끔하게 비난하거나 기분을 가라앉히도록 훈계하고 그들의 고민이 쓸데없다고 설득해 그것을 버리게 해서는 안 된다. 그런 것은 모두가 그들을 화나게 할 뿐이다. 그들과 침착하게 교제하고 기분을 자극할 만한 것은 모두 제거한 후 휴식과 기분 전환이 필요하면 그것을 도와줘야 한다. 그들이 일시적 흥분으로 한 말에 너무 치중하지 말아야 한다. 대부분은 이런 태도가 최선의 상책이다. 매우 선량한 사람들은 자기 신경이 쇠약해 있을 때도 남을 기필코 도와주려 하기 때문에 도리어 자기가 구원받을 수도 흔히 있다. 그래서 그들은 그것을 실마리로 해서 정말 수월하게 일어설 수 있다.

11월 24일

요한계시록 21:22[6]의 말씀은 교회가 영원한 것이 아니라 신앙의 길에서 유효하고 유익한 시간으로 한정된 지주(支柱)라는 것을 분명히 입증하고 있다. 그리고 무엇이 끝까지 중요한 것인가를 간과하지 않기 위하여 항상 이 사실을 염두에 두는 것이 바람직하다.

11월 25일

그리스도 자신의 말씀이라고 전해지는 것은 아주 큰 '진실성'을 지니고 있다. 이러한 말씀은 항상 문자 그대로 받아들여야 한다. 이것은 마가복음 16:17, 18[7]까지도 해당한다. 그리스도의 말씀이 조금도 지당하다고 느껴지지 않으면 그 사람의 기독교 신앙은 그럴 수 있고 또 마땅히 그래야 할 만큼 아직 경지에 완전히 이르지 못한 것이다.

11월 26일

어떤 종류의 '선전'이든 그것이 요란스러울 때는 그것을 믿어서는

6) "성안에 성전을 내가 보지 못하였으니 이는 주 하나님 곧 전능하신 이와 어린 양이 그 성전이심이라."

7) "믿는 자들에게는 이런 표적이 따르리니 곧 저희가 내 이름으로 귀신을 쫓아내며 새 방언을 말하며 뱀을 집으며 무슨 독을 마실지라도 해를 받지 아니하며 병든 사람에게 손을 얹은즉 나으리라."

안 된다. 정말 좋은 것이나 신의 뜻에 합당한 사물이나 인간은 선전 따위를 하지 않더라도 널리 알려지는 것이다. 반대로 처음에는 분명히 좋았던 것도 도리어 선전으로 손상되는 경우도 적지 않다. 기독교 자체가 그 전형적인 실례이다.

11월 27일

무슨 일이든 그것을 자세히 알고 그것에 정통성을 갖는 것은 결국 좋은 결과를 낳는다. 그러나 무지(無知)는 그와 반대이다. 이 세계까지도 그 갖가지 속성과 요소를 되도록 완전히 앎으로써 우리의 것으로 만들어야 한다.

그러나 나는 인간의 행복과 복지를 증진하는 것과 직접 관계가 없는 일에 생애를 바치고 싶지는 않다. 아무튼 향락이나 단순한 돈벌이보다 직접적으로 필요하지도 유용하지도 않을 그런 학문에 일생을 바치는 편이 훨씬 더 나을 것이다.

특히 대다수 여성이 자기가 심각하고 무익한 생활을 하고 있다는 감정에 시달려서 올바른 심신의 건강에 이르지 못한다. 오히려 지금 가지고 있는 건강마저도 그것에 대한 끊임없는 염려로 손상하거나 마침내는 완전히 상실해 버린다는 것은 아주 당연한 일이다.

의사는 그녀들에게 무엇보다 먼저 이렇게 말해야 할 것이다. "일을 하시오. 일을 한다는 것은 당신들 모두에게 공통적인 사명이며 의무입니다. 당신들의 보잘것없는 자아보다 좀 더 큰 것에 흥미를 느끼십시오"라고. 그렇게 하지 않으면 어떤 의사의 치료도 효과가 없을 것이다.

11월 28일

언제든지 일을 할 때는 가장 '필요한' 것부터 하도록 하라. 그리고 그 일의 요점부터 힘차게 착수하라. 이것이 많은 일을 하기 위해 시간을 아끼는 방법이다. 그것과 마찬가지로 좋은 다른 방법은 불필요한 일이나 노력을 모두 피하는 것이다.

그다음으로 생애의 황혼이 가기 전에 향락이나 교제의 의무라고 불리는 그 쓸데없는 짓을 그만둘 수 있다면 무리한 노력을 하지 않더라도 건강을 충분히 유지하면서 보통 사람의 두세 곱절의 일을 할 수 있다.

11월 29일

'극복하는 것'——즉 인생에서 온갖 악한 것이나 추한 것——을 끝까지 누르고 승리자가 되는 것이야말로 인생의 참된 목표이다. 그러나 이것은 모든 것을 가볍게 받아들이고 되도록 싸움을 피하거나 속이고 마침내는 스토아주의로 지각없이 적에게 허리를 굽혀 전면적인 진격을 허용하는 뜻은 아니다. 오히려 그것은 싸우는 자에게 신이 부여하는 힘으로 싸우고 난 뒤에 '모든 것을 상속받는 것'을 말하는 것이다(요한계시록 3:12, 21:7, 8, 헤른후트 찬미가 384, 385).

내적 성장——이것은 문자 그대로 성장이므로——거기에는 인내가 필요하다. 더구나 이 성장의 각 단계도 저마다 충분한 시간이 필요하다. 그런데도 이 싸움은 때때로 상상하는 만큼 오래 계속되는 것은 아니다. 저 히브리인에게 보낸 아름다운 편지(히브리서 4:9, 10)에서 말하듯이 이미 이 지상에서도 '안식할 때가 신의 백성에게 남아 있는' 것이며 '이미 신의 안식에 들어간 자는 신이 자기 일을 중지하고 쉬는 것과 같이 자신도 일을 쉬는' 것이다.

11월 30일

우리는 모두가 신의 존재에 대한 경험이 없다면 마음의 깊은 곳에서는 결국 무신론자이다. 아무리 교회에 열성일지라도——이것은 반드시 무신론에서 우리를 지키지 못한다——또 아무리 무신론이나 불가지론을 대단치 않게 여기더라도 역시 우리는 무신론자일 것이다.

현대의 여러 민족도 이 같은 신의 경험이 없다면 급속도로 무신론의 불신에 빠져 진화론에서 말한 대로 고등동물로서 생존을 향해 돌진할 것이다.

그러나 신은 자기 존재를 전체적으로 스스로 증명할 것이다. 즉 먼저 자연과학이 철학에 대해 우위를 차지한 지 불과 3, 40년밖에 되지 않았지만 이에 대한 사람들의 심각한 불만이 이미 나타나고 있다. 그다음으로 앞의 결과로써 '유혹의 힘(데살로니가후서 2:11)'과 무서운 운명이 사람들을 엄습하고 있는 것으로도 분명할 것이다. 이 때문에 누구든지 사물을 깊이 생각하는 사람이라면 이에 대해 반드시 눈이 뜨여 틀림없이 진화론이 말하는 것과 같은 세계는 도저히 있을 수 없다는 것을 알 수 있다. 그러므로 실제로 그것은 수천 년——사람들은 물론 그런 학설조차 몰랐었다——동안 존재해 왔을 리도 없고 다만 학문적 가설에 불과하다는 것을 깨달을 것이다.

그러므로 이상주의적 욕구를 갖는 이상 신을 안 믿는 사람이라도 어떤 인간적 이상을 스스로 창조하고——이를테면 괴테처럼——그 완전성의 척도를 축소하지 않고 가공의 미점(美點)을 만들어서 이상상(理想像)을 장식하지 않으면 안 된다.

또한 그것을 하기에는 너무도 영리하고 또 세속의 경험이 지나치게 많은 사람은 절대적인 회의주의에 빠진다. 그리고 이 세상의 모든 선을 의심하고 조소로써 그것을 경멸하려 든다. 그러나 그렇게 되면 인생이란 것이 도대체 무슨 가치가 있겠는가.

그리스도는 이 위험에서 우리를 구원해 주셨다. 그리고 인류에게 재차 진정한 이상을 부여해 주셨다.

다윈의 후계자인 영국의 과학적 진화론의 주된 대표자 토머스 헉슬리[8]가 다음과 같은 주목할 만한 발언을 하고 있다.

"인간을 통해서 작용하는 '섭리'가 도덕을 낳았다는 것은 아마도 적절한 말일 것이다. 그래서 생물계의 극히 작은 부분에만 도덕적 섭리가 이루어지고 있다. 우주의 극히 미세한 조각에 불과한 이 좁은 구역 안에서 정의(正義)로 향하는 한 줄기 냇물이 흐르고 있다. 그러나 이 흐름에 의해 적셔진 에덴동산의 아주 미약한 태동밖에는 어떤

---

8) 토머스 헉슬리(1825~1895). 영국의 생물학자로 다윈의 친구이며 런던대학 교수였음.

'도덕적' 의도도 찾아볼 수 없다. 거기에는 주로 '생존경쟁'에 의해 이루어지는 우주(宇宙) 진행의 완성으로 향한 흐름밖에 찾아볼 수 없으며 이 흐름은 다른 모든 메커니즘과 마찬가지로 옳은 것도 아니고 옳지 않은 것도 아니다."

"만일 섭리의 교리(教理)가 자연계의 가장 시시한 한쪽 구석에서도 우연을 완전히 배제한다는 뜻으로 해석되고 또 이 교리가 우주과정은 합리적이라는 강한 확신을 뜻하고 오랜 시간의 연속에서 문란해짐이 없는 질서가 우주를 지배하여 왔다는 신념을 의미한다면 나는 그것을 승인할 뿐 아니라 모든 진리 중의 가장 중요한 것으로 생각하고 싶다."

"영원히 계속되는 진보를 지배하고 있는 조화로운 질서——우리와 무한 사이에 드리우는 저 베일——의 자연을 한 올의 실도 끊지 않고 천천히 짜나가는 물질과 힘의 씨줄과 날줄——우리만이 알 수 있는 이 우주——이것이 바로 과학이 세계에 대하여 그려 보이는 그림이다."

"나는 사회에서 축복의 근원이 될 수 있도록 설립된 교회를 상상할 수가 있다. 그 교회에서는 매주 예배를 올리지만 그것은 신학의 추상적 주제를 되풀이하기 위해서가 아니다. 사람들의 마음에 진실하고 올바르며 깨끗한 삶의 이상을 심어주기 위해서이다. 또 그곳은 매일의 근심이라는 무거운 짐에 지친 사람들이 누구라도 들어갈 것을 허용하고 있는——그러나 극소수밖에 이르지 않았다——보다 높은 생활을 관조함으로써 한때의 안식을 발견할 수 있는 장소이다.

이처럼 나는 실무자든 생활 속에 있는 사람이든 그들이 쉴 새 없이 추구하는 성과라는 것이 평화와 사랑에 얼마나 사소한 것인가를 깊이 반성할 시간과 기회를 가질 만한 장소를 마음에 그릴 수 있다. 만일 그런 교회가 성립된다면 분명 아무도 그것을 무너뜨릴 생각 따위는 하지 않을 것이다."

독자들이여, 당신들은 이 말에 대하여 다음과 같은 것을 숙고해 보지 않으려는가.

1. 다만 좀 더 확고하고 근본적으로 한층 더 철저하게 형성된 그러한 교회를 우리는 진정 바란다.

2. 이른바 '조화로운 세계질서'는 처음 그것을 창조하고 또 그것을 조화롭게 지탱해 가려는 정신이 없으면 존재할 수 없다. 그런 질서는 우연히 그리고 저절로 생기는 것이 아니다.

3. 이 질서를 부여하는 영이 이 세상을 단지 부분적으로만——더욱이 극소 부분만——지배하고 그 밖의 대부분을 그 자체의 운영에 내맡긴다는 것도 진리일 리가 없다.

얼핏 보기에 신에 의해 지배되고 있지 않은 부분도 조화롭지 않은 세계질서로서의 일부분이지만 우리가 그것을 아직 충분히 이해하지 못한 것뿐이다.

전능하지 못한 신이나 온 세상을 창조만 해놓고 통치하려 하지 않는 신도 계실 것이다. 그리고 앞에서 말한 그런 신은 존재하지 않는다는 사실이 한층 더 우리가 이해할 수 없는 것이다.

이제는 이런 학자들에게 다음과 같이 말할 수가 있을 것이다. "네가 신의 나라에 멀지 않았도다(마가복음 12:34)"라고. 그리고 "당신 자신이 생각하고 있는 것보다도 훨씬 가까울 정도다. 왜냐하면 당신의 싸움은 실재하는 신을 상대한 것이 아니라 당신 스스로 상상한 신의 환상에 대한 싸움이며 '그리스도의 교회'에 대한 것이 아니라 당신이 싫어하는 인간적인 교회 제도에 대한 싸움이기 때문이다"라고.

그래도 아직 당신 안에 이런 견해에 거슬리는 무엇이 있다면 그것은 진리애(眞理愛)의 탈을 쓴 학문적인 오만에 불과하다.

그러나 그와 같은 오만으로는 절대로 완전한 신념도 충분한 만족도 얻어낼 수 없다(요한복음 4:13, 14, 7:37, 38, 40, 46~48, 이사야 43:19).

12월(December)

12월 1일

노년기가 시작될 무렵 어느 날——우선 먼저——과거를 청산해야만 한다. 노여움도 없고 뉘우침도 없이 과거의 기록을 덮어버리고 이제는 그것을 펼쳐서는 안 된다. 지나간 여러 가지 좋은 것에 대해 감사하라. 특히 모든 것이 좋은 결말에 도달한 것을 감사하라. 그리고 마지막으로 많은 것이 이제 일어날 필요가 없이 영원히 마무리 지어져 버린 것에 대해 감사하라.

그러고 나서는 지금까지 생활과는 전혀 다른 '영원한' 생명을 향해 전진하라. 그런 삶에 들어가기 위한 조건은 요한복음 17:3[1]과 6:40[2]에 기록되어 있다. 앞길의 전망은 지금부터 앞으로 무한한 것이다.

위로 향한 우리의 순례길에
더욱 크고 깊은 가르침을 배우며
조용하고 축복된 일에서
절대 지치지도 쉬지도 않으며

---

1) "영생은 곧 유일하신 참 하나님과 그의 보내신 자 예수그리스도를 아는 것이니라."
2) "내 아버지의 뜻은 아들을 보고 믿는 자마다 영생을 얻는 이것이니 마지막 날에 내가 이를 다시 살리리라."

언제나 새로운 힘을 가지고

성스러운 것과 참된 것에 봉사하자.

—웨스트민스터 사원 대성당장 스탠리

그리고 덧붙여 말하고 싶은 것은 영원한 생명에 이르는 데는 단지 '죄의 사함'만이 아니라 그보다도 죄를 스스로 잊는 것이 중요하다.

로마서 4:7과 시편 32:1도 역시 '용서'와 '은폐'라는 것으로 구별 짓고 있는 듯하다. 이 두 가지는 같은 단계가 아니며 시간적으로도 멀리 떨어져서 일어날 수가 있다.

그러나 신의 용서는 인간의 마음에서 나쁜 추억이 모조리 지워져 버렸을 때 비로소 완성되는 것이다. 왜냐하면 악으로의 역행은 고통스러운 추억으로 방지되어야 하지만 이렇게 되면 더 역행할 염려는 없어지기 때문이다.

레테의 냇물을 마시면 모든 죄의 추억과 동시에 인생의 여러 가지 추한 것과 답답한 것에 대한 추억도 사라진다. 그리고 신의 그지없는 은총이라는 정복감(淨福感)만이 남게 된다. 이 레테의 냇물은 단테의 ≪신곡≫에서 피안, 즉 천국이 아니라 차안(此岸)의 연옥에 있다. 그러나 이미 이 지상에서 과거의 온갖 괴로운 추억에서 완전히 해방되는 것은 그에 앞서 자기의 모든 잘못을 정직하게 인정하고 진정으로 회개한 자뿐이다(단테 ≪신곡≫ 〈연옥 편〉 제28곡 127행, 128행, 제29곡 3행, 71행, 제30곡 142~145행, 제31곡 40~42행, 94~103행).

레테의 강(망각의 강)

'용서'란 자비에 충만한 말
그러나 '최후의' 말은 아니다.
우리는 은총의 나라로 옮겨졌을 때
우리의 죄가 들추어지는 것을 원치 않는다.

우리의 마음속 깊숙한 곳에
옛 추억을 남겨두고 싶지 않다.
밝은 햇빛 속에서
이제 새로운 삶이 시작되어야 한다.

일찍이 내게 가해졌던
남들의 행위도 기억해두고 싶지 않다.
그렇지 않으면, 입으로는 '용서'한다 해도
마음속으로는 원망하리라.

우리가 바라는 천국이란
지상의 추억이 미치지 못하는 곳.
어두운 그림자가 조금도 남지 않도록
빛의 흐름에 몸을 밝히고 싶다.

12월 2일

우리는 모든 의혹에 잠긴 사람이나 불행한 사람이나 고독한 사람들에게 이렇게 외치고 싶다. "제발 한 번 기독교를 시도해 보시오. 정말 당신은 지금까지 이것저것을 다 시도해 보았을 겁니다. 이번에 한 번 기독교를 시험해 보시오. 이 종교도 역시 당신이 그렇게 하는 것을 환영할 것입니다"라고(마태복음 11:28~30, 19:29, 요한복음 1:12, 6:37, 7:17).

이왕 시도해 보려면 가장 잘못이 없고 가장 단순한 기독교여야만 한다. 그러한 기독교만이 약속하고 있는 모든 것에 대하여 책임지기 때문이다. 그것은 복음서에 기록된 그리스도의 말씀이며 그 밖의 것들은 모두가 부가물이다. 그것도 분명히 매우 훌륭하고 유익한 것이기는 하지만 그래도 역시 부가물일 뿐이며 그리스도의 말씀과 같은 가치를 요구할 수는 없다. 사도들마저 그런 도리에 벗어난 요구를 하려고 생각하지는 않았을 것이다.

당신은 처음부터 그리스도의 '신성(神性)'을 믿을 필요는 없다. 그리스도 자신도 구도자(求道者)에 대해 그것을 명확히 허용하고 있다. 뒤에 그리스도의 말씀과 모든 다른 인간의 말을 받아들인 결과로 양쪽의 구별을 터득한다면 그리스도의 신성이라는 것도 저절로 알게 될 것이다(마태복음 12:32, 요한복음 6:68, 69).

지금까지 2000년 이상 지났으며 그간 다른 모든 것들이 무섭게 변해 버렸는데도 오직 기독교만은 그리스도의 부활 이후 첫날과 똑같이 오늘날도 존속하고 당시와 똑같이 굳건한 신자를 가지고 있다는 것이다. 그리고 긴 세월 동안 이 진리에 덧붙여진 그릇된 학설이나 과장된 견해가 모두 불신당하고 이 진리만이 한층 더 또렷하고 믿어야 할 것으로 남아 있다. 이런 모든 사실로 미루어 이해력이 있는 사람이라면 누구라도 마태복음 21:44[3]나 24:35[4]에 나오는 말씀이 진리임을 이해할 것이다.

그리고 이 가르침에 의한 '결실'도 고대 그리스 · 로마 신화와 불교 그리고 중국의 철학이나 이슬람교의 결실과는 전혀 다른 것이다. 설령 기독교에도 여러 가지 결함이 있더라도 그것은 이 가르침에 따름으로서 생기는 것이 아니고 오히려 따르지 않음으로써 생기는 것이다. 기독교인들이 모두 이슬람교도처럼 충실한 신도였다면 세계는 전반적으로 현대의 상황보다 훨씬 나은 것으로 되어 있을 것이다.

12월 3일

당신이 조만간 진정으로 성서를 읽어 보고 싶은 생각이 들거든 ——실제로 기독교라는 것을 알고 그 가치를 배우려면 그것이 가장 좋은 방법이며 그것은 영원히 그럴 것이다——우선 빈틈없이 당신 자신의 연약함과 그런 것에 마음이 내키지 않는 '늙은 아담'에 대한 것을 염두에 두도록 하라. 그리고 뭔가 전혀 흥미를 갖지 못하거나 이해할 수 없는 것에 부딪히거든 읽어 나가는 것을 중지하라.

---

3) "이 돌 위에 떨어지는 자는 깨지겠고, 이 돌이 사람 위에 떨어지면 저를 가루로 만들어 흩으리라."
4) "천지가 없어질지라도 내 말은 없어지지 아니하리라."

의심할 여지 없이 성서의 각 편을 모조리 아는 것은 좋은 일이다. 그러나 그중 꽤 많은 것들이 공부하기 시작한 사람들에게 무의미하거나 기이한 인상을 주는 것은 부인할 수 없다——그래도 이런 편(篇)은 없는 게 좋다고는 생각되지 않는다——그러니 우선 복음서부터 읽는 것이 좋다. 그렇게 하는 것이 중요하며 더욱 성실한 사람이라면 틀림없이 깊은 감명을 준다. 그다음에는 역사서——창세기부터 에스더까지——를 읽는 것이 좋다. 고대의 다른 역사서로 이에 필적할 만한 것은 하나도 없다. 그 다음 시편과 욥기를 그러고 예언서를 읽도록 하라. 마지막에 사도들의 편지와 사도행전과 요한계시록을 읽는 것이 좋다. 여기서부터 우리의 역사가 시작되는 것이다. 구약의 잠언 · 전도서 · 아가는 옛날의 시와 격언을 모은 흥미 있는 저서로 읽을 수 있을 것이다. 설령 이런 말이 불교에서 나온 것이든 베다——브라만교의 근본 성전——에 실려 있는 것이든 아주 높이 칭찬받을 것이다.

그리고 성서중 어느 편을 특히 좋아하느냐는 오직 개인적인 문제이다. 시편 37편과 73편은 '악인들의 번영(시편 73:3)'에 대해 마음의 의혹이 생겼을 때 가장 위안이 되는 노래다. 유명한 시편 90편은 아마도 가장 오래된 기도이겠지만 오늘날에도 당시와 마찬가지로 신선하고 아름답다. 또 91편은 예로부터 모든 전사나 용사들이 애호하던 노래였다. 요한복음은 기독교의 내적 본질을 가장 잘 나타낸 것이다. 마가복음은 직접적인 증인들의 생생한 기억에 그래서 씌었다. 아마도 사실에 입각한 가장 오래된 이야기이며 간단히 기술

되어 있다. 그러나 내가 아는 바로는 이 복음서의 끝머리에 대해서는 비판을 면할 수 없는 것이 있다. 그렇지만 읽는 사람이 진실하다면 이들 여러 편(篇)에 대해서는 독자의 체험으로 증거 받은 내적 진리가 완전히 신뢰할 수 없는 역사적 여러 비판 따위보다도 훨씬 중요한 것이다.

아무튼 내용의 풍부함이나 영혼을 뒤흔드는 힘에 있어서 성서에 비견할 만한 책은 예전이나 지금에도 존재하지 않는다.

12월 4일

미래의 일에 대해――더구나 이 세상의 종말에 대해――이것저것 생각하는 것은 무익하다. 왜냐하면 그 누구도 그것에 대충이라도 짐작하거나 예상할 수 없기 때문이다. 그리스도마저 그것은 알 수가 없었다(마태복음 24:36)[5]. 미래를 알 수 없다는 것과 사도 바울의 예언도 잘못되어 있다는 것은(데살로니가전서 4:17)[6] 더욱 못난 인간인 우리에 대한 하나의 교훈이다. 그러므로 우리가 배려하고 숙고해야 할 것은 이 밖에도 얼마든지 있다. 미래에 대해 걱정하는 것은 우리가 명령받은 일이 아니다. 우리는 마태복음 28:18~20[7]의 예수의

5) "그날과 그때는 아무도 모르나니 하늘의 천사들도 아들도 모르고 오직 아버지만 아시느니라."

6) "그 후에 우리 살아남은 자도 저희와 함께 구름 속으로 끌어올려 공중에서 주를 영접하게 하시리니 그리하여 우리가 항상 주와 함께 있으리라."

7) "하늘과 땅과 모든 권세를 내게 주셨으니 그러므로 너희는 가서 모든 족속으로 제자로 삼아 아버지와 아들과 성령의 이름으로 세례를 주고 내가 너희에게 분부한 모든 것을 가르쳐 지키게 하라. 볼지어다. 내가 세상 끝날 때까지 너희와 항상 함께 있으리라."

말씀만으로도 아주 충분하다.

12월 5일

“여호와께서 그 사랑하시는 자에게는 잠들어 있을 때도 없어서는 안 될 것을 주시도다(시편 117:2).” 이 말은 신에게 사랑받는 사람들은 걱정하고 노력하고 아첨하고 더욱더 좋지 못한 수단을 써서 성공과 영달을 꾀할 필요가 없다는 것이다. 그들에게는 일 · 생활비 · 좋은 배필 · 친구 · 기운 · 건강 · 필요한 때의 휴식까지 인생의 주된 보배가 부여된다는 것이다. 그렇지만 그들은 신의 명령을 주저하지 말고 충실히 이행하고 일을 하며 신의 선물을 정성껏 사용하여 이웃을 돕고자 해야 한다.

신과 그리스도와 더불어 사는 것은 이 세상에서의 아주 수월한 삶의 방식이다. 그것은 일종의 철없는 소탈함마저 빚어낸다. 그리고 이와 같은 소탈함은 이 세상의 어떤 향락보다 한층 더 인간의 생활을 즐거운 것으로 할 수 있다. 더욱이 그러기 위해서 돈은 거의——아니 전혀——필요 없다.

그런 생활에 필요한 것은 오직 신과의 요지부동한 교제뿐이다——이런 경우에 ‘오직’이라는 말을 써도 된다면——이런 삶은 불행한 사람들에게 있어서 참된 구원이다. 실제로 그들이 이런 구원을 알고서 그것을 구한다면 반드시 그것은 주어지기 때문이다(마태복음 11:30, 14:30, 31, 19:29, 요한복음 15:7, 16:24, 33, 요한1서 5:3, 말라기 3:14~18, 20).

12월 6일

"무릇 사람을 믿으며 혈육으로 권력을 삼고 마음이 여호와에게서 떠난 사람은 저주를 받으리라. ……그러므로 여호와를 의지하며 여호와를 신뢰하는 사람은 복을 받을 것이리라. 그는 물가에 심은 나무가 뿌리를 강변에 뻗치고 더위가 올지라도 두려워 아니하며 그 잎이 청청하여 가뭄의 때도 걱정이 없고 결실이 그치지 아니함과 같으니라(예레미야 17:5~8, 22:5~8)."

이 말씀은 처음 생각하는 것보다 많은 진실을 내포하고 있으며 이것을 믿는 사람은 갖가지 슬픈 인생의 경험을 맛보지 않아도 된다. 적어도 나는 지금까지의 생애에서 인간을 너무 의지했을 때마다 그 지주가 나를 배신했다. 이와는 반대로 나는 신에 대한 신뢰가 충분했을 때는 그것에 배신당해 본 경우를 단 한 번도 생각해 낼 수 없었다(헤른후트 찬미가 173~176).

그리고 이것을 진실로 믿을 수 있으려면 오랜 시간이 걸린다. 또한 이것을 믿기 전에 인생은 거의 끝나가고 있다. 그렇지만 그때야 비로소 사람들은 진정으로 인간을 사랑하기 시작한다. 그때까지는 많든 적든 그들을 두려워할 뿐이다.

12월 7일

사물의 대소를 막론하고 우리는 검약해야 한다. 그러나 이것을 사치하는 것이 필요한 물건조차 못 가진 많은 사람을 부정하는 이유 때문이지만 이는 검약함으로 충분한 베풂이 이루어지도록 하기 위해서이다.

그 밖의 이유와 타산적으로 이루어지는 검약은 모두가 탐욕이 되기 쉽다. 탐욕이라는 정신적 경향은 신에게 어울리지 않고 신이 제일 꺼리는 악덕 중에서도 신의 영이 가장 근접하지 못한다. 그래서 ≪성서≫는 이것을 모든 악의 뿌리라 부르고 있다(누가복음 12:15~20, 26~34, 디모데전서 6:6, 히브리서 13:5, 6, 단테 ≪신곡≫ 〈지옥 편〉 제1곡 49~60행, 〈연옥 편〉 제19곡, 역대 하 25:8, 9).

찰스 스펄전은 이렇게 말하고 있다. "신의 자녀가 신에게 위임받은 힘을 가지고 그들의 임무를 다하려 하지 않을 때 신은 왕왕 그들이 파산 은행의 주주가 됨을 허락하신다." 문자 그대로 이런 결과로 되는 일이 실제로 많이 있다. 그러나 이런 때 시편 23, 127, 128의 말씀이 마음에 평안을 가져다준다.

그러므로 당신이 그래도 뭔가 사치라는 것을 해보고 싶다면 '힘에 벅찬 베풂'을 행하는 것이 가장 훌륭하고 가장 해롭지 않은 사치다(고린도후서 8:2, 3).

12월 8일

근대의 윤리학 · 신학(神學) 또는 심리학 등의 여러 단체는 기독교나 문화민족 사이에 이루어지는 그 밖의 기성 종교를 불만족한 것으로 생각하고 그것을 그들 이론의 공통적인 배경 또는 출발점으로밖에 생각하고 있지 않다.

그들은 기성 종교 대신 그보다 훨씬 뛰어난 종교철학을 두려고 한다. 더욱이 신학은 그것을 고대 인도의 종교철학과 결부해 이 철학을 기독교보다 훨씬 나은 정신적 소산이라 칭하고 있다.

이 같은 평가 방식에 대해 우리가 스스로 판단을 내리고 싶다면 복음서와 ≪바가바드 기타(Bhagavad gita)≫를 비교하는 것으로 충분하다. 기독교를 처음부터 편견을 품지 않은 사람이라면 틀림없이 우리에게 전해오는 그리스도의 말씀이 그지없이 큰 힘에 충만하고 한층 더 위대한 내용을 가지고 있다. 그리고 교양 없는 사람들도 훨씬 알기 쉬운 점에 놀랄 것이다. 이것을 인정하지 않는 사람은 어찌할 도리가 없다. 그 사람은 그것이 알고 싶지 않거나 아니면 판단력이 부족한 것이다.

모든 신학적인 것은 교양이 없는 사람에게는 마취제로 작용한다. 그런 사람이 정신적으로 건강하다면 이에 대해 그다지 기분 좋게 느끼지는 않을 것이다. 그는 그것을 이해 못 하거나 아니면 흥분과 열광에 빠지거나 할 것이다. 그러나 교양 있는 사람들은 이 모든 것들이 밝히기 힘든 사물에 대한 단순한 사변(思辨)이나 결실이 없는 사색에 그치고 실생활에 아무런 효과도 없음을 알고 있다. 수백 년 동안 내려오는 인도의 사정이 사실(史實)로서 이것을 밝히고 있다. 또 중국의 철학적 윤리학도 그것이 아무런 실효도 거두지 못했다는 것을 예로부터 사례를 통해 제시하고 있다.

그러나 이것들은 차츰 기독교의 내적 부흥을 요구하는 현대의 특징이며 경고의 현상이다(마가복음 13:22·23, 헤른후트 찬미가 574, 384).

12월 9일

그리스도 자신이 이해했던 그대로 '그리스도의 기독교를 진지하게 생각하는 소박하고 선량한 인간의 진정한 거울이 되어 줄 사람이 있었으면 좋겠다고' 하는 생각을 하는 일이 가끔 있다. 그와 같은 사람이 된다는 것은 지금――아니 예전보다 지금이――훨씬 좋으며 수월하다. 그런 사람이 되기 위해 월등한 재능이나 교양은 조금도 필요치 않으며 무슨 특별한 지위는 더더욱 소용이 없다. 진정으로 선한 의지로 진리에 대해 꾸준하고 성실히 추구하면 분명 누구라도――이를테면 나무꾼이라도――훌륭한 목사처럼 될 수 있다. 그렇게 함으로써 이웃의 길을 비춰주는 빛이 될 수 있다.

이보다 더 진실한 것은 없다. 당신이 정말로 그렇게 생각한다면 생애의 결정적 순간에 다윗 왕에게 일어났던 일이 다른 방식으로 당신에게 일어날 것이다. 어떤 음성이 "당신이 바로 그 사람이다(사무엘하 12:7)"라고 당신 귀에 말할 것이 분명하다. 당신은 부득불 당신에게 가능한 일 그리고 우리와 국민에게 필요하다고 생각하는 것을 실행하라. 그 밖의 목적들은 모두 떨쳐 버리는 것이 좋다. 사실 그 밖의 목적들은 당신 자신에게는 가치가 없고 또 타인들에 의해 잘 처리되고 있기 때문이다.

그런데 그것을 알지 못하는 다른 사람이 그것을 행하고 반면에 그것을 인식하고 있는 당신이 그것을 행하려 하지 않는 것은 도대체 어찌 된 일인가. 그래서는 안 된다. 당신의 이 첫째 의무를 수행하도록 하라. 다른 모든 것은 팽개쳐 버려라. 그리고 오늘부터 당장 이 의무 수행에 착수하라.

12월 10일

자신의 참된 종에 대한 신의 인격적 신뢰는 진실로 큰 것으로서 이런 사람이 단 한 사람이라도 있으면 국가의 불행을 막을 수도 있을 정도다. 불행이 불가피해지기 전에 이런 종은 신의 품으로 부름을 받는다. 이런 사례는 아주 흔하며 최근의 예로는 보어전쟁(1899~1902)이 발발하기 전에 칼라일 · 고든 · 스펄전 · 글래드스턴이 죽었다(이사야 57:1, 열왕기 하 22:20, 창세기 18:17).

그러나 그런 것은 신을 사랑하기 때문에 자진하여 영원히 신의 종으로서 몸을 바친 사람들에 한하는 것이다(출애굽기 21:5~6). 그 밖의 신의 종들은 이런 권위를 절대 부여받지를 못한다.

12월 11일

이 세상의 삶에서 세 가지 '탈출' 방법이 이미 창세기 12:1, 2[8], 15:1[9], 17:1[10]에 소상히 적혀 있듯이 신이 아브라함에게 하신 세 가지 말씀으로 제시되고 있다. 첫 번째 탈출하는 길은 정결한 생활로 나가기 위해 방해가 될 만한 습관적인 환경과 일에서 벗어나는 것이다. 두 번째는 신 이외에 아무것도 두려워하지 않고 오직 신에게 마

---

8) "너는 너의 고향과 친척과 아버지 집을 떠나 내가 네게 지시할 땅으로 가라. 내가 너로 큰 민족을 이루고 네게 복을 주어 네 이름을 창대하게 하리니 너는 복의 근원이 될지라."

9) "아브람아, 두려워 말라. 나는 너의 방패요 너의 상은 지극히 크리라."

10) "나는 전능한 하나님이라. 너는 내 앞에서 행하여 완전하리."

음을 돌리는 것이다. 세 번째의 탈출 방법은 오직 신 앞으로 걸어가는 것이다. 이것은 오늘날에도 진정한 생활에 이르고자 원하는 모든 사람이 걷는 내적 생활의 방식이다.

진실한 생활에 이르려면 이 이상의 것은 필요 없다. 그러나 이 세 가지 탈출은 충분하고도 완전히 이루어져야 한다. 하지만 각각 적당한 시간의 간격을 두고서 말이다. 그 이상의 것은 이사야 59~62를 참조하라.

12월 12일

'공의의 열매는 화평이며 공의의 결과는 영원한 평안과 안전이라. 내 백성이 화평한 집과 안전한 거처와 조용히 쉬는 곳에 있으려니와 (이사야 32:17, 18).'

현대 생활이 가져다주는 온갖 불안과 동요 대신 앞의 성구에서 제시된 상태를 바라지 않는 사람이 있겠는가. 그러므로 언제나 변함없는 이 같은 평안함과 기쁨에 충만한 상태야말로 이 지상에서의 유일하고도 이상적인 생활이며 또 천국으로 가는 도리에 합당한 유일한 통로이다.

사람이 늙고 병들어 죽을 때 흔히 품는 감정으로는 곧장 천국으로 들어갈 수가 없다. 그러나 이 같은 평화와 기쁨에 충만한 상태는 죽음에 앞서 일찍부터 인간 내부에 존재할 수 있다. 그리고 죽을 때는 차츰 쇠잔해지는 육체의 외적 '장해'가 죽음에 의해 제거됨에 불과하다.

12월 13일

기독교 신앙의 가장 훌륭한 점은 신을 섬기면서 자기의 힘을 믿거나 의논할 필요 없이 오직 신만을 상대하면 된다는 것이다. 다음으로 신의 더 없는 완전함도 상대방을 신뢰하는 의지만 있으면 극히 불완전한 사람도 친밀한 교제를 맺는 데 지장을 주지 않는다. 이 교제는 인간의 우정보다 월등하며 영혼에 충분한 만족을 주는 것이다.

우리는 악이 정말 무엇인가를 전혀 알 수 없다. 또 우리는 그것을 알고는 못 견딜 것이다. 우리에게 악이란 자기 자신의 자유의지로 신과의 친밀한 교제를 단절하고 파기하는 것이다.

그 시작은 항상 신과의 약속과 신의 말씀을 의심하거나 또는 신의 명령이 실행 가능한지 의심하는 것이다. 그런 의심은 실제로 낯선 사람의 음성처럼 우리 마음에 씨앗이 뿌려지는 것이다. 그래서 불신과 의혹이 생기고 신앙에서 이탈과 배반이 이루어진다. 그 결과로 뒤에 후회와 뉘우침이 따른다. 그러나 신앙으로 되돌아가는 길은 항상 열려 있다는 것을 잊어서는 안 된다.

12월 14일

사무엘 상 7:3절은 이미 예로부터 몰락한 집안이나 그 가치와 존경을 상실한 민족이 다시 잘 일어서기 위한 수단이다. 더욱이 이것은 그 밖의 어떤 분기(奮起) 방법보다 또 어떤 군사적 방법보다 훨씬 확실한 수단이다. 그러나 그것을 위해서는 진실함이 있어야 한다. 다만 교회의 형식이나 종파 또는 그저 형식뿐인 예배로는 안 된다. 그 결과는 출애굽기 29:45, 46의 신의 말씀대로이다. 바야흐로 모든 문명국 중에 큰 나라가 이 같은 길을 선택하느냐 마느냐 또는 사느냐 죽느냐의 문제에 직면하는 것이다. 그 실마리는 이미 나타나고 있다. 그러나 이것은 우리도 반드시 직면해야만 할 운명이다.

그러나 지금 대중을 기독교에 복귀하게 하는 것은 말할 것도 없이 문제도 안 된다. 그리고 지금은 조금 전까지 존재했던 신앙에 대한 외적 강제 수단이 없어졌다. 그러나 우리는 절대로 그것을 유감스럽게 생각하지 않는다. 오히려 기독교는 이제 그 자체의 힘으로——즉 내적 탁월함으로——반드시 인류의 일부 사람들을 새로이 획득할 것이다. 그러나 나머지 부분은 지금보다 더 강하게 항거할 것이다. 이 때문에 문명국가들의 모든 국민이 사고방식 전체의 분열이 지금보다 훨씬 크게 그리고 공공연히 나타날 것이다. 이처럼 자발적인 사고방식이 지금보다 훨씬 순수하고 명확하게 표명될 때는 양쪽 세계관의 결과도 개개의 가족이나 민족에게 역력히 나타날 것이다(신명기 30:2, 11~19, 33:26~29, 마태복음 24:3~14, 말라기 3:2, 3, 18, 예레미야 2:19).

12월 15일

이미 성서 속에서 만인에게 주어져 있는 약속——신의 약속——은 물론 우리가 특히 자기 내부에 깊이 느낀 말씀——그것은 거의 청취할 수 없는 말씀일 수도 똑똑한 말씀일 수도 있다——을 통해 받아들이는 약속이라면 더더욱 사람이 스스로 그것을 위해 아무것도 하지 않고서도 저절로 그 약속이 실현되는 것은 아니다. 신의 약속은 먼저 그것을 확실히 신뢰할 수 있다는 것을 굳게 믿고 받아들여야 한다. 다음에는 그것을 실현하는 데 필요한 모든 것이 우리 인간에게도 이루어져야 한다.

더욱이 그럴 때는 인내가 대단히 필요하다. 우리는 "너희에게 인내가 필요함은 너희가 신의 뜻을 행한 후에 약속을 받기 위함이라(히브리서 10:36)"라는 음성을 자주 분명히 듣는다. 그런데도 신이 우리에게 정하신 것은――때로는 거기에 곤란이나 고통이나 궁색이 수반할 때도 있고 수반하지 않는 때도 있지만――조만간 반드시 실현되는 것이다. 신의 약속은 절대로 변함없지만 우리의 태도 여하에 따라 그 실현은 쉽게도 되고 어렵게도 되는 것이다(민수기 14, 여호수아 21:45, 히브리서 5:15, 6:15, 10:32~39, 12:11).

12월 16일

인생은 그 대부분이 순간적이고 결정적인 행동으로 이루어져 있다. 그리고 이러한 행동 뒤에 다시 평온한 생활의 흐름이 꽤 오랜 기간 계속된다. 이 동안에 갖가지 경험을 쌓아서 생활의 원칙들이 얻어지고 또 그것이 확고해진다. 그렇게 되면 행동하면서 특별히 숙고하지 않아도 그 원리에 따라 본능적으로 실행할 수 있다. 비로소 행동할 때가 되어 자기가 무엇을 할 수 있는지 또 무엇을 하고 싶은지를 생각하는 사람은 처음부터 실패하기 마련이다. 오늘날에도 군사적으로도 인정받고 있듯이 행동으로 옮기는 결정적 순간에는 '심리적 요소'가 아주 큰 역할을 한다. 그때까지 충분히 얻어진 힘과 원리를 가지고 과감하게 부딪히는 사람은 결정적인 승리를 거둘 수가 있다. 그리고 이 승리가 그 후 오랜 기간에 걸쳐 그 사람의 운명을 결정한다. 이와는 반대로 불확실한 태도로 싸움에 임하는 자는 항복하거나 퇴각하게 되며 앞을 향해 전진하기는커녕 인생의 중요한 시기와 과제를 전부 처음부터 다시 시작해야 한다.

어떤 결심 · 원칙 · 신조도 그것이 행동하면서 확고한 것으로 증명되기 전에는 그것을 믿어서는 안 된다. 또 아직 확립되지 않은 원리를 가지고 행동에 대처해야 하는 상황에 스스로 들어가서는 안 된다. 이 두 경우에서 생기는 결과는 뼈아픈 패배이다. 우리는 때때로 그 쓴맛을 맛보게 되지만 그것은 다른 무엇보다도 더 선하고 위대한 것으로 향하는 용기를 빼앗는 것이 된다.

이럴 때 가장 확실하게 도움이 되는 것은 신에 대한 확고한 신뢰와 닥쳐올 일에 주어지는 경고나 일깨움을 듣는 예민한 귀다. 신에게 의지하는 사람은 그 음성을 듣는 조심성 외에는 어떤 인간적인 지혜가 없어도 된다. 어떤 중대한 일이 일어났을 때는 항상 신에게 예고를 받게 된다. 미리 위안과 약속으로 충분한 힘을 주며 행동하는 동안에도 자신으로로는 가질 수 없을 정도의 용기를 부여받는다. 욥기와 그리스도의 수난사는 그것을 잘 대변하는 사례이다(욥기 33:14~30).

12월 17일

불친절한 말이나 무익한 말을 절대 입 밖에 내지 말라. 그러나 발언하는 것이 중요하고 필요하면 과감하게 하라. 그러고 냉담하고 거만하거나 적어도 그렇게 생각되는 침묵을 악착스레 고집하지 마라. 이와 같은 태도는 실로 중요하다. 왜냐하면 말은 행동과 비견할 정도로 많은 재앙의 원인이 되기 때문이다. 만일 그 많은 죄에 속죄하고 그것을 고치게 하는 신의 은혜가 없다면 '무익한 말(마태복음 12:36)'을 많이 해서 개개인이 쌓는 죄는 산처럼 높아진다. 그 전체의 모습을 눈앞에서 본다면 누구라도 전율을 느끼지 않을 수 없을 것이다. 그러므로 좋은 열매를 얻기 위해서는 그 나무를 잘 가꾸는 도리밖에 없다(시편 139:2~5, 23, 24, 헤른후트 찬미가 372, 388).

12월 18일

아주 착한 사람이면서 더 공부하여 내적으로 성장해야 할 때 행동하거나 반대로 독서나 예배를 그만두고라도 행동해야 할 때 안식이나 명상에 집착해서 일생을 망치는 사람이 적지 않다.

'예배'라는 것은 대체로 위험한 말이다. 그것은 이 세상살이에 아직 깊이 묻혀 있는 영혼을 일시적으로 고양하는 것에 불과하다. 그러나 인생의 어느 시기가 끝나면 꾸준히 변함없이 신 가까이에 있는 단계에 이른다. 이 단계는 겉으로는 훨씬 경건하지 못한 것처럼 보이지만 내적 생활의 훨씬 높은 단계이다.

12월 19일

이 지상에서는 무위(無爲)의 생활로 내적 진보를 이룩할 수 없다.

설령 수도원 생활이 단지 명상에 잠기는 것이라면 그것은 큰 잘못이다. 또 많은 '국내에서 세속을 벗어나 숨어 사는 사람'들의 잘못도 마찬가지다. 우리는 먼저 스스로가 그리스도를 통해 신과 바른 관계에 들어감으로써 '지상의 천국'에 이르러야 한다. 그리고 자기가 그것을 실현했으면 다른 사람도 마찬가지로 거기에 도달하도록 도와주어야 한다. 이것이 곧 세상을 '사는' 것이다.

그렇지만 이 후자는 너무 서둘러서는 안 된다. 그렇지 않으면 '귀머거리가 절름발이의 손을 이끌다가 둘 다 구렁에 빠지는' 격이 되기 때문이다.

12월 20일

신명기 5:25~30을 보라. 인생의 가지각색인 불행은 다만 인위적으로 은폐되고 있음에 불과하다. 그와 같은 온갖 불행에 대해 앞에 나온 신명기의 말씀과 그에 이은 제6~11장에 내포된 내용보다 더 명확한 구원의 약속을 바랄 수는 없다. 그러나 이 약속이 오늘날에도 역시 유효하며 적절한지 당신 스스로 시험해 볼 수 있다. 그러나 그것은 어떤 사람에게 조건부로 약속받았을 때 우리는 그 사람에 대해 조건대로 시험해 보아야 하듯이 신의 약속을 시험해 보아야만 할 것이다. 그리하면 신은 조건 엄수처럼 까다로운 사람이 꼼꼼하게 따지는 것처럼 엄격히 요구하지 않음을 경험할 것이다. 그러나 그것은 당신 마음이 항상 성실할 때만 그러할 것이다. 그러나 물론 완전한 축복은 이들 태곳적 말씀에 따라 선행을 한 결과로 주어진다. 즉 그러한 신의 말을 따라 행하는 것이 복음이다. 이미 많은 사람이 그것을 실행하고자 했을 때 그 전보다 행복한 생활로 들어갈 수 있다.

오늘날 그릇된 길을 걷고 있는 사람들 대부분은 태어나면서부터 그 길에 발을 들여놓은 것은 아니다. 그 밖의 길로는 오늘날의 세상을 도저히 건널 수 없다는 세상의 일반적 생각을 따랐을 따름이다. 그런 생각에 대해 이미 구약에 그와 반대되는 명백한 증거가 누누이 기술되어 있다. 그리고 우리가 아는 범위로는 이 증거가 여태껏 그 누구도 속인 일이 없다. 적어도 우리는 꽤 오랜 기간의 인생경험으로――어중되고 무기력한 일시적인 시도에 그래서가 아니라――'나는 확실히 속았다'라고 주장할 수 있는 사람을 만난 일이 없다. 이에 반해 지금 '세상 모든 사람의 가는 길'을 따라 걸었기 때문에 인생의 행복을 뿌리째 잃은 사람들이 얼마나 많은지 모른다(말라기 3:13~20, 예레미야 2:13, 17~19, 3:25, 8:7, 11, 32:19, 23, 38~42, 이사야 48:18, 49:11~16).

이미 구약 시대에 유대 백성에 대해 이런 일이 있었다면 우리는 대체 무엇 때문에 기독교도가 되었던 것일까.

또 우리가 오늘날――구약 시대보다도――더욱 나쁜 사태에 놓여야만 하는 것이라면 무엇 때문에 '구세주'가 우리를 위해 태어난 것일까.

신약성서는 이들 옛날 약속을 한층 더 내면적으로 깊게 이해했을 뿐이지만 그것을 버린 것은 아니다(마태복음 5:17~20).

기적의 신앙

신의 나라에 이르기를 원하고
그 영광스러운 구원을 보고픈 사람은
이 속세의 정신을 경시하고
신의 말씀에 의지해야 한다.

기특하게도 구원에 부름을 받아
내 마음이 흔들리지 않음은 오직 기적일 따름.
어둠에서 빛에 이르는 길은
모든 단계가 불가사의로 차 있다.

12월 21일

기독교에 대해 단지 당신의 호기심이나 평범한 지식욕을 달콤하게 자극하는 것만을 추구하는 일이 없도록 하라. 또 그러한 '의문'을 가지고 끈덕지게 '신앙의 지도자'와 '영혼의 보호자'——목사——또는 그 밖의 '권위자'들의 골치를 썩이는 일이 없도록 하라. 그런 짓은 기독교를 완벽한 진리로 파악하는 것을 방해하게 된다. 이런 일이 있으므로 시편 18:26은 "깨끗한 자에게는 주의 깨끗하심을 보이시며 사악한 자에게는 주의 거스르심을 보이시리니'라고 신이 말하고 있다. 신은 사람이 신과 장난하는 것을 용납하지 않으신다. 신은 진실하게 신을 구하는 자에게만 응답하신다.

12월 22일

"당신이 지닌 마음은 자애라 불리는 위대함의 절정에 선 것입니다." 미켈란젤로가 비토리아 콜론나에게 써 보낸 이 말은 선과 악이 다 같이 위대했던 르네상스 시대에 살았던 인간상을 보여주고 있다.

현대의 세상은 전체로 보면 그 당시보다 훨씬 좋아졌다. 그러나 우리는 당시의 위대함이 얼마쯤이라도 오늘날에도 남아 있었으면 좋겠다고 생각한다.

12월 23일

그 시대마다 학문적인 신학과 그리스도가 바랬던 참된 기독교 사이에는 항상 차이가 있다. 이것을 가리키는 구체적인 대목은 요한복음 제3장이다. 박식한 학자 니고데모는 그리스도를 찾아와 진지하게 '상대의 호의를 얻기 위한 미사(美辭)'를 늘어놓는다. 학문이 없는 그리스도에게 먼저 '칭찬'과 경의를 표하고 그 뒤에 뭔가 교훈을 하려는 속셈이었다. 그렇지만 그리스도는 다음과 같이 대답하여 니고데모의 훈계를 가로막았다. "우리는 스스로 보거나 듣거나 하여 알고 있는 것을 말하고 있는데 당신들은 배우거나 연구한 것을 말하고 있다." 이것이 오늘날에도 존재하는 양자의 차이다. 사람은 기독교를 '가르칠' 수 없다. 다만 기독교를 인도하고 조용히 입문하도록 할 뿐이다. 그것은 상대가 스스로 듣거나 보거나 할 수 있게 하기 위한 것이다. 그 점에서 기독교는 학문의 성질보다는 밀교(密教)의 성질을 지니고 있다. 그러나 밀교라 할지라도 기독교는 그 모든 부분이 만인의 눈앞에 공개되었다. 그런데도 많은 사람은 그것을 보지 못하고 파악하지 못할 뿐이다. 그것은 반드시 배우지 못한 사람이 아니라 도리어 그 반대이다. 그래서 그리스도 자신도 신의 나라를 어린아이처럼——즉 갖가지 학문적 연구에 의해서가 아니라——굳은 신앙으로써 받아들이지 않는 자는 무슨 일이 있어도 거기에 들어갈 수 없다고 말씀하고 있다(누가복음 18:17). 신학은 없어서는 안 된다. 그것이 없으면 큰 지장을 초래할 것이다. 그러나 신학은 절대 기독교 자체는 아니다.

12월 24일

요한복음 3장에는 더더욱 주목할 만한 두 개의 성구가 있다. 19절[11)]과 21절[12)]이 그것이다. 오늘날의 세상에도 좋은 교훈이 없는 것은 아니다. 오늘날에도 사람들은 지성이 계발(啓發)되었기 때문에 신의 말씀을 믿지 않는 것도 아니다. 그들은 오히려 자신의 행위가 신의 넘치는 빛에 견딜 수 없으므로 이 빛을 발하지 않는 것이다. 그들이 그 행위를 고치려 한다면 이 신앙은 훨씬 쉽고 당연한 것으로 느낄 것이다.

21절은 진정으로 진리에 봉사하는 사람이 이 세상에서 그 의의와 작용에 대해서 애를 태울 필요가 없다는 뜻이다. 왜냐하면 진리에

11) "그 정죄(定罪)는 이것이니, 곧 빛이 세상에 왔으되 사람들이 자기 행위가 악하므로 빛보다 어두움을 더 사랑한 것이니라."

12) "진리를 좇는 자는 빛으로 오나니 이는 그 행위가 하나님 안에서 행한 것임을 나타내려 함이라."

봉사하면 빛이 그 사람을 비추어 주기 때문이다. 그는 이미 어둠 속에 머무를 수가 없는 것이다.

실제로 인간이라는 것은 많은 결점이 있는데도 무엇보다 먼저 진리를 사랑하며 그것을 기꺼이 듣는 예민한 귀를 가지고 있다. 오늘날에도 진리가 세계의 궁벽한 오지 한쪽 구석에서 논의되고 있다면——이를테면 당시의 문명으로 보아도 '낙후된 곳'이며 하찮은 유대나 갈릴리 같은 곳에서도——그것은 아무것도 선전할 필요 없이 저절로 세상에 널리 알려져 많은 사람의 귀에 닿을 것이다. 그러나 그 뒤에 진리가 적당한 땅을 발견하여 뿌리를 내릴는지는 별개 문제다. 그리스도는 그 문제를 누가복음 8:5~15에서 유명한 비유로 설명하고 있다.

12월 25일

마태복음 23:38, 39[13], 열왕기 상 9:7~9절을 보라. 이것은 당시의 이스라엘 백성에 대한 심판이었다. 신은 그들의 민족적 성전에서 떠나셨다. 신이 없는 이 성전은 끊임없이 몰아치는 심판에 아무런 방어도 할 수 없었다. 성령의 힘이 쇠퇴하면 종교상의 어떤 형식도 아무 소용이 없다.

그러나 예언의 또 한 부분——즉 유대교와 기독교가 언젠가 다시 하나가 되어 같은 역사를 갖게 된다는 예언——또한 확실히 현실로 다가오고 있다. 아니, 사람들이 생각하는 것보다도 빨리 다가올 것이다. 그때까지는 그리스도가 바랐던 것과 같은 기독교의 완성은 충분하게 달성되지 못할 것이다(신명기 30:1~7, 예레미야 24:6, 7, 29:11~14, 마태복음 5:17, 18, 23:37).

그래서 그리스도는 이 민족을 위해——그리스도 자신의 말씀에 따르면 오로지 이 민족을 위해서만——파견된 것이므로 그들에게 경의를 표하도록 명령이 내려지고 있다(마태복음 15:24). 다만 역사적으로 생각하면 이스라엘 이외의 사람들을 위해서는 바울이 파견되었다(사도행전 16:9, 17, 23:11, 로마서 11:17, 18, 25~26).

일찍이 카인이 자기 동생을 죽였기 때문에 신에게 낙인찍혔듯이(창세기 4:9~16) 이 오래된 민족 이스라엘도 그 조상 전래의 신에게 확실히 낙인찍혀 있었다. 그러나 낙인찍힌 것 때문에 신의 특별한 비호도 받고 있다. 이 신만이 심판자이며 이 신 이외의 그 누구도 벌받지 않고 이 백성을 박해하거나 모욕하는 것이 허용되지 않는다. 그리고 그들에 대한 축복은 그들 자신의 신앙에 충실한 이상 오늘날도 특별한 힘을 지니고 있으며 다른 어떤 축복보다도 큰 효과를 나타내는 것이다(창세기 12:3, 갈라디아서 3:8 · 9).

12월 26일

그리스도가 역사에 등장하면서부터 '어떤 사람이든 인간을 이상으로 생각하거나 절대적인 모범으로 우러르는 것은 모두 해롭다'라고 잘라 말해도 좋을 것이다. 당신은 어떤 인간도 그런 존재로 마음에 그려서는 안 되지만 그 사람이 당신을 도와 기독교로 인도하는 자가 되는 것은 무관하다.

당신은 이 인도자에게 감사해도 좋으나 그를 '숭배'——이 몹시 남용되기 쉬운 말에 실제로 뭔가 뜻이 있다면——해서는 안 된다. 이 말은 대체로 보통의 틀에 박힌 문구에 불과하며 흔히 하는 '감사(感謝)'라는 정도의 뜻조차 내포하고 있지 않다.

12월 27일

우리가 일로 바쁘게 사는 세상에서 정직하게 말할 수 있는 것은 당연하다. "나의 영혼은 오직 신의 품에서 평안하니 나의 구원이 그에게서 나도다(시편 62:1)." 하지만 향락으로 가득 차 있는 세상에는 여간해서 그렇게 말할 수 없다. 그러나 반대로 조용하고 고독한 생활을 하고 신과 함께하는 마음 든든한 생활로 연결되지 않으면 유혹이 우리를 보호하지 못하고 자기완성의 길을 가는 데 도움이 되지 않는다.

이 지상에서 가장 좋은 것은 이 두 상태가 서로 한 번씩 바뀌는 것이다. 그러므로 수도회 등의 종교적 단체는 뭔가 실천적인 일을 가져야만 하며 바쁜 활동가는 조용한 시간이 필요하다. 그리고 신은 그들에게 그런 조용한 시간이 필요하다고 생각되면 병을 통하여 그것을 선사하신다.

모든 종교나 철학 중에서 진짜 기독교는 정적주의나 세속의 심취에서 사람을 지키는 유일한 것이다. 이것을 완전히 아는 사람은 틀림없이 이 가르침이 하늘에서 온 것이라고 말할 것이다. 실제로 이 지상에서는 이런 것은 생장(生長)하지 않았다. 완전히 형식주의로 빠져든 유대교나 당시의 고전적 그리스와 로마의 문화에서도.

12월 28일

가장 명백한 계율이면서도 가장 잘 지켜지지 않는 계율의 하나는 이러하다. "너는 너의 신 여호와의 이름을 망령되이 일컫지 말라. 나 여호와는 나의 이름을 망령되이 일컫는 자를 죄 없다 하지 아니하리라(출애굽기 20:7)." 이 말씀은 신앙이 없는 사람에게도 신앙이 깊은 사람에게도 잘 들어맞는다. 왜냐하면 경건한 사람은 어떤 일을 '신의 나라 일'로 행하는 것이라고 누누이 주장하지만 그들이 관심 두는 것은 세상의 칭찬이나 명예가 아니다. 외려 그 일을 할 때 즐거움이나 당파적 이해관계이다(요한복음 5:44). 아마도 그런 원인 때문이겠지만 근대의 신학자 요한 토비아스 벡의 전기에 다음과 같은 말이 실려 있다. "상류사회의 신앙심이 깊은 척하는 사람들이란 그들의 노예로 만족하는 자가 아니면 사이좋게 지낼 수 없는 자이다."

12월 29일

'이 세상과 그 경영'에 대한 불평이나 불만은 이 세상에서 가장 무익한 것이다. 우리는 다음과 같이 말해도 좋을 것이다. "그런 세속인이 되고 싶지 않은 경건한 사람들은 그들이 마땅히 그래야만 하고 또 그럴 수 있는 인간으로 되기만 한다면 사회적 부정은 얼마든지 저절로 개선될 것이다"라고. 그러나 이 부정은 불평이나 설교만으로는 조금도 고쳐지지 않는다. 기독교가 분명히 의도한 것은 신의 비호와

주께서 항상 가까이 계시는 것을 믿고 평안히 그 길을 가며 되도록 많은 선을 행하고 가르침보다 실례로써 사람을 격려하는 것으로 자기들의 진리를 확대하는 사람들의 모임이었다. 우리의 미래에 다가오고 있는 기독교의 새로운 개혁도 그런 방향이어야 한다. 이 세상도 이제 일찍이 볼 수 없었던 경향을 나타내고 있다. 현재 빠져 있는 것은 오직 우리 자신에게 있다.

12월 30일

"신이 무엇인가를 말할 수 없듯이 신에게 자기를 몰입해서 경험하는 모든 것을 말로 표현하기가 어려운 것이다." 바이용의 엘리자베스가 한 이 말은 '신비주의'니 '내적 생활'이니 하는 무엇인가를 가장 잘 표현하고 있다. 이 '사물 그 자체'를 서술하는 것은 불가능하며 또 그것을 기술했다 하더라도 그런 기술 따위를 필요로 하지 않는 사람만이 그것을 알 수 있을 것이다.

우리는 다만 이와 같은 영혼의 상태에서 개개의 결과를 분명히 밝히는 것밖에 시도할 수 없다. 그것마저도 항상 착각이나 공상(空相)이라고 하는 의심을 받게 될 것이다.

그렇지만 평소 분별력이 있고 세상 경험이 풍부한 사람이라면 자기 행복을 공상 위에 올려놓는 짓은 쉽사리 하지 않을 것이다. 오히려 그런 세상 경험이야말로 도리어 세속인들의 행복이 얼마나 공상적인지 불안정한 기초위에 서 있는지 매일매일 가르쳐 준다. 그러므로 그들 세속인은 '몽상가'이며 '신비주의자'는 아니다.

그러나 우리는 다음과 같은 사실을 충분한 확신으로 말할 수 있다. 즉 신의 말씀에 순종하고 신의 뜻을 충실히 수행하는 길만이 인간이 도달할 수 있는 완성으로 인도하는 길이다. 그러므로 그 밖의 어떠한 길도 그렇게 할 수 없다. 그밖에 다른 신비주의는 모두 그릇된 것이다. 그리고 그것이 소박하고 선의에서 비롯된 것이 아니라면 그것 역시 영혼을 훼손하는 것이다.

12월 31일

'이제부터는 오직 정의와 선에 봉사하겠다. 더욱이 그럴 기회가 구하지 않고도 나타난다면 기필코 그렇게 하겠다'라고 굳은 결심을 했다면——이것은 분명 모든 '좋은 계획' 중에서 가장 도리에 합당한 것이다——그로부터 날과 달과 계절과 한 해도——어쩌면 황혼에 생기는 다수의 사건마저도——무관심해지고 달력도 거의 무용지물이 되어 버린다.

그러므로 시간이라는 것은 주로 향락을 기대하고 활동을 기대하지 않는 자에게만 가치와 의미를 갖는 것이다.

그럼 안심하라. 당신이 지금까지와는 다른 사람이 되고자 진지하게 생각한다면 인간의 지혜나 가르침 따위는 없어도 되는 시기가 찾아올 것이다. 왜냐하면 당신은 저절로 정화된 본성의 자연스러운 충동과 성향으로 언제나 정의와 선을 생각하고 또 그것을 행할 수 있기 때문이다(단테 ≪신곡≫ 〈연옥 편〉 제27곡 110~142, 요한복음 14:16 · 17).

그렇게 다른 사람이 되면 신이 당신을 위해 하신 수고에 대해 또 가까스로 목표에 이른 당신의 생애를 신에게 감사하라.

그럼, 그날까지 평안하기를. 또 그렇게 되기 위해 용기를 갖기를.

다만, 이를테면 아그리파 왕처럼 "네가 적은 말로 나를 권하여 그리스도인이 되게 하려 하는도다(사도행전 26:28)"라는 그런 말은 절대로 하지 말라.

이와 같이 냉담하고 어중간한 동의는 아그리파의 사례——바울의 예는 이와 정반대이다——처럼 노골적인 반대보다 더 절망적임을 명심하라.

당신은 건강해지고 싶은가(요한복음 5:6)

현대 종교 교육에는 결함이 있다. 그 교육은 모든 사람과 이 세상에 있어야 하고 또 있을 수 있는 대로의 생활을 찾아내기 위한 용기와 희망을 심어줘야 하지만 그것을 완전히 빼앗고 그 대신 내세에 관해 설명하는 것이다. 그러나 내세에 대하여 유일한 신빙성이 있는 전거(典據)인 복음서에 의해 알 수 있는 것은 내세가 존재한다는 것뿐이다. 그것이 어떤 상태로 존재하는지는 자세히 모른다.

분명 구약성서는 때로는 '결혼한 땅'——신과 인간이 남편과 아내처럼 하나로 맺어졌다는 뜻——에 대해 분명히 말했다. 이 지상에서부터 거기에 이르는 것이 우리의 임무이며 더욱이 실행할 수 있는 임무임을 말하고 있다. 단테도 ≪신곡≫ 〈연옥 편〉 끝머리 몇 절을 '지상천국'의 멋지고 아름다운 모습을 묘사하고 있다.

이것은 그의 천국 생활에 대한 다소 애매한 서술보다도 훨씬 직관적이다. 그런데도 현대의 모든 사람의 사상 세계는 약간의 예외를 제외하면 이 세상의 생애가 끝난 뒤에 더욱더 행복과 기쁨이 많은 생활이 있을 수 있음을 인정하지 않는다. 이런 때 양자의 사고방식의 차이는 다음과 같은 점이다. 즉 한쪽 사람들은 피하기 어려운 모든 존재에 다소간 체념으로 복종함에 반하여 다른 사람들은 죽음을 통해 멸망의 최저 단계에서 생명의 최고 단계로의 도약을 바라고 있다.

1

이스라엘의 예언자 이사야의 '베우라(결혼)'라는 말이 무엇을 의미하는지는 명백하지 않다. 아마도 그것은 영혼의 의지로 신과 완선히 하나가 되고 자아의 모든 내적 저항에서 완전히 해방되었다는 자각에 도달한 그런 영혼의 경지를 의미했을 것이다.

그래도 온갖 원인으로 생기는 외적 저항은 영혼을 어둡게 하는 것은 아니며 또 그에 대해 항상 준비된 신의 도움이 있으므로 문제 삼을 필요는 없다. 다만 도움에 대해서는 자유로운 인간이 그에게만 권위 있은 근거나 남을 위하거나 한층 더 도움을 구하고자 하느냐 않느냐의 문제이다.

겉으로만 기독교에 속해 있는 문명국 사람들이 지금은 그렇지 않지만 기독교의 이 같은——내세에 대한——약속을 진실로 간주할 시기가 분명 찾아올 것이다. 그러나 그것은 다른 어떤 것도 기독교보다 더 큰 도움을 주지 못할 것이 분명하므로 할 수 없이 그러는 것이겠지만.

그렇지 못하면 온갖 우연에 내맡겨져 있는 인생에 있어 인간은 부득불 뭔가에 의지할 수 있어야 한다. 만일 그런 확실한 도움이 없다면 자기의 힘과 지혜와 '정당한 이기주의' 조직에 의지할 수밖에 없다. 그러나 이기주의가 어느 한계까지 옳은가 확인하기는 어려우며 더욱이 우리를 위협하고 있는 모든 악은 다름 아닌 이기주의에서 생기는 것이다.

'천하만국(마태복음 4:8)'이 언젠가 저절로 멸망하는 일은 있을 수 없을 것이다. 그리고 이 만국에서 평화와 기쁨이 만인을 위해서라기보다 다수의 사람을 구하는 것이다. 그것은 문화의 진보에도 상관없이 극소수만이 지닌 환상에 불과하다.

이 같은 문화가 높고 훌륭한 상황에서 빚어내는 것은 스펜서 · 러스킨 · 에머슨 · 칼라일 · 괴테 등의 되도록 선의적인 처세지(處世智)의 철학이다. 지금도 교양인 중에 빼어난 사람들은 이 철리(哲理)에 따라 살려고 노력한다. 그러나 이 철리는 그것이 아주 행복하고 질서 있는 상황이 유지될 때만 그대로 수행되지만 그렇지 못할 때 염세주의나 은둔주의로 전락할 위험을 내포하고 있다. 그리고 인생의 기쁨이 아니라 그저 체념으로 끝나는 것이 보통이다. 설령 그런 사상이 진리를 말할 때 그것은 차원 낮은 진리이며 한층 더 높은 진리에 의해 부정되는 것이다.

이것은 현대의 교양인 중에서 특히 재능과 행운을 타고난 사람이 흔히 걷는 인생 행로이다. 그러나 그것이 잘 진행된 때도 최후를 장식하는 것은 기껏해야 불확실한 '동료의 갈채'에 불과하다. 이것이 고대 문화 세계의 전제군주로 위대한 성공을 거둔 아우구스투스 황제가 임종 때 친구에게 요구했다고 일러지는 것이다. 그렇지 않으면 하드리아누스 황제의 애수에 찬 사세구(辭世句)가 인생의 마지막을 장식할는지도 모른다. 그의 시대는 외면적 문화에서 현대와 아주 흡사했으며 미개민족의 침입에 앞선 문화의 절정기였다. 그는 자기 영혼과 작별하면서 다음과 같이 노래하고 있다.

"불안하고 상냥하며 변덕스러운 영혼이여, 육체의 주인으로서 동료여, 너는 이제부터 저쪽의 색깔도 움직임도 없는 황량한 나라로 간다. 거기서는 네가 사랑했던 밝음은 어디에도 찾아볼 수 없을 것이다."

오늘날 고전적 교양을 닦은 현대의 대다수 사람도 이와 같은 생각을 하고 있다. 원숙함과 기쁨에 충만한 노년에 대해서 또는 보다 좋은 내세의 생활에 대해서 진짜 희망을 품고 있지 않다. 대체로 사물을 생각하고 관찰하는 사람이라면 누구나 자기 주변에서 이런 사례를 이미 경험했을 것이다.

우리에게 가능한 또 하나의 인생 행로는 신의 '인도'에 의한 생활이다. 그 인도가 약속하는 것은 다음과 같은 것이다.

"너희가 노년에 이르기까지 내가 그리하겠고 백발이 되기까지 내가 너희를 품을 것이라. 내가 지었은즉 내가 업을 것이요 내가 품고 구하여 내리라(이사야 46:4)."

"나의 힘을 의지하고 나로 더불어 화친할 것이니라(이사야 27:5)."

"너희가 우(右)로 치우치든 좌(左)로 치우치든 네 뒤에서 말소리가 네 귀에 들려 이르기를 '이것이 정도(正道)이니 너희는 이대로 행해야' 할 것이리라(이사야 30:21)."

"내 백성이 화평한 집과 안전한 거처와 조용히 쉬는 곳에 있으리라(이사야 32:18)."

"피곤한 자에게는 능력을 주시며 무능한 자에게는 힘을 더하시니 소년이라도 피곤하고 곤비하며 장정이라도 넘어지며 자빠지되 오직 여호와를 앙망하는 자는 새 힘을 얻으리라. 독수리가 날개 치며 올라감과 같을 것이며 달음박질하여도 곤비치 아니하고 걸어가도 피곤치 아니하리다(이사야 40:29~31).”

“네게 노하던 자들이 수치와 욕을 당할 것이며 너와 다투는 자들이 아무것도 아닌 것같이 될 것이며 멸망할 것이리라. 그러나 너는 여호와로 인하여 즐거워하고 이스라엘의 거룩한 자로 인하여 사랑하리라(이사야 41:11, 16).”

“너희는 이전 일을 기억하지 말며 옛적 일을 생각하지 말라. 보라, 내가 새 일을 행하며 이제 나타날 것이리라. 너희가 그것을 알지 못하겠느냐. 정녕 내가 광야에 길과 사막에 강을 내리리라(이사야 43:18, 19).”

“내가 동방에서 독수리를 부르며 먼 나라에서 나의 모략을 이룰 사람을 부를 것이리라. 내가 말하였듯 정녕 이를 것이요 경영하였듯 정녕 행하리라(이사야 46:11).”

“보라, 내가 비틀걸음치게 하는 자는 곧 나의 분노의 큰 잔을 네 손에서 거두어 너로 다시는 마시지 않게 하리라. 그 잔을 너를 곤고케 하던 자들의 손에 두리라. 그들은 일찍이 네게 이르기를 ‘엎드리라, 우리가 넘어가리라’ 하던 자들이다. 너를 넘어가려는 그들 앞에 네가 네 허리를 펴서 땅 같게 거리 같게 하였느니라(이사야 51:22, 23).”

“너는 의로 설 것이며 학대가 네게서 멀어질 것이리라. 네가 두려워 아니할 것이며 공포 그것도 너를 가까이 못할 것이다. 무릇 너를 치려고 제조된 기계가 날카롭지 못할 것이리라. 무릇 일어나 너를 대적하여 송사하는 혀는 네게 정죄를 당하리라. 이는 여호와의 종들의 기업이며 그들이 내게서 얻은 의니라(이사야 54:14, 17)."

"나 여호와가 너를 항상 인도하여 마른 곳에서도 네 영혼을 만족케 하리라. 네 뼈를 견고케 하니 너는 물댄동산 같겠고 물이 끊어지지 아니하는 샘 같을 것이리라(이사야 58:11)."

"너는 또 여호와의 손의 아름다운 면류관과 네 신의 손의 왕관이 될 것이리라. 신랑이 신부를 기뻐함 같이 네 신이 너를 어여뻐하시리라(이사야 62:3, 5)."

"그들의 수고가 헛되지 않겠고 그들의 생산한 것이 재난에 처하지 아니하리라. 그들은 여호와의 복된 자의 자손이며 그 소생도 그들과 함께할 것이리라. 그들이 부르기 전에 내가 응답하겠고 그들이 말을 마치기 전에 내가 들을 것이리라(이사야 65:23, 24)."

"어미가 자식을 위로함 같이 내가 너희를 위로할 것이리라. 너희가 예루살렘에서 위로를 받으리니 너희가 이를 보고 마음이 기뻐서 너희 뼈가 연한 풀의 무성함 같으리라. 여호와의 손은 그 종들에게 나타나겠고 그의 진노는 그 원수에게 더하리라(이사야 66:13, 14)."

이처럼 신에게 인도되는 생활과 세상의 보통 생활과의 차이는 불안이나 기분 풀이나 많은 휴식이 필요 없으며 후자에는 자기기만마저 없는 것이다. 그러므로 항상 상황이나 처지를 있는 그대로 직시할 수가 있는 것이다.

더욱이 그들 외적인 사물을 바꿀 수 있고 아무런 해도 없이 그것들에 견딜 수 있다는 확신을 하므로 이것들은 어떤 상황에서도 좋은 것이 될 것이다.

다음으로 이 길을 걷고 있으면 건강이나 불굴의 힘조차 필요한 것이 아니다. 도리어 그것들은 바로 이 길에서 더 자주 주어지는 것이지만 몸이 약한 사람이나 병자들도 늘 즐겁게 활동할 수가 있으며 인류를 위하여 다른 길을 걷는 건강한 사람보다도 더 훌륭한 일을 이룩하는 일이 많다.

자, 이제 택하도록 하라. 당신은 이 두 길 중에서 마음대로 택할 수 있다.

하드리아누스 황제의 시대와 마찬가지로 지금에도 또다시 신분이 높은 사람이나 낮은 사람 대다수가 그리고 그들과 함께 교양 있는 중류계급의 과반수가 실제로 걷고 있는 '세상 모든 사람의 가는 길(열왕기 상 2:2)'――지금 당신이 가고 있는 길――을 택한다면 당신의 운명이 가혹하게 생각되는 일이 있더라도 불평해서는 안 된다. 왜냐하면 당신이 그런 운명을 바라고 같은 운명을 짊어진 지도자를 따른 것이니까.

이에 반하여 당신이 기독교의 길을 택한다면 다음 사실을 확실히 알아 두기를 바란다. 즉 지금 중요한 것은 신앙고백이나 교회의 여러 형식을 크게 개혁하는 것이 아니라 도리어 건전하고 자연 그대로의 마음에 기쁨과 인내력을 주며 누구에게나 호의를 갖는 기독교의 실상을 나타내는 것이다.

이와 같은 기독교는 자명한 것으로서 꾸준히 신앙을 일깨울 필요는 없다. 기회가 나타날 때마다 선한 일이나 올바른 일을 행하고자 마음

의 준비를 하는 것이다.[1]

현대가 요구하며 아주 많은 사람의 마음이 본능적으로 동경하고 가까운 미래를 기대하고 있는 것은 바로 이와 같은 기독교이다. 왜냐하면 이보다 우월한 것은 존재하지 않으며 이것만이 현대 세계를 유익하게 개선할 수 있기 때문이다.

2

현대의 교양 있는 계급의 사람들은 마음의 건강보다 육체의 건강을 염려하고 있는데 마지막에 인용한 이사야 66:13, 14는 육체의 건강에 대해 언급하고 있다. 첫째로 진정한 신은 육신에 나타나는 병의 주인이며 또한 그래야 하는 것은 아주 명확하다. 다음으로 마음의 침착과 의지의 강화가 이루어지지 않는다면 무수한 나날 증가해 가는 신경질환이나 정신병의 병력을 의학적 방법만으로 치료하기 어렵다는 사실은 상식적으로도 충분히 이해된다. 그러나 이러한 병이나 그 밖의 많은 병의 참된 원인은 좀 더 깊은 곳에 잠복해 있다.

오늘날의 세대는 건강과 체력을 위험할 정도로 잃어가고 있으며 이제 새로이 민족이동의 내습(來襲)과 같은 일이 일어난다면 그것에 버티기 힘들 것이다. 더더욱 이 상태는 어떤 과학이나 기술로도 개선되지 않을 뿐 아니라 퇴화가 심해지지 않도록 막을 수도 없다. 그것을

---

1) 미가 5:6. "행위로 안 되는 감정에 지나치게 탐닉하는 것은 도덕심을 고무하는 행위가 아니라 오히려 그것을 약화하는 행위라는 것. 이것은 누구나 아는 인간성의 법칙이다(레키)."

막아내기 위해서는 교양 있는 계급의 모든 사람이 건강한 육체적 생활의 근저에 있는 도덕률로 돌아가는 도리밖에는 없다. 이미 모든 문명국의 많은 가정에는 도덕률을 무시하는 데에 대한 경고가 갖가지 형태로 분명히 나타나고 있다. 또한 이런 상태가 몇 세기에 걸쳐 계속된다면 여러 민족의 생활에도 건강의 장해가 눈에 띄게 나타날 것이다.

개선의 시작은 부득이 철학의 영역에서 이루어져야만 한다. 건강위생만으로는 충분한 효과를 거둘 수 없다. 이 같은 근본 문제는 다음과 같은 것이며 그것에 어떻게 대답하는 것으로 미래의 의학과 철학의 형식이 결정된다. 즉 정신과 육체의 밀접한 관련은 차치하고 인간의 정신이라는 것이 존재하는지 않는지, 아니면 육체적 기관의 기능에 불과한지 아닌지, 그리고 앞의——정신이 존재한다 치고——정신이 육체에 영향을 끼치는 것이 가능할 것인지, 더구나 육체가 정신에 미치는 영향보다도 오히려 그쪽이 훨씬 강하지는 않은지, 적어도 그것이 가능하지는 않은지 등등이다.

이 문제야말로 현대의 유물론과 싸움의 초점이라고 생각된다. 유물론이 맹위를 떨칠 때는 언제나 불행을 빚어내고야 만다. 그러나 지금은 의학계에서도 저울대가 유물론 반대쪽으로 기울기 시작하는 것처럼 보인다. 크건 작건 병을 지배할 수 있는 정신적인 힘이 존재하고 있으며 의사는 부득불 이 힘의 협력을 바라지 않을 수 없다는 것이 인정되기 시작한다.

단지 다음과 같은 반대론만은 아직 해결되지 않았다. 즉 병자는 정신력이 나약해서 자기 안에서 그 힘을 낼 수 없으며 의사나 간호사의 설득이나 암시만으로는 그 힘을 얻을 수 없는 것이다. 그러므로 결국 논리적으로는 다음과 같은 결론에 도달해야 하지만 거기에 이르지 못하는 것이다. 즉 사람 밖에 있으므로 사람의 힘은 아니지만 사람의 힘이 되어 그 안에서 작용할 수 있는 어떤 힘[2]이 존재해야 한다는 것이다.

이것이 곧 이상주의적 사유(思惟)의 사슬(chain)이며 필연적으로 도달하는 최후의 고리(ring)이다. 만일 이 최후의 결론을 승인하지 않는다면 유물론은 그 모든 필연적이며 피치 못할 비참에도 이 세상을 계속 지배해 나가게 된다.

3

현대의 교양 있는 계급을 보면 그 인간 생활은 또다시 단테가 ≪신곡≫의 첫머리에서 그리고 있는 회의와 착각과 사로(邪路)가 뒤엉겨 있는 어두운 숲을 닮고 있다. 현대 문화의 모든 요소, 즉 철학 · 문학 · 예술 더구나 일부 신학까지도 이 혼란에 한몫 거들고 있으며 이 미로에서 탈출을 쉽게 하기는커녕 도리어 그것을 어렵게 만들고 있다. 이와는 반대로 대부분 교양 없는 사람이나 현대적인 사이비 교양을 지

2) 칸트 철학은 현재 있는 철학으로서 최상의 것이지만 초월적인 신의 힘을 인정하지 않는 것이 그 결점이다. 이 철학은 씩씩한 정신적 소질을 타고난 사람들밖에 만족시키지 못하며 늘 어떤 때도 만족시키지 못했다. 이 철학은 진리에 관한 최후적인 말은 못 되며 교육이나 자기 수양에 적합한 사색 생활의 중간 단계를 위한 철학일 따름이다. 마찬가지로 병을-당연히 죽음까지도-사실로서 인정하려 들지 않는 '크리스천 사이언스'의 결함도 거기에 있다.

닌 사람에게 건전한 정신생활에 지장을 주고 있는 것은 사회주의이다.

사실 사회주의는 기존의 많은 것들에 대해 정당한 공격을 가하고 있으나 동시에 무신론의 기초 위에서 유용한 철학을 수립하고자 그 무능력한 몰골을 드러내고 있다. 훌륭한 재능으로 열심히 진리를 구하고 있는 사람들이 오랜 세월에 걸쳐 이 같은 위안 없는 사상의 황야를 침착성도 없이 상황에 따라 이쪽저쪽 학문의 '체계'에서 확신을 얻고자 안달하고 있다. 한편 그만큼의 재능을 타고나지 못한 자는 천박한 향락을 추구하면서 범속한 생활에 몸을 내맡기고 있다.

니체가 똑바로 인식하고 묘사하고 있듯이 전자——훌륭한 재질을 가지고 진리를 찾아 헤매는 사람——에게는 얼마쯤의 건전한 양식의 빛만은 반짝이고 있다. 그리고 이 빛은 그 사람의 선의로 인해 신의 은혜로 그의 내부에서 꺼지지 않도록 지켜지고 세속적인 인간 생활의 불행을 조금씩 그에게 밝혀 준다.

만일 그 사람이 진실하다면 차츰 지옥의 심연에서 빠져나와 정죄(淨罪)의 산에 좁고 험한 길에 나서게 된다. 그리고 전에는 증오하던 생활이 이제는 산뜻한 공기와 밝은 햇빛과 기슭의 모든 인가(人家)가 내려다보이는 넓은 전망을 갖춘 아름답고 탁 트인 산꼭대기처럼 생각하게 된다. 이렇게 되면 지금까지 애써 왔던 모든 철학 공부나 피상적인 교회 생활에서 남는 것은 오직 신과 우리 주에 대한 진실한 사랑뿐이다.

다시 말해 존재하는 지성으로는 인식할 수 없으나 명료하게 실감할 수 있는 모든 선의 원인이며 근원적 힘인 신에 대한 사랑과 일찍이 역사적으로 존재했으며 보이지 않으면서 항상 지상에 친히 임하는 이 성령의 화신인 우리의 주 그리스도에 대한 사랑이 남는 것이다.

이러한 사랑에서——이제 인간의 지시나 의견에 별로 시달리지 않고——그리스도의 거울에 비추어 살고자 하는 노력과 능력이 저절로 용솟음친다. 이것은 질곡에서 벗어나 자립으로까지 눈뜬 영혼의 비할 바 없는 행복한 감정이다. 이 같은 영혼은 인생의 중대사인 죽음에 대해서도 승리하고 있으며 그다음은 다른 것에서도 어떤 해도 가해지는 일이 없다.

왜냐하면 이것은 다른 어떤 길을 통해서 이룰 수 없는 지상 생활의 정상일 뿐 아니라 그것은 전혀 별개의 생활 단계로 자연스럽고 분명하게 진입하는 유일한 길이기 때문이다. 이 밖의 사상과 심정으로 '천국'을 상상하기는 불가능하다. 그것은 모두 지상의 성격을 띤 것에 불과하고 이 세상을 위해 정해져 있는 우리의 학문적 노력이나 교회 활동을 그대로 천국으로 가지고 들어가기는 불가능하다.

그리고 현세의 걱정거리나 '이 세상의 시시한 잔소리'에 잠겨 있던 생활에서 갑자기——그것도 자기 것도 아닌 공적으로서——전혀 다른 상태로 옮겨진다고 믿을 수도 없다. 세상에는 그 생활 전체가 그리스도의 인격이나 생애의 사업과는 하등 무관하며 실제로는 늘 다른 신들만 섬기면서 그리스도의 '죽음'에서 뻔뻔스러운 이익을 뽑아내려는 사람들이 많은데 '그리스도 희생의 죽음'이 그런 사람들까지 구제하는 힘을 갖는다고 생각하는 경건주의자들과 우리의 견해와는 정반대로 다르다.

그리고 은총의 나라에서도 그처럼 기계적으로 이루어지는 것은 아니다. 시간의 흐름 속에서 구원받고자 하는 자는 인생의 다른 보배보다도 이 은총을 택하고 그것을 받고 싶다는 의지를 이 세상의 생활에서 지니고 있어야 한다——비록 그 의지가 주기적인 것에 불과하고 가끔 미혹이나 중단을 수반하지만——때로는 이 의지가 인생의 마지막 단계에서 가까스로 나타나는 것일지라도 그러하다.

우리는 이제 교양인을 설득하여 다음과 같은 사실을 확신하게 해야 한다. 즉 초감각적인 사물에 대한 신앙이 없으면 인생의 목적을 달성할 수 없을 뿐 아니라 자기를 위해서나 자손을 위해서 육체적인 건강을 유지할 수 없음을 확신하게 하는 것이다.

그래서 우리는 그들에게 이 세상에서 선량한 생활을 하고자 하는 용기를 되찾아 주어야 한다. 이미 이 같은 용기는 현대인들에게는 아득히 사라져 버렸기 때문이다.

아마도 앞에서 인용한 대로 예언자가 말하는 그런 시대가 얼마 후 머지않아 다시 올 것이다. 이것은 잘 알 수 없는 일이지만 확신하고 기대하고 싶다.

"그날에 귀머거리가 책의 말을 들을 것이며 어둡고 캄캄한 데서 귀머거리의 눈이 볼 것이며 겸손한 자가 여호와로 인하여 기쁨이 더할 것이며 사람 중 빈핍한 자가 이스라엘의 거룩하신 이로 인하여 즐거워하리라.

강포한 자가 소멸하였으며 경망한 자가 그쳤으며 죄악의 기회를 엿보던 자가 다 끊어졌으며 마음이 혼미하던 자도 총명하게 되었으며 원망하던 자도 교훈을 받으리라(이사야 29:18~20, 24)."

이상이 전 인류에 대한 우리의 희망이다. 우리는 이 밖의 희망을 품지 않는다. 참된 생명에 이르고자 원하는 자는 저마다 5, 6세기경 어느 고대 철학자[3]와 더불어 다음과 같이 말해야 한다.

"영원한 계획에 따라 우주의 존재를 지배하며
하늘과 땅을 창조하고 태초부터 시간을 이끌어 주신
아버지이신 신이여 우리도 쾌청한 높이로 오르게 하소서.
빛을 우러러 환성을 지르고 행복의 샘물에 배부르게 하소서.
재앙과 지상 물질의 무거운 짐에서 풀려나
영의 맑은 정복(淨福)의 눈을 영원히 당신 쪽으로 향하게 하소서."

---

3) 보이티우스(480~524). 그리스도교적 철학자. 위의 시는 '보이티우스 기도'에서 인용한 것임.

카를 힐티 연보

1833년

• 2월 28일, 스위스 동부 장크트갈렌주 베르덴베르크에서 의사인 아버지 요한 울리히 힐티와 어머니 엘리자베스 칼리아스와의 아들로 태어나다.

1839년(6세)

• 킬 시의 초등학교에 입학.

1844년(11세)

• 주립 김나지움(Gymnasium)에 입학하여 고전과 종교 교육을 받음.

1847년(14세)

• 어머니 엘리자베스 칼라이스 죽음.

1851년(18세)

• 독일의 괴팅겐 대학교에 입학하여 법률학을 공부함.

1852년(19세)

• 10월, 하이델베르크 대학교로 전학 후 철학과 역사학을 공부함.

1854(21세)

• 4월, 하이델베르크 대학교를 졸업 후 박사학위 취득. 런던·파리 등으로 유학함.

1855년(22세)

• 고향 킬로 돌아와 변호사 개업.

1856년(23세)

• 국가의 관습에 따라 육군에 입대하여 법무관으로 일함.

1857년(24세)

• 9월, 독일 명문가 국법 학자 스태프 게르트너의 딸 요한나 게르트너와 결혼.

1858년(25세)

• 아버지 요한 힐티 죽음.

1863년(30세)

• 단테의 ≪신곡≫을 읽고 큰 감명을 받음.

1868년(35세)

• 〈민주주의 정치의 이론가와 사상가〉라는 논문을 발표.

1873년(40세)

• 베른 대학교의 교수로 초빙되어 국제법 강의.

1886년(53세)

• 〈스위스 연방공화국 정치연감〉 저술.

1890년(57세)

• 고향 베르덴베르크에서 대의원에 선출.

1891년(58세)

• ≪행복론≫ 제1권 출간.

1892년(59세)

• 스위스 육군 주석 법무관에 취임.

1895년(62세)

• ≪독서와 연설≫, ≪행복론≫ 제2권 출간.

1897년(64세)

• 아내 요한나 게르트너 죽음.

1899년(66세)

• 국제사법재판소 초대 스위스 대표로 임명.

• ≪행복론≫ 제3권 출간.

1901년(68세)

• ≪잠 못 이루는 밤을 위하여≫ 제1권 출간.

1902년(69세)

• 베른 대학교 총장에 취임.

1903년(70세)

• ≪서간집≫ 출간.

1906년(73세)

• ≪신 서간집≫ 출간.

1907년(74세)

• ≪병든 영혼≫ 출간.

1908년(75세)

• ≪영원한 생명≫ 출간.

1909년(76세)

• ≪힘의 신비≫ 출간.

• 10월 12일, 휴양차 떠난 제네바 레만호의 호텔에서 여느 때처럼 아침 독서를 마치고 오후 산책을 하고 돌아와 소파에 누워 숨을 거둔다. 그의 사인은 심장마비였으며 책상 위에는 〈성서〉와 〈영원한 생명〉이 놓여 있었다.

1910년(사후 1년)

• ≪그리스도의 복음≫ 출간.

1919년(사후 10년)

• ≪잠 못 이루는 밤을 위하여≫ 제2권 출간.

• 이 책 ≪잠 못 이루는 밤을 위하여≫ 제2권은 독자의 요청으로 쓰다가 미처 다 끝맺지 못하고 생을 마감하는 바람에 그의 딸이 부족했던 부분을 아버지의 저서 중에서 보충하여 완성했다.

안티쿠스 책장

잠 못 이루는 밤을 위하여

초판 1쇄 | 2024년 4월 15일 발행

지은이 | 카를 힐티
옮긴이 | 박충하

펴낸이 | 이경자
펴낸곳 | 육문사

편　집 | 김대석
교　정 | 이정민
디자인 | 인지숙

주　소 | 경기도 고양시 일산동구 산두로 128 909동 202호
전　화 | 031-902-9948　　　팩스 | 031-903-4315
이메일 | dskimp2000@naver.com

출판등록 | 제 2016-000182 호 (1974. 5. 29)

ISBN 978-89-8203-049-9 03850